"Please sit he▓▓▓▓▓▓▓▓▓▓▓▓▓▓▓▓▓▓▓▓▓▓▓▓.
She sat next to ▓▓▓▓▓▓▓▓▓▓▓▓▓▓▓▓▓▓▓▓▓▓▓f
the room.

"Sing me one of your songs," he said, wanting to have that melodious voice all to himself that night.

Violeta picked up the guitar and played him a song, a ballad entitled, "If You Were Mine." He watched her hands work the guitar, her face as she felt the words, and he thought she was the most breathtaking woman in the world. When she was done, she asked, "Did you like it?" Manny reached over and took the guitar from her hand, and placed it down. He sat down right next to her and stroked her face.

Violeta's heart leapt. Manny pulled her toward him and kissed her. It was a long, tender kiss. They looked into each other's eyes, and surrendered their souls to each other . . .

UNA MELODIA APASIONADA

"Por favor siéntate aquí", dijo Violeta, dando una palmada a la cama. Ella se sentó a su lado. Se percató del estuche de la guitarra que estaba en una esquina de la habitación.

"Cántame una de tus propias canciones", dijo, queriendo que esa voz fuera esa noche solo para él.

Violeta agarró la guitarra y empezó a cantar una canción. Era una melodía llamada "Si fueras mío". Observó como las manos de ella trabajaban la guitarra, como su rostro vivía las palabras y no se podía resistir. Había encontrado la mujer más vivaz del mundo. Cuando ella terminó le preguntó, "¿Te gustó?" Manny se inclinó y le retiró la guitarra de las manos, colocándola en el suelo. Se sentó a su lado y la acarició el rostro. El corazón de Violeta dio un vuelco. Manny se acercó y la besó. Fue un largo y tierno beso. Se miraron a los ojos y ya no pudieron negarlo más. Sus almas se ringieron...

BOOK YOUR PLACE ON OUR WEBSITE AND MAKE THE READING CONNECTION!

We've created a customized website just for our very special readers, where you can get the inside scoop on everything that's going on with Zebra, Pinnacle and Kensington books.

When you come online, you'll have the exciting opportunity to:

- View covers of upcoming books
- Read sample chapters
- Learn about our future publishing schedule (listed by publication month *and author*)
- Find out when your favorite authors will be visiting a city near you
- Search for and order backlist books from our online catalog
- Check out author bios and background information
- Send e-mail to your favorite authors
- Meet the Kensington staff online
- Join us in weekly chats with authors, readers and other guests
- Get writing guidelines
- AND MUCH MORE!

**Visit our website at
http://www.pinnaclebooks.com**

LOVE'S SONG

CANTO DE AMOR

Ivette Gonzalez

Spanish translation by
Mercedes Lamamie

PINNACLE BOOKS
KENSINGTON PUBLISHING CORP
http://www.encantoromance.com

For Jessie,
who sings to me Songs of Love

One

Violeta Sandoval squeezed her uncle's hand as they announced the Grammy winner for Best Female Singer. The pause, as they waited for Jimmy Smits and Whitney Houston to open the envelope, seemed to take forever.

"And the winner is," teased Whitney, while sliding the card from the envelope to reveal the name. Everyone in the room stood still as they waited for the name the world was waiting to hear. "The winner is—Violeta Sandoval!" Whitney finally exclaimed.

The audience rose to its feet with roaring spontaneous applause. Violeta gasped in amazed disbelief. It was her name she heard. She leaned over to kiss her uncle's cheek. He beamed as he gave her a strong hug, and said, *"¡Ándale muchacha!"* She slightly lifted the bottom of her long, tight dress before stepping out to the aisle to accept her award. Celebrity friends shouted out "bravo" as she made it up onto the stage. Jimmy kissed her on the cheek, and Whitney reached to give her a hug as she whispered, "Go on, girl!" in her ear.

Violeta set the Grammy down on the podium and absorbed the applause. The stage lights felt warm; the excitement in the room was electric. She looked gorgeous, with her trademark long, dark hair draping her bare shoulders. The world had fallen in love with Violeta Sandoval, calling her a young Sophia Loren with the sultry voice of Donna Summer. Her large, almond-shaped brown eyes were filled with emotionally charged tears. She carefully looked out around the theater auditorium, absorbing every detail. She wanted to remember everything carefully—the sight, the smell, the feel, the sounds.

Yes, the sounds. She could hear her name being chanted. "Violeta! Violeta!" She waved and threw kisses to the excited crowd. *"Violeta!"* She heard her name shouted yet again. This time it was a singular and resonant sounding tone, which was much too familiar.

"Vi-o-le-ta!" She heard her name spoken harshly in her ear, accentuated with a powerful tug on her arm. "You are wanted on register four! Are you in here daydreaming again?! *Mirando las musarañas.*"

Violeta looked up into the angry face of Norma Carrera, the dreaded check-out supervisor at the Piggly Wiggly. It was said that Norma could make a face that would make her mother run. She did not like many of the cashiers, and she liked Violeta the least.

"I'll be right out, Norma," Violeta said, carefully placing in her locker her Grammy issue of *People Magazine*.

"If this messing around continues, I'm going to have to talk to Leo about what to do with you," Norma said, waving her hands about excitedly as if she were swatting flies.

"Yes, Norma," she replied with a slight sigh, as she left for her register.

"I've got my eye on you, Sandoval!"

Norma's reasons for not liking Violeta had nothing to do with her job performance. Despite Violeta's daydreaming habit, she was the best cashier at the Piggly Wiggly, and the most popular with the workers and customers. She took her job seriously and to heart. She believed the advertising tag line, "Your Friendly Neighborhood Store." To Violeta, it did not matter that Piggly Wiggly was one of the largest supermarket chains in the southeast. It was the friendly and neighborly touch, which she made sure to provide to all customers with whom she came in contact, that made her job important. Although Norma was an incessant drill sergeant around Violeta, she never let Norma's bullying get to her too much.

Violeta made it to her register. Betty, her friend working at the next register, leaned over and whispered, "Forget that witch. You were only two minutes late. We're not even busy."

Violeta smiled. "Did you hear about the open auditions they're going to be having at Mangos?"

"Yeah, I heard. They've been announcing them on the radio all day. Don't you think that maybe it's just a gimmick, though?" Betty asked, shaking her head.

"Maybe, but you never know." Violeta gave her a small smile. "I'm thinking of going."

"I guess it's worth a shot," Betty said, starting to scan bananas for a customer.

"Mr. Cardenas, how are you today?" Violeta greeted one of the regular customers who approached her lane with groceries.

"Eh, not too good. The wife is driving me crazy. I came here just to get away from her," said the old man, while loading a wide assortment of Sara Lee cakes onto the belt.

"Mr. Cardenas, if you come home with this, Mrs. Cardenas will only drive you even more crazy. You know she wants you cutting back on sweets," Violeta said, with a smile.

"I'm seventy-two; if I want to eat a whole marble cheese cake, that's my business."

"Okay, then," she said, knowing Mr. Cardenas's cranky disposition well. She began scanning the items, assuming no responsibility. "That will be $14.52."

Mr. Cardenas paid and grabbed his two bags. "Don't say anything about this to Mrs. Cardenas," he said, before turning to leave. Violeta gave him a wink.

Violeta started to help another customer when Norma walked up behind her. She felt her army-sergeant presence. "Your needless chatting is holding up the line," Norma chastised.

"I was talking as I worked," Violeta said, trying to defend herself.

"I was watching. Keep the line moving. These people don't want to spend time talking to you. They want to get out of here as soon as possible, so they can go home to their football games, soap operas, or whatever. Understood?"

"Yes," Violeta replied.

"I swear, Sandoval, watching you is like watching cookies bake. I can't wait till you're done."

Violeta did not respond to Norma, but she managed to smile

brightly at her next customer. "Good afternoon, sir. I'll ring these up as fast as possible."

Norma gritted her teeth and walked away.

"My goodness," said the customer to Violeta, in confidence, "how did that lady get a job as a supervisor?"

"We think she's got a hot video of the regional manager and the deli girl in the storage room," Betty answered for her, from the next register.

"Betty!" Violeta scolded, slightly embarrassed, but still amused.

"Are you kidding?" The customer looked like he wasn't sure whether or not to believe it.

"Yes, she is." Violeta let out her contagious laugh. "The truth is, we don't have a clue. She's not that bad really; she's just a perfectionist," she said, helping Norma save face a little.

Violeta worked the rest of her ten-hour shift. Lucky for her, the floor was busy. When it wasn't, she found herself daydreaming to no end about singing. The girls and bag boys would have to come by and pinch her sometimes before Norma caught her.

Not that Norma couldn't catch her. She watched Violeta like a tiger stalking prey. She did not like Violeta's popularity, and she especially hated that Leo Anazzi, the store manager, was a little sweet on her. Norma was in love with Leo, or Leopold, as she referred to him when she would scribble "Mrs. Leopold Annazzi" on the little notebook that she carried around to record the mistakes made by the check-out girls and bag boys.

Leopold was short, bald, and very hairy. Whenever Norma was around him, she turned into a giggling schoolgirl, and she would gaze softly at him when he did not know she was watching. It was obvious to everyone there, except for Leo himself, that she liked him. Leo was a little taken by Violeta, but most of the men there were. She was kind and sweet, and this always made them feel special. Leo enjoyed that feeling, but she was an employee, and he would never dream of acting on his emotions.

Violeta had a lot on her mind these days, especially now that she had decided to change her life forever. It was Violeta's thirty-first birthday. In the last week, she had broken off her engagement to Ramon, a sweet boy from the neighborhood.

Ramon really wanted a wife, and, after much soul searching, Violeta decided that what she wanted was to pursue her dream to sing while she still had a chance. Ramon could not understand her goals, referring to them as "foolish longings." Ramon was always too practical and sensible for dreams, and Violeta was not ready to give hers up.

In the end, she hated breaking Ramon's heart. Her uncle, Napoleon, did not understand either. He wanted her to settle down with a nice boy who would take care of her. But that was not what Violeta wanted. When she was a little girl in Guadalajara, her father had once told her, "The bird soars when it finds its wind, and so it will be for you." She cared for Ramon, but her heart knew he was not her wind.

In the break room after work, the girls changed out of their uniforms. Violeta was brushing her long hair and freshening up her make-up after ten hours on the job.

"So, what do you say we take Violeta to the Rooster tonight for her birthday?" Betty asked, with a mischievous grin.

"Yeah!" Lucy responded enthusiastically to the idea. "You could sing, Violeta. You can practice for the open-mike night at Mangos," she offered.

"No way. It will be a bunch of drunk people singing karaoke. Everyone will be trying to be Celine Dion. Did I already say no? No way." Violeta grabbed her purse and searched for her keys.

"Are you looking for these?" Lucy asked.

"Hand those to me."

"No way."

"Yeah way."

"It's your birthday, and we are taking you out, and you are going to sing," Lucy said. "It's the only way you're getting back your keys."

"It's Friday, girl, and you ain't got any plans for your birthday," Betty said, placing a brand-new pack of Benson and Hedges into her purse.

"I told my uncle—"Violeta started to say.

"Please, girl, your uncle will be fine. Don't start with that 'I've got to cook dinner' line. The man can run to McDonald's once in a while. It won't kill him. Let's have fun," Betty said, leaning in close.

"Yeah," Lucy said, pulling excitedly on Violeta's arm. "C'mon, it's your birthday."

Actually, Violeta had planned to spend her birthday at home. She wanted to write some music and relax, as she organized her thoughts for her new life. It had been a tough week.

She called Uncle Napoleon to tell him that the girls planned to surprise her and take her out. He was happy to hear she was going to have fun. Lately, he only saw Violeta close herself off in her room with her guitar.

"Okay, then. Let's go," Violeta gave in.

"All right!" The two girls jumped up almost simultaneously.

The girls piled into Betty's 1987 electric-blue Camaro. It had a little back seat that Lucy fit into perfectly. Lucy was cute and "pint-sized" as the girls described. Lucy was proud of the benefits of her size, like always being able to get into a crowded elevator.

Betty liked to drive with the windows down and with the air blowing through her voluminous red hair. She liked the radio on loud with the dial on Power 96, the dance music station, just like the way she used to drive through the streets of Newark, New Jersey in her younger days. Betty, a proud Puerto Rican, had the map of Puerto Rico on her front tag, and her license plate said *"Boricua."* Even though Betty had lived in Miami for over ten years, her Jersey accent was as thick as the day she had departed from Newark airport. Violeta and Betty enjoyed imitating her northern expressions.

"I lived in Georgia for years, and I never picked up a southern accent," Violeta said, checking out the Miami skyline, as she thought about her years in Macon. Violeta learned to speak some English in Mexico from her father, who lived in the States back in the 1950s. When she first moved to the States to live with her uncle in Georgia, she had a slight Spanish accent when she spoke English and was often told she spoke funny. She remembered speaking to her uncle about it.

"Why do they say I speak funny?" she would ask. "They sound funny to me," she said, referring to the southern accents that did not sound like the English spoken on TV or on her English-Made-Easy tapes.

Her uncle would tell her, "Differences in this country are not always well accepted. Learn to speak the language as if it were your own, so that you will always be respected, *hija*."

Living in a new country was beginning to feel a little difficult. She felt that she stood out like a hot chili pepper. When you are young, you look to fit in. Never abandoning her native language, she decided to learn English well enough to get through school. By listening to the elocution tapes she would check out from the library, and by singing along to the songs on the radio, Violeta Sandoval mastered the English language as if she had been born somewhere in the middle of Ohio. Her efforts were recognized when she graduated from Macon Senior High School at the top of her class, despite her initial handicap. No, Violeta Sandoval had no accent of any kind when she spoke—just a deep, sultry voice.

Violeta continued to study the Miami night sky, comparing it with Georgia's. They were somehow different. The Georgia sky, she thought, tucked away her dreams like secrets way up in its stars and moon. The Miami night sky whispered promises to her as the stars danced, letting her know something was stirring.

Two

The Rooster was located in the waterfront area of downtown Miami, near the docks where ocean cargos come in. The place had been around forever and was run by Kiki Samboro, a loud, somewhat obnoxious guy with good connections. Kiki's connections got him great musical acts that kept the place packed with music lovers. Whether it was Latin jazz, blues, reggae, or hip hop, the place attracted everyone, from downtown yuppie professionals to new-age hippies. It could get pretty rowdy in the early hours of the morning, but for the most part, people just wanted to have a good time and listen to good music.

Kiki had started karaoke night the month before, getting a great response from the frustrated singers in the audience. After a few beers, it made for better laughs than anything happening at a comedy club.

The streets were crowded when Betty zoomed into the parking lot in her sporty Camaro. Luckily, she found a spot close to the place. Usually, they would have to park a couple of blocks away. The place was extremely crowded, but they managed to find a booth emptying out near a dark corner by the bathrooms.

"Betty, this is a bigger crowd than usual," Violeta said, nervously.

"Relax," Betty said, trying to flag down a waitress.

The music was so loud, the girls could feel their bones vibrating. "I think I'm going to change my mind about singing!" Violeta said, suddenly petrified by the growing number of people. "This sounded good in theory, but it's going to be like the Gong Show out there."

"Forget about it," Betty said, with her trademark Jersey flair. "You'll be fine. It's all for fun. Besides, it will be good practice for Mangos." Violeta was not easily convinced.

Lucy, who could barely hear Violeta and Betty speaking, was looking around for good-looking guys. She spotted two by the stage platform. "How come cute guys never come in threes?" She spoke into Betty's ear, pointing out the guys.

The guys smiled and waved with their Heineken bottles. The karaoke contest was going to start in about twenty minutes, and Kiki had the participants fill out little cards. It was obvious the girls were not going to let Violeta off the hook, but the reality of her singing in front of an actual audience was paralyzing her. She knew that karaoke was just a goof to almost everyone, but she did not see it that way. It had taken her this long to decide to pursue her dream to sing. She had never really sung in public before, except in chorus at church, and even then, never solo. What was she thinking? She was not ready. Time was passing, and the contest would begin in ten short minutes. Kiki would be selecting a name from the little cards in the fish bowl.

"C'mon girl," Betty said, "You said you want to sing. Why are you looking like that? You look like you're about to jump off a bridge."

"Can you sing or what?" Lucy asked. "I mean, you are going to have to put up or shut up, Violeta."

"Do or die," Betty added. Suddenly, Violeta felt her nerves stand on end, starting in her stomach and working down to her knees.

"Excuse me," she said, sliding out from the booth and heading to the bar to get a drink. The waitress was taking way too long.

Manny Becker sat at the edge of the bar, waiting for his date to return from the bathroom. It had been over twenty minutes. He knew what she was doing in there—going over the careful details of her make-up, ensuring she looked perfect. That's what he got for dating a model. He was looking up from his watch when he caught Violeta in his line of sight, heading right toward him. For Manny, confirmed bachelor and local playboy, the sight of Violeta shook him up for the first time in a long time. She was an unusual, exotic beauty, wearing a red halter-top and black bell-bottom pants that hugged her curvaceous hips. As she got closer, he noticed her skin, toned and tanned like the color of cinnamon. She stood by him at the bar without noticing him.

"A double shot of tequila—the best you got," she asked the bartender. The bartender set a tall shot glass down and took out a bottle of Cuervo Gold.

"Is this good enough?" the bartender asked.

"It will have to do," Violeta responded, and within seconds, she slammed down the double shot, along with the lemon and salt.

"What a woman!" Manny Becker exclaimed. Violeta looked over to her left and met the eyes of the stranger who was speaking to her. They were the most piercing blue eyes she had ever seen, like rare sapphires. He was handsome—too handsome, she decided. She had seen guys like him before— Brickell Avenue types with their heavily starched Armani shirts conspicuously rolled up at the sleeve to reveal their Rolex watches. She guessed, correctly, that he probably had his Porshe parked outside. His hair was black and slicked back. He had a masculine, strong face, regal looking, like a Spanish king should look. She saw no rings on his fingers, and, by the look of his hands, she gathered he had never worked a hard day in his life.

"You're easily impressed," she said, drying off her lips with a paper napkin.

"Actually, no, I'm not."

"What is your name?" Violeta asked, fidgeting with the napkin.

"Manny Becker . . . I, um," he started to speak, but she quickly interrupted.

"Listen Mr. Becker, I see you're alone, so you probably just got here. Let me save you some time. You see those girls over there?" She pointed to Betty and Lucy, who had already matched up with the two fellows from across the room.

"They down-right triple dared me to come here tonight and sing. I am crazy enough to try it, but I need this tequila here to soothe my nerves. You see, it's my thirty-first birthday, and I have decided that this is the year that I follow my dream to sing. I know that sounds silly. Everyone thinks it's silly. I should go to school and learn to be something practical, something like a legal secretary or massage therapist or whatever. But, before I do that, before I go rubbing oil on people's backsides as a profession, I want to know that I at least tried, you know? And, you see, if I sing tonight and I flop, that will just prove that this is all there is for me. I will be nothing more than a silly, daydreaming cashier at the Piggly Wiggly, and I will have to pick up the pieces and move on, probably to become a massage therapist. So, Mr. Becker, I know that you are probably very popular with the ladies. One look at your wristwatch, and I'm certain they are already mentally making out the wedding list at Bloomingdales, but—please don't take this personally, Mr. Becker—I am not going to be your conquest for the evening. I am not going to be part of your phone number collection for the night. Now, I am going to request another shot of tequila. I'm going to wait my turn and test my destiny, Mr. Becker, and I can assure you now with absolute certainty, having told you all this, that it does not include you."

Manny stared at her, speechless. Violeta requested another double shot and quickly slammed it down. She laid a twenty-dollar bill on the table and walked away. Before Manny could think of something to say, she was halfway across the room, and Jacqueline Montoya, supermodel, had found her way back from the bathroom and was at his side.

"Who is that?" Jacqueline asked, as Manny was still staring at Violeta from afar.

"I, um, I don't know," he said, shaking off his stupor, realizing he did not get her name.

"Why don't we get out of here? This place is a bore." Jacqueline pouted, slightly jealous of the attention Manny was giving the brunette beauty. Manny took out his wallet to pay for their drinks.

"Okay, everyone," Kiki said into the microphone on the small stage. "The karaoke contest is about to begin. We are playing for a prize of $100 and dinner for two." Kiki reached into the fish bowl and pulled out a name. "Violeta Sandoval! You're up!"

"Just my luck," Violeta whispered to herself.

"Oh my God! Oh my God!" Betty and Lucy giggled. "You're up! You're up!" The two guys that were with them appeared a little embarrassed by the outburst. The girls didn't care. It had occurred to them that they had never actually heard Violeta sing. Every now and then she would cut loose in the car, and it sounded pretty good. But even Betty and Lucy knew that just about anyone could sound okay as long as the radio was blasting.

Manny Becker did a double take as he saw Violeta get up and walk toward the little stage platform.

"Come on, let's go," Jacqueline said, not appreciating the fact that his attention was focused on another woman.

"Wait, please, just a second. I have an instinct about this girl," he said to her.

Jacqueline rolled her eyes, dropped her purse on the bar's counter, and took a seat again. Manny stayed standing as he watched and waited.

Violeta took her spot and Kiki handed her the mike. She did not need to look at the television screen for the lyrics. The song Violeta was about to perform she had been singing for years into hair brushes, spatulas, candle sticks, or anything else that could serve as a mock microphone.

"The song I am performing is a song that you may remember from the wonderful "Saturday Night Fever" soundtrack. It is a song by Ms. Yvonne Cara Elliman. Some of you may remember her as Coco from "Fame." Wasn't that a great show?" Violeta rambled when nervous, and Kiki was giving her the "hurry up" look, while indicating with his hands to speed it along. "Oh, okay then," she said, in response to him, "here goes, 'If I Can't Have You.' "

The intro for the song began. Violeta closed her eyes and swung her hips. The effects of the tequila were coming on. She could feel the warmth of the room, and it was as if a trance had fallen over her. She forgot her nerves and let herself go with the moment, because it had to count. If this meant anything to her at all, she knew she had to make it count.

The song's symphonic intro started. She started to sing the opening lines, *"Don't know why, I'm surviving every lonely day . . ."* Lucy and Betty stopped giggling. Manny's mouth dropped open. Once the crowd heard her sing the first lines of the lyrics, they were raucous with disco fever. The lights in the room dimmed and the stage lights danced around Violeta. It was as if it were 1978, and there on the two-by-five platform was their disco diva. She was magical—absolutely magical. Her moves were instinctual and seductive, like a harem belly dancer. Her voice was deep and sultry—the sound of an urban siren. She looked beautiful with her long black hair falling in waves around her face, silhouetting her curvaceous shape as she moved. The room spun with her energy and her sultry voice. *"If I can't have you . . . I don't want nobody, baby. If I can't have you . . ."*

When she was done, the crowd stopped dancing and cheered. Some stood on the tables and shouted, "Encore!" It was the most exciting thing to happen on their little karaoke stage in a long time.

Manny Becker was stunned. What timing! He had found himself his new star for his record company's new label, Downtown Records. She was hip, retro, yet fresh. He had found the new Donna Summer. He quickly went to approach her, but so did everyone else. He tried as best he could. "Excuse me, excuse me," he said, trying to push himself through.

"Hey, let's get out of here," demanded Jacqueline, grabbing his arm. He took one look over at Violeta, who stepped down from the stage, greeted by friends with congratulatory hugs and kisses. Violeta was beaming and emotional. She had received the green light she needed—she had acceptance as a singer. Now, all she had to do was go after her dream.

Manny Becker did not want to spoil her moment. *Let her shine,* he thought, as he watched her smiling and laughing with her friends. He turned to Jacqueline and said, "Let's go."

"Finally!" she said, exasperated.

Manny drove Jacqueline home. He said very little in the car. He listened to her talk about her photo shoot the next day at South Beach, how the trailer was unacceptable to her the last time, and how it had better be up to standard this time. When they reached her apartment building, the valet held the door open for both of them.

"Jack," he said, calling her by his nickname for her, "I won't be staying tonight. I have an early meeting to prepare for. I'll call you tomorrow."

"You have an early meeting? That didn't keep you from wanting to stay at that dump longer than we had to," she said, adjusting the little sweater tied around her neck.

"Jack, it was business. I'm thinking of signing her."

"What? Becker, you are losing your touch."

"Am I?" he asked, reaching over for her waist and giving her a tender kiss on the cheek. She smiled coyly. The valet guys looked at each other and then at Manny, with the reverence reserved for a king. They studied his moves like monks on a spiritual journey.

"I'll call you tomorrow," Manny said, getting into his silver Porsche.

"Okay, then." Jacqueline waved back to him.

Manny played with the controls on the radio, looking for the right station. Rock, country—the radio in its "seek" mode moved from station to station—jazz, classical, news . . . There it was: Disco. Music evolves, then comes back full circle, the same but different. Downtown Records would be about capturing that urban sound that lived in gritty dive bars like the Rooster. He would stylize it, of course. But the music from the streets was coming back. The crowd's reaction let Manny know—this girl was it. That sound was it. He kept seeing her in his mind. Her moves were so rhythmic, so smooth, so easy. It was as if the audience had no choice but to follow along. His collar felt a little warmer and a little tighter as he thought of Violeta's shape—that small waist leading to those hips, that soft, tanned skin, and, again, those moves. He shook himself alert once he remembered that she had rebuffed him. *There's got to be something wrong with her,* he thought to himself. *I got the moves.* Women didn't refuse Manny Becker.

He drove up to his plush condominium on William's Island in North Miami Beach. Already routine, he took the elevator up to the eighteenth floor to his apartment, took off his tie and shirt, and poured himself a glass of brandy. He stepped outside to look at the water and the Miami skyline. There, for a long time, he sipped his brandy and thought about that magical girl.

Three

Manny Becker arrived at IMG Music a little late. The day was the first recording session for Los Primos, a salsa band with English lyrics that Manny uncovered playing at one of the bars near the seaport. Manny believed that the cross-cultural sound of this group would start a new trend in the music industry. It also did not hurt that Los Primos was a very good-looking group of young men, which would attract a following with the young teenage market.

"Mr. Becker, Arturo Madera was just here," Vilma, his secretary, said. "He needs to see you right away."

"Thanks, V," Manny said, hanging his suit jacket up. "Listen, did you order in some breakfast for the recording session? I forgot to ask you to do that yesterday."

"I anticipated that, Mr. Becker. It's done."

"You are the best, V. The best!"

Manny grabbed a quick cup of coffee in the cafeteria and went into Arturo Madera's office, winking at Arturo's secretary, who was on the phone. Manny was the only executive at IMG Music who had complete access to Arturo Madera.

Arturo was on the phone as he waved Manny in to take a seat. "I tell you, Randall, this new label is hot, hot, hot! I can't say anything else until the press conference. I know. I know you are a friend, and I promise you the first exclusive with the artists after the press conference. Yes, I promise."

Manny sat on the leather chair across from Arturo's desk and looked around his expansive office. Arturo was a very rich and successful man who liked to show his wealth. He owned nothing but the best. The leather was soft Corinthian of the finest grade; his office furniture, all mahogany, was custom-designed and built in Italy; his bar area had only the finest single malt scotches and Baccarat glasses; the art work was all original.

Arturo was on the phone with *Billboard* writer, Randall Jordan. Randall had been trying to get the scoop on IMG Music's new record label. The buzz, alone, had given the company some positive attention, but there was a specific marketing plan to follow. Everything had to be perfectly timed.

"So?" Arturo said, finally getting off the phone and reaching for his humidor, offering Manny a cigar.

"So?" Manny repeated, as he gestured to decline the cigar.

Arturo smiled. He was a distinguished-looking man of fifty, handsome and in good shape. "The press is hungry for information on our new label. We are in a great position. What is your instinct telling you about this group? Are they the headliners?"

"Art, they are good, but I have to tell you I saw a girl yesterday who would knock your socks off."

"Oh yeah, where?" Arturo inquired.

"At the Rooster—karaoke hour."

"I thought we said no amateurs. We need heavy hitters, at least in the beginning. You know that."

"Art, this girl is good."

Art puffed on his cigar and looked carefully at Manny Becker. Manny was like his son. He had worked for him since he was sixteen years old, when he had started as a part-time gofer. Arturo had noticed that even then the boy had great instincts, always telling the record executive where to go to find talent that would prove to be major. Even when he was an eager teenager, dreaming of breaking into the business, Manny got a certain look in his eyes when he met up with true talent. He had it now as he spoke about Violeta. What worried Arturo was that it wasn't there so much when he talked about Los Primos.

"Have her come in and record a demo. We'll pay. If she's what you say she is, we'll take it from there. Now, we've got a major investment in these guys across the hall; let's go make sure we are getting our money's worth," Arturo said, walking out from around his desk and putting his arm around Manny's shoulder.

The members of Los Primos were downing the bagels and cream cheese almost whole. "Well, I see you gentlemen are not picky eaters," Manny joked with them.

The guys laughed with their mouths full. Manny waited for the engineers to finish setting up, and the band took their places in the recording studio. "One, two, one, two, three," the drummer began, and the band started to play. The song was entitled "Driving Me Crazy."

As Manny watched the band play, he had a horrible sense come over him. *This band is mediocre at best,* he thought. The lead singer, a handsome crooner, was overdoing it, and it showed.

"Okay, stop, stop," Manny interrupted the session. "You are killing this song! Take it down a couple. Work up to it. Let's take it from the top."

The lead singer looked upset. Manny was hard on him, and musicians have fragile egos. The band started again, and again Manny interrupted, "Okay, guys, this cut is going to be the hit single off the album. If you can't get this one down, we may just as well quit now."

"We don't understand, man, we're playing like we always play. What are we doing wrong?" one of the guys on trumpet dared to ask.

Manny did not know what to say, although he knew the answer. He had seen this happen to other record executives, but it had never happened to him. He realized right there why he was not hearing what he needed. He had picked style over substance. Los Primos had a good marketable package and reasonable talent, but they were not superstars. Manny Becker only signed superstars.

Arturo's background worries about Manny were beginning to surface. If they were to go public as a corporation, they needed to make it out of the gate strong.

Manny left the studio and Arturo followed. "What is going on here, Manny?"

"Art, I made a mistake."

"What are you saying?"

"I'm saying that this band does not have what we need. I mean, not really. We can still record the album, and probably make a profit on them, but these are not the big hitters we needed."

"Manny, listen to me, I am trusting you to find the talent. You know we can't go public without some strong talent. Everything depends on that."

"I know. I know," Manny nodded. This deal with IMG Music starting Downtown Records and going public on the stock exchange at the same time was too good to be true. Manny Becker did all right for himself as a record executive, but the shares of stock he would hold in this deal would make him rich beyond his imagination. Not to mention that his picture would grace the cover of *Billboard* as the thirty-two-year-old maverick record executive who brought the IMG record label into the major leagues.

"What are you going to do?" Arturo asked.

"I need the girl," Manny said, looking Arturo in the eye with *that* look.

"Then get the girl," Arturo answered plainly, but the tone in his voice said, *"She had better be everything you said and more."*

Manny walked into his office and buzzed Vilma. "V, hold all my calls." He sat there and wondered where he would find that girl. He stepped on the Stairmaster that faced the window overlooking the city of Miami. He took slow steps on it and tried to remember what he could about her. All he remembered was that she worked as a cashier somewhere—but where? He played the evening in his head and he remembered Kiki, the Rooster's manager, picking her name from a fish bowl. Her number should be there.

He jumped off the treadmill, grabbed his car keys, and ran out of the office. "V, I'm gone for the day," he said to Vilma. He looked frantic. The office clerks, who always gazed at him adoringly over the file cabinets as he walked through the halls, were disappointed as he rushed by, not even stopping to say hello.

He jumped in his car and raced out of the parking garage, almost running through the barricade. He drove right to the Rooster's parking lot. The bar was not open for business yet, but the doors were unlocked. He found Kiki at the bar counting money.

"I need to talk to you," Manny said, slightly out of breath.

"What about?" he asked, not even looking up from the cash.

"This is my card." Manny placed a simple black and white card on the bar counter that clearly identified him as a record executive.

Kiki laughed. "Record executive, huh?"

"Yeah, listen, there was a girl here last night. Brunette girl, beautiful—she was in the karaoke contest. She sang first. I need to get a hold of her."

Kiki took a drag from the cigarette that sat on the ashtray. "So, what do you want from me?"

"Do you know how to reach her? She filled out one of those cards."

Kiki realized that his interest was genuine. "You're a record executive?"

"Yes."

"Well, I'm, uh, her agent," Kiki said, waving his cigarette.

Manny had run into these kinds of operators plenty of times in his business. The I-want-a-cut guys. He had been one of them in his young hungry days. "Okay," Manny said, understanding this guy was not going to make it easy, "I need to get a hold of her tonight."

"Be here at nine; she'll probably be here," Kiki said, hoping to be able to get in touch with Violeta.

"Fine, nine o'clock," Manny said, as he looked into Kiki's untrustworthy eyes. He hoped that once he got close to Violeta, he could steer her away from this guy, and that he would be happy enough with some insignificant fee to go on his way. Manny became uneasy and nervous. It was important that he get a hold of her, but he had met these slimy types before and they always worried him.

He decided to call a buddy for an after-work drink and a quick bite, before returning to the Rooster. He did not want to go too far. It was hard for him to admit it to himself, but he was dying to see Violeta again. He could not shake her image from his mind. He had never seen a woman so beautiful, so striking. The image of her on stage as she moved made a smile take over his face. Part of him did not want to share her with this industry. Part of him wanted her just for himself. What was it about her? He hated not being in control. Manny walked inside the Hungry Sailor Bar and ordered a tall, cold glass of a Belgian lager. There, waiting for his friend, he did what most men do—he watched a football game and tried hard to convince himself that she was not that important, after all.

Four

Violeta sat on the front steps of the modest little house she shared with her uncle, strumming chords on her guitar and stopping to write down the lyrics. She would sometimes strum the beautiful Mexican ballads and *corridos* her father had taught her when she was a little girl. Her voice was fierce and strong, and the children from the neighborhood would stop riding their bicycles and stand out in front of the Sandoval house to listen to Violeta. The grown ups would perch themselves by their open windows.

This night, she was working on a ballad. She sang the third verse, *"Your eyes meet mine, and my soul soars higher than ever before. I am yours—helplessly yours."* She stopped because she wondered what it must feel like to love someone so deeply, so purely—like her father had loved her mother. That must be something—to love someone so much that you die of a broken heart from losing your beloved.

"Hey, lady," one of the little boys from the street shouted at her. "Don't you know any good songs?"

Violeta wiped her tears and laughed. "Like what?" she asked.

"I don't know," the little boy shrugged.

"How about this one?" Violeta strummed her guitar, playing a familiar chord. *"Ese lunal que tiene cielito lindo junto a su boca, no se lo des a nadie cielito lindo que mi me toca."* Before anyone knew it, there was a huge chorus singing around the neighborhood, *"ay, ya, ya, yay, canta y no llore . . . Porque cantando se alegran cielito lindo los corazónes."*

"Violeta," Uncle Napoleon interrupted. "There is someone on the phone for you."

"Who is it?"

"Someone from the Rooster."

Violeta thought it had something to do with the free dinner for two. She got up from the stoop and headed for the kitchen phone.

"Hello," she said, swinging her long hair to one side.

"Yeah, Violeta, this is Kiki from the Rooster."

"Yes, how are you?"

"Good, good. Listen, Violeta, I got a proposition for you. You were really, really good yesterday, and I know some guys in the record business who I thought I could introduce you to. I would love to represent you. Why don't you make it down here at about eight o'clock. We'll go over our agreement. I've asked them to come by later to meet you. You think you can make it?"

"Make it? Sure, I can make it! I'll be there."

"Excellent." Kiki beamed from ear to ear with the satisfaction of a glutton. This was almost too easy. "I'll see you then."

Violeta jumped for joy, shouting gleefully.

"Qué pasa, hija," Napoleon asked.

"You won't believe it, *tio*. I'm meeting some record executives tonight!"

Napoleon grimaced. Such crazy fantasies. "Now, Violeta, you know better. Record executives don't get excited over karaoke singers."

"Tio, I can't expect you to understand," Violeta said, heading for her room to pick out something to wear.

Napoleon sighed softly to himself. His niece was headstrong, and there was nothing he could do about that. He just feared for her. She was still so naïve at times, even now at one day older than thirty-one. Why couldn't she just marry Ramon—such a nice boy? A pharmacist even. In Mexico, pharmacists were almost as good as doctors. You told them your stomach hurt, they gave you something. You told them your head hurt, they gave you something. Pharmacy was a good profession. He worried about who would take care of Violeta, as he would not live forever. Ironically, Violeta seemed to believe that she was the one taking care of her uncle.

Violeta opened up her closet doors. "What to wear? What to wear?" she thought out loud. There were so many outfits. She loved to shop at vintage shops, church thrift stores, and the Salvation Army. She had a good eye for bargains, and she was a perfect size six. She easily found clothes there and, if they did not fit her, she could easily tailor them. She was an expert seamstress. She had picked up sewing in a home-economics class. She looked through the items in her closet. There was that fitted tuxedo with the long tails, the corduroy bell bottoms, the hip-hugger jeans, the pleated mini skirts, the flowery blouses, the knit halter tops, the poet blouses, the sarong skirts, the black velvet cat suit . . . so much to choose from. She decided on a poet blouse and a long sarong skirt, which she wore with a pair of red Dutch shoes that she laced up her calves like ballerina slippers.

She brushed her hair as she always did, with twenty-seven strokes, with her Mirta de Perales brush. Olga, the lady from the corner beauty salon, promised it would make her hair shine. For the fifteen dollars she paid for the brush, it better. She carefully applied her make-up. *But not too much,* she thought. She struggled to open her cosmetics drawer. It was full to the brim. She could not resist make-up—she enjoyed every color of blush, shadow, lipstick. The drawer was a little treasure trove, offering a rainbow of possibilities. For tonight, Violeta chose an oyster-white shadow for her upper eyelids and a soft powder-blue for the lower lids; she lined her eyes with a black eyeliner. She applied a nice shade of plum blush and blended it well into her cheekbones. Lining her lips with a neutral shade of lip pencil, she then filled her full lips with a nice pink shade. She knew her eyes would be the focal point. Her dresser also held vast bottles of scents. This was almost harder than picking an outfit. *I need a scent for luck,* she thought. She chose Bal de Versailles. It had been her mother's favorite.

Violeta arrived at the Rooster at eight o'clock sharp. Kiki noticed her right away and walked her over to a private booth.

"You look beautiful," he said to her, as he breathed in the scent of her perfume.

"Thank you," Violeta said simply, not moved by the compliment in the least. She took her seat and got right down to business. "So, tell me about these record executives."

"You don't waste any time, do you?"

"Why should we?" she responded. Kiki laughed a slightly mischievous laugh. He called to one of his waiters, "Bring us some nice nachos with guacamole." He turned to Violeta and asked, "You do like guacamole, don't you?" Violeta did not respond. It was a stupid question.

Kiki's jacket was too tight for him and the sleeves a little short. He looked uncomfortable in his own skin. Beads of sweat collected on his forehead, ready to race down his cheeks. He struggled to get his handkerchief out of his pocket to dry himself off a bit. "Look, the reason I have asked you to come here is that I know people, and I am ready to do business. Are you ready to do business?"

"Sure," Violeta nodded.

Kiki took an envelope from inside his jacket. He opened it and presented Violeta with a badly copied contract with fill-in-the-blank spaces. The blanks were filled out with a leaky pen. "Sign this contract, so that I can get you gigs," he said to her, matter-of-factly. It was intentional. He wanted her to think this was the way business was done.

Violeta looked at Kiki and reviewed the contract. She immediately spotted where he wanted 30%. "Thirty percent!" she exclaimed.

"Is there a problem?" he asked, lighting a cigarette.

"You bet. Listen, do you think I fell off the banana tree yesterday?" Kiki appeared genuinely confused by that. "Forget this." Violeta proceeded to get up. Kiki placed his hairy hand firmly around her shoulder.

"Don't go. Ever heard of negotiations?" He leaned into her cheek. "You give up a little, I'll give up a little. *Comprendes?*" He caressed the back of her neck. Violeta picked up the saucer of newly arrived guacamole and dumped it over his head. She got up quickly from the table and ran to her car. Uncle Napoleon had been right. What had she been thinking?

She drove the 1982 Chevy station wagon that her uncle did not use anymore. Its only real benefit to Violeta was that the radio worked well. She tuned it to 97.1—the Spanish Love Song Station. The music always depressed her, but in a good way. She felt that Spanish love songs were different than English ones. They were a little more poetic, perhaps even a little more desperate. There was a willingness to lay it all on the line. She cried as she drove, not wanting to drive home just yet and have to tell her uncle he was right. She drove to the end of a fishing pier, took off her shoes, and sat down, throwing little pebbles in the water. Alone, she wondered what to do.

With tremendous anticipation, Manny Becker arrived at the Rooster an hour later. He saw Kiki sulking behind the bar. "Where is she?" Manny asked, looking around for Violeta.

"Forget her. She is a nut."

"Do you know where she is or don't you?"

"No. I don't. She took off with some guy in a fancy car. You know how these girls are. They come from nothing and they get with any guy they think can buy them anything from a full tank of gas to a meal that does not involve paper napkins."

Manny looked Kiki straight in the eye. He knew he was lying. He knew from the moment he saw her that she was not like that at all. Kiki must have scared her off somehow. He wanted to deck him. At this point he was back at square one. Where could he find her?

He arrived at Jacqueline's apartment, and she sat waiting for him in a white silk nightgown on her teal-blue leather sofa. He walked past her, barely acknowledging her. He went straight to the kitchen looking for a beer. He returned to the living room. "What a day! I could not find her. I don't know what to do."

When Jacqueline realized his distraction stemmed from that girl from the club downtown, her demeanor changed. "Don't tell me you are obsessing about that Indian squaw girl from the club?"

"What?!" Manny looked up from his beer.

"Manny, you are seriously losing it. Do you honestly think people are going to buy records from someone named Violeta and who looks like that?"

"What the hell do you mean?"

"Manny, please. She is too dark. Too brown. Too Latin. She won't cross over. You can sell Latin only if it doesn't look Latin. You know that is the way to make it mainstream. You've got to water it down, baby. Look at me. Do you think I would get the work I get if I weren't light skinned, with light eyes? We don't give girls like her record contracts." She held his face with her hands. "Face it, honey, girls like her clean our houses."

Cover-girl model or not, Manny's eyes were looking at the most hideous woman he had ever seen. It was as if she had grown horns on her head and had snakes in her hair.

"I've got to go."

"What?!"

"Jacqueline, you disgust me. You are the worst kind of woman. You are petty, elitist, and evil. Does that make you feel better? Darling, I've got some advice for you. Invest your money well. The streets are littered with the bodies of over-the-hill models. I give you ten years before you are running to the plastic surgeon. As far as too brown and too Latin—listen to you. There is such a thing as talent, and it is very simple. She has it. You don't. That transcends color and surname. What do you think, anyway—that because you come in a lighter shade that a racist will overlook you? You are still Latin any way you slice it, cut it, dice it. I'll tell you something else. You make sure you cling onto your looks, baby, for as long as you can, because you are truly pathetic."

"Get out!" she yelled, as he went for his coat. She picked up a crystal vase to throw at him. He ducked just in time and it hit the door.

As he walked down the hallway to the elevator, she yelled at him, "Don't you ever come back! You are a loser, Becker! You'll see. You've lost your touch!"

Security was alerted at the lobby as Manny walked out.

"Whoo-weee! She was on a roll, by the sound of her," said Bobby, the black Pinkerton guard, who was friendly with Manny. "See, that's the problem with the really fine women. I stick to the ugly ones, myself. They're easy to put in their place."

Manny smiled, and waited for his car. He had developed a splitting headache.

Five

Violeta decided to work the 11 PM to 7 AM shift at the Piggly Wiggly. She did not want to go home, and she was still wired up from the frustration of dealing with Kiki. It was an easy shift, as far as she was concerned. There were not a lot of customers. It was mostly people who hated to shop when there were crowds, or people with funky work shifts.

She changed in the break room and took over the office register in charge of the lotto tickets, cigarettes, refunds, check cashing, and item returns. It would be an easy night.

Manny Becker drove around aimlessly with his splitting headache. It served him right, he thought to himself. He always made bad choices when it came to women. More than the argument, the stress of never finding Violeta, and having to tell Arturo, was really upsetting him. He noticed the happy neon face of a smiling pig, and realized that the Piggly Wiggly was open twenty-four hours. He would get some strong painkillers there. Entering the Piggly Wiggly, he was noticed by all the cashiers. Lucy thought he looked familiar, but she could not remember from where.

Manny's temples throbbed as he walked down the medicine aisles, carefully looking at all the "maximum strength" brands. He wanted something that would crack his head open and let out the demon that was knocking around in there. He finally picked two brands and walked up to the office cashier to pay. He also wanted to buy a newspaper from her. Squinting from pain, he asked the cashier without looking up, "Which of these two is better?"

The cashier examined the bottles. "Okay, well you see this

one right here. This is just plain aspirin. For this, you may as well get the generic brand and save a couple of bucks. This one here has the real painkiller—the highest dose available without prescription. My money is on this one." The time spent engaged to Ramon, the pharmacist, had been good for something. "You really have a doozy, don't you?"

"Oh God, yes, yes I do," Manny said, shaking his head. He looked up to see the face that went with that sultry voice.

Violeta took one look at those sapphire eyes and realized who he was. He instantly recognized her.

"Oh my God!" they both exclaimed.

"Let me ring this up for you quick!" Violeta was flustered.

"Wait, wait, wait . . . listen," Manny said, trying to hold her hands still to get her to focus on him. "I've been trying to find you all day. This headache is your fault."

"Yeah, right."

"Listen to me; I am a record executive. Wait, let me get you my card." Manny searched his pockets, coming up empty.

Violeta rolled her eyes. "You don't know what I've been through today, okay, mister? I've had my share of creeps to deal with."

"No. Really, really, I am a record executive. IMG records." Manny continued to desperately pat himself down in search of a card.

Within minutes, they were attracting attention, and up came Norma, who picked this night to work the late shift. "What is the problem?"

"Nothing, ma'am. I just want to give this young lady a business card. I'm a record executive. I heard her sing and I just want to—" Manny tried to explain.

"Okay, buddy—out!" Norma saw this guy as some phony, just trying to make time with a pretty cashier. What kind of record executive finds himself at the Piggly Wiggly at that time of night?

"Really. I am dead serious." He turned to Violeta with a pleading look.

"Violeta, is this guy a friend of yours?" Norma became suspicious, always looking for a reason to reprimand Violeta.

"No, Norma, no."

"Violeta, I'm giving you exactly one minute to get rid of him." Norma walked over to the front sliding doors.

"Do you see what you've done? You're going to get me fired!"

"From the looks of it, that would appear to be a good thing."

"What is that supposed to mean? I resent that. You know what, whoever you are, I think you should leave."

"Manny Becker. That is who I am. Manny Becker."

"Then go, Manny Becker," Violeta said, handing him the bag with the aspirin and the paper and stepping into the back office.

Manny shook his head and started to walk out, when Lucy grabbed him by the shirtsleeve. "I remember you," she said. "She's going to sing at my family's restaurant on Friday. Here's the address. You can see her there." Lucy handed him the information on a receipt for bubble gum.

"Thank you. What is your name?"

"Lucy," she said, with a big smile, pleased that he was giving her such intense attention.

"Thank you, Lucy," he said. He tightly held on to the paper, walked past Norma, and exited through the sliding door. His headache was instantly better after seeing her, and knowing he would see her again.

Friday had arrived. Violeta was to sing for the first time at Nino's, a small restaurant owned by Lucy's family that served up good pizza and homemade dishes. Violeta had decided she wanted to get a taste of performing before a real audience. She could not sleep the night before. It had not taken much for Lucy to convince Nino, once he was told Violeta would sing for free. It may have been a small restaurant, but it was a neighborhood favorite and always busy. Violeta could hone her skills there.

Lucy made a fancy sign, announcing Violeta's performance, using a white poster board. On it, she put a black-and-white picture of Violeta strumming her guitar, and placed fancy gold stars around her as a frame. With a black magic marker, she wrote "Appearing Friday: Local Singer, Violeta." Everyone in the restaurant started asking about the singer throughout the week, and even Nino started getting excited about the possibility of more business.

Violeta consulted the selections in her closet again. She decided that if she was going to perform, she was going to perform. For this occasion, she took out her black velvet pant suit with the bellbottom legs. The suit was so black, you saw blue in it. It was tightly fitting, showing off her curves. The sleeves were long and it had a shirt-like collar. She dipped into her wood jewelry box and looked for an eye-catching piece. She found it—a silver choker that held a purple amethyst stone.

She had the ends of her hair slightly trimmed and decided to leave her long hair down. It would be her trademark, she thought. The comparisons to Cher would be inevitable. There was her unusual face, of course. She felt a little more glamorous for this performance. She chose deep, rich colors in her make-up to bring out her exotic figure.

"Bye, *tio,*" she said to Napoleon, as she stepped out with her guitar case.

Napoleon peeked up from the Super Variety Show on the Spanish station and did a double take. *"Niña,* where are you going?"

"I told you, *tio,* to sing."

"Dressed like that?"

"Why? What's wrong?"

"Well, *hija,* it's a little bit too much, no?"

"Tio, I want to make an impression." She walked over to her uncle and gave him a soft kiss on his forehead.

Napoleon smiled and shook his head tenderly. There was no stopping Violeta. *"Buena suerte, hija,"* he said, with a slight laugh.

Violeta loaded up the station wagon and drove off to Nino's Restaurant. When she arrived, Lucy helped her get set up. Lucy resisted telling her about Manny.

They cleared up a corner of the restaurant for her, but Violeta was concerned that she was too close to the busy kitchen door. She had no choice, really. The place barely had enough room for the patrons. Violeta counted twenty round tables with red and white plastic tablecloths and fishnet-covered candle centerpieces. The waiters strategically maneuvered through the crowded floor space, balancing hot plates of *ropa vieja,* a popular Cuban dish and the night's specialty.

The neighborhood, which was located in the industrial area of the city, was made up of many immigrants, new to this country, who wanted to live close to work and where the rents were not too high. It was a tight-knit community where everyone knew each other and helped each other out. Nino always changed the menu to feature dishes that were as diverse as his clientele—Nicaraguan, Honduran, Ecuadorian, Dominican, Cuban, and Puerto Rican. The meals were always wholesome with generous portions.

Violeta set herself up on a stool. It was nine o'clock when she started to play, and the dinner crowd was in full swing. Violeta worried that she would have trouble getting the attention of the patrons. She sat on the stool and began to strum her guitar. She started with an upbeat piece that she had written herself. One by one, the diners lifted their heads from their soups and rice and beans to listen. They stopped talking and turned their chairs around to hear better. They clapped when the song was over. Violeta's confidence improved when she noted the smiles on the people's faces. If there was one thing she did know, it was that you had to catch their attention immediately, if you were going to catch them at all. She went on to sing three more numbers before she started to get really comfortable with the crowd. At about ten o'clock, Violeta was beginning to feel like an old pro, and the crowd was really enjoying her performance. She stopped to take a drink of water, and, as she looked around at the faces sticking around even after dinner was over, she fancied herself as a lounge singer in some Las Vegas bar.

Nino was very impressed with the reaction of the crowd, and he was especially pleased that they kept ordering glass after glass of wine, not wanting to leave. At this point, Nino decided to create a little atmosphere and he dimmed the lights softly. Violeta had already sung her first set of favorite top-forty pop tunes and two of her original songs.

Manny Becker arrived quietly and sat in the back of the restaurant. Because it was dark, Violeta did not see him. He

took a seat about five tables from her, ordered a beer, and relaxed, ready to see the show.

Violeta was now at her best. All of her anxiety was gone,
and she was enjoying herself doing what she had always
dreamed of doing. She strummed the guitar and played softly
as she spoke. "You know, before moving to Miami, I lived in
Macon, Georgia—a little town just outside Atlanta. And, well,
even though I love Miami, I often remember Georgia," she
spoke, as she strummed the guitar. "It was a lonely place for
me. I was away from my family and my friends in Mexico, but
in a way it was not a bad thing. It was the good kind of lonely.
Does anyone know what I mean?" Violeta could see people
nodding. "There is a song I would like to sing that describes
how that feels. It is called 'Rainy Night in Georgia.' " Violeta
started to sing for the appreciative crowd, and everyone in that
restaurant knew that they were in the presence of something
special. It was undeniable to everyone there, particularly
Manny Becker, who confirmed that if lightning does not strike
twice, it does if it's Violeta.

Violeta finished her set and left her little corner for a short
break. Nino brought her a Diet Coke and took the extra trouble
to bring it in a frosted glass, with a slice of lime and crushed
ice. He would normally just bring a cold can with a straw. But
he was impressed with Violeta—very impressed. "That was
very good, very good," he told her, as he noted the crowd's applause. "Maybe you can come in more often. I could pay you."
Nino rubbed his hands with his apron nervously.

"Thank you, Nino. That would be great," she said, patting
her forehead dry with a napkin, feeling a little overwhelmed.

"Yeah, Violeta, you were awesome," Lucy said, truly impressed by her friend's natural talent.

"Oh, thanks, Lucy," she said, with a moved smile, and she
reached down to hug her petite friend.

When she looked up, she saw Manny Becker beaming at
her. This time the crowd was not going to beat him back.
"Hiya!" he said to her. She was startled.

"What are you—some kind of weirdo?"

"No. I'm not a weirdo. I told you. I am a record executive.

Here," he said, and took out a business card, which he made
sure to have on him this time.

Violeta examined the card. It read "Manny Becker, Record
Producer." Not wanting to seem naïve again, Violeta dismissed
the card and returned it to him. "You could have just had these
printed up."

"Could I have had this just printed up?" he asked, sliding
out a contract from IMG Music with a $20,000 check at-
tached.

At first, Violeta looked at the document with amused disbelief, but the reality of what she was looking at quickly set in.
"Oh my God! Oh my God! Is this what I think it is?"

"Yes."

"You're not playing with me mister, I hope, because I don't
know what I would do."

"I'm not playing with you."

Violeta looked at the check and took in a deep breath. She
looked over at Lucy and then at Manny. Her eyes were wet
with tears of emotion. "Thank you," she said, smiling at him.
"Thank you. Thank you. Thank you."

"Well maybe you could treat me a little—"Manny started to
say, when Violeta surprised him with a spontaneous hug and
countless kisses on the cheek.

"Violeta, get a hold of yourself," Lucy said, firmly placing
her hand on her arm. Violeta looked around and realized Nino,
the staff, and the whole restaurant were staring.

Manny blushed. Violeta looked up at him, embarrassed. "I
just don't know what to say."

Manny handed Violeta a Mont Blanc pen. "Don't say anything—just sign!"

Six

The night of her turning-point performance at Nino's, Violeta fell asleep with a smile on her face. It was still glued on when she woke up. It was there as she showered and got ready for work. It was there as she had *Huevos Rancheros* with her uncle, and it was there as she got into that clunker of a station wagon and drove all the ten minutes it took her to get to work. Nothing could have shaken that grin off her face—except maybe . . .

"You're late!" Norma barked, looking at the time clock.

"Norma, wow, I'm sorry. I got here on time. I just forgot to clock in. I was so excited. You see—"

"Shut up. I can't stand to hear excuses!"

Violeta had worked at the Piggly Wiggly now for three years. It was supposed to have been a temporary thing while she figured out what to do with her life. Violeta had had lots of temporary jobs and "in-between jobs", in between the temporary jobs. Since moving to Miami, she had been a pizza maker, a waitress, a shampoo girl, a receptionist, a museum tour guide at the Seaquarium, and worked at her uncle's nursery. She was always waiting for something to finish or start before she started working on her music career. The Piggly Wiggly was the longest she had ever worked anywhere. It had hit her one day when she found an old diary she kept in high school. She saw a world beyond the walls and circumstances that surrounded her. There were no limitations or obligations in her youthful imagination. She pictured herself happy, living out her dreams as a singer. She also read her dreams of finding her true love. She knew he was out there—somewhere.

As the years passed, Violeta almost started putting away her dreams of singing, in part because she was very afraid of failing. Her notions of love changed, too.

Whenever people asked her when she was going to get herself out there as a singer, she often used the excuse that her uncle needed her. She would explain that he was getting older and not feeling as well as he used to. He was the only family she had, and she felt a deep sense of commitment to be by his side. For Violeta, it had become safer just to daydream.

Napoleon loved his niece, but he worried for her. He was afraid that life would always pass her by as she dreamed—dreamed about things out of her reach. When Ramon started coming by, paying extra attention to Violeta, taking her out, and being so kind to her, Napoleon encouraged Violeta to see more of him. Violeta enjoyed Ramon, but as much as he professed his love for her, in her heart, she did not love him. She felt maybe that was all there was to life, finding someone nice and settling. Believing this, she had agreed to become engaged to Ramon.

Finding that diary had saved her life—it was as if she were giving herself a last chance—a last chance at a dream. If she was always waiting for a sign that singing is where she should be, then there was no better indicator than a contract with IMG Music as to where things would be going. She needed to start thinking big and finally get out of that job. This should be the end of all temporary jobs.

Violeta looked at Norma straight in the face and right in the eye—something she never did because it was thoroughly unpleasant. "Norma, you have to be the most miserable and unhappy person I have ever met. I can't imagine how else you get such a thrill out of being so terrible. Does it make you feel powerful to know that people fear you and dislike you? Can you ever show the least bit of compassion or kindness, or, at the very least, tact?"

"Who do you think you are?" Norma yelled.

"Who do you think *you* are?" Violeta responded, her heart racing. She did not like confrontations.

"You are so close to being fired."

"Sorry, Norma, I'm actually closer to quitting. As a matter of fact, consider me crossing the finish line right now. I quit."

With those words, Violeta took off her smock with her official Piggly Wiggly nametag and handed it over to Norma, who received it with mixed emotions. She was upset that Violeta had taken away the satisfaction of firing her, and she never really wanted Violeta to quit or be fired. It was much more fun having her around to harass. More than any of those things, Violeta's words actually cut deep into Norma. She knew them to be true, of course, but no one had ever had the guts to tell her.

"Well, I'm just going to have to tell Leo about your insubordination."

"I'll talk with him myself."

"Fine. You'll end up back here, or some other place like this. Your head is in the clouds. It's gonna hurt once you come crashing down."

"Norma, what I tried to tell you before is that I signed a record contract yesterday with IMG Music. They gave me a $20,000 advance to start work immediately. So you see, Norma—it pays to dream. It pays to have goals. Even if they aren't so practical to everyone else, but they are real to you."

Norma was quiet. She did not expect to hear that. She was the product of broken dreams—guilty of never reaching her aspirations because she did not have the courage to try. She wanted to be a pianist. Her grandmother had paid for lessons up until the day she died. Finding the piano lessons foolish, her mother used all of the grandmother's inheritance to buy a local bar that ran itself into the ground. Norma's face was filled with regret and sadness at remembering the hopes of her youth. She took a deep breath and sat down.

"Norma, what is the matter?" Violeta noted her change.

"Congratulations," Norma managed to say.

Violeta took a closer look at Norma. "You say that like someone just died."

"No, I mean it. I always found you silly, that is true, and I still think you are. But, you never did care what I thought. You didn't care what anybody thought. I do think, Violeta, that you will make it."

"Huh?"

"Really, I do. Good luck to you." Norma looked up and

smiled. "You caught a break. It's important that you run with it."

"Thank you, Norma," Violeta said, and she reached out for Norma's hand. In a strange twist of fate, it was looking into Norma's eyes that made Violeta realize what happens when you let someone take your dreams. Your eyes harden with the regrets of the years. It occurred to Violeta that this woman, this nemesis, was in Violeta's life for a reason.

She walked out of the back office and did not say anything to the girls that were all gathered with Lucy, getting updated on the night before. People came around patting Violeta on the back with celebratory hugs, wishing her well. Some asked where she was going. "I quit," she finally said. The girls cheered.

"Well, it's about time. Hey, everybody, Violeta quit!" they teased, and Violeta did her best to say her good-byes to everyone without causing too big a commotion.

Violeta walked outside the Piggly Wiggly and took in a deep breath. Her cashiering life had come to an end. She walked through the strip mall until she reached a public phone. She took out Manny Becker's card from her wallet and dialed the direct line he had written down for her.

"Manny Becker," he answered the phone. He wore one of those headpieces for the phone around his neck because he took so many calls throughout the day.

"I just quit," she said. Manny Becker sat down on his sleek yet oversized executive chair and grabbed a stress ball from his desk. He had a satisfied smile on his face.

"Really," he said. "That's too bad. I wanted to dress up in a white officer's uniform, go there, and carry you out like Richard Gere did with Debra Winger in 'An Officer and a Gentleman.' "

Violeta laughed. "That would have been funny, but totally unnecessary."

"We need to talk things over right away, you know."

"Yes, I know. Manny," she said, taking a deep breath, "I'm very nervous."

Manny closed his eyes. He knew he, someone she didn't really know, held all her hopes in his hands. He knew this was more than business for her. It was her life and dreams. Somehow he felt strangely privileged. "I know," he said softly. "It will be okay. How about we have dinner, get acquainted, and I can explain how things will go."

"Okay," she said.

"How is 7:30?"

"Sounds good."

"Okay, then."

"Okay," she whispered.

Her stomach felt funny. It was a kind of funny she didn't like. It was an adolescent funny—the kind you felt when you had a crush on a boy and didn't want him to catch you looking. She had it under control when she dismissed him as a playboy. But she was starting to see him as a really nice guy, and she knew that could mean trouble.

Manny Becker spun around in his chair three times. He sprung up, walked outside his office, and told Vilma, "V, you look beautiful today!" He strode down the hall and called out, "Hello, ladies, such lovely ladies," to the file clerks as he made his way to the executive rest room.

He washed his hands and took a good look in the mirror. "You are the man!" he said to himself, then he caught what he was doing. *This is not a date,* he thought to himself. He was acting as if it were. The realization was not a good one. He tried to put things in perspective for himself. *This is because she is going to be just what the new label needs. I always get excited about a promising new artist,* he began to think. Manny splashed some more cold water on his face and took a final look in the mirror. Suddenly, his stomach was feeling funny, too.

Seven

Manny Becker drove to Violeta's little house near downtown. Although the neighborhood looked a little run down, the house was welcoming, with beautiful flowers planted out front. Napoleon was a foreman with one of the nurseries in the southern part of Florida, but he retired after hurting his back in the field. He spent countless hours toiling away in the garden.

Manny was nervous as he knocked on her door. Through the whole ride to her house, he kept thinking about how special she was. She was different from the other women he had gone out with in the last few years. She was genuine and natural. He was so immersed in the record business that he mostly looked to date well-known models that would impress other record executives at corporate functions. Manny was always the envy of all his friends, especially those with whom he had grown up. After a while, though, the life style became too shallow. Even for him.

He could not have expected the vision that stood before him once the door opened. Violeta answered, wearing a lovely deep-blue silk dress. The spaghetti straps revealed her sensual shoulders, and she complemented the look with a matching silk wrap. She held a little clutch purse and cocked her head to the side as she greeted him, "Hello."

"Hi . . . you, umm, look great," Manny said, not quite able to control his reaction.

"Thank you. Please come in." Manny stepped over the threshold and spotted Napoleon on the couch watching his soap operas. *"Tio,* this is Manny Becker, the gentleman I told you about," she proceeded to introduce them. "Manny, this is my uncle, Napoleon."

"Mucho gusto," Manny said, extending his hand.

Manny liked Napoleon. He was an instinctual guy that way. In his business, it was the way Manny just knew things about people that gave him the edge. He could tell just by looking into Napoleon's eyes that he was a decent and honorable man who loved his niece and appeared concerned for her.

Napoleon puffed on his pipe. He wore a soft, heather-gray sweater and gave Manny a good once-over as well. He didn't say much usually, preferring to observe.

"Excuse me a moment, I left something in the oven." Violeta stepped away to the kitchen for a second, leaving Manny standing awkwardly with Napoleon. Manny looked around the house for something that may lead into a conversation to fill in the silence. He saw the oil painting with scenes of a Mexican hacienda, and a couple of Freida Kahlo prints in frames; there was a painting of the Virgin of Guadalupe on a burgundy velvet canvas. The furniture was traditional, rustic Spanish furniture. Finally, on the television there was a preview of the movie "Tizoc," starring legendary Mexican silver-screen legends, Pedro Infante and Maria Felix.

"I love that movie. Is it really playing tonight?" Manny asked, with genuine enthusiasm. Napoleon took the pipe from his mouth, a bit surprised.

"You know the movie?"

"Oh, yes. My grandmother was a big Pedro Infante fan. She watched all his movies, and his music was always playing in the house."

"Ah, his music, yes," Napoleon said, with a wistful grin.

"She played his boleros, cha-chas, valses, and *canciones rancheras.*"

"Your grandmother sounds like quite the romantic."

"Yes, that she was," Manny said, affirmatively. His grandmother was the first to share her love of music and how to feel it with him. He was convinced that her ear and heart for music had blessed him with his career.

Napoleon was a little hesitant about Manny at first. From what Violeta had shared with him, he seemed too eager, and that made him suspicious. He had not let his guard down, but he did know this: any man Manny's age who liked Pedro Infante could not be all that bad.

Manny opened the door to the silver Porsche for Violeta and watched her step in carefully.

"So," she said, "where are we headed?"

"I've got a special place in mind. Do you like seafood?"

"I love seafood." Violeta's face brightened up.

"It will be a little bit of a drive, but it will be worth it." Manny drove Violeta up A1A through the Miami Beach coast. He would be taking her to Martha's in Ft. Lauderdale. He had planned on taking her someplace more casual, but when he saw how beautiful she looked, he had to think quickly. Martha's was located overlooking the Intercoastal waterway. It was quiet and elegant, and, as Manny was aware, very romantic. He did not have a reservation, but it concerned him only slightly. He knew the management. It would be a bit of a drive to Ft. Lauderdale, so he reached for a CD to play. He picked a Jose Feliciano CD entitled "Señor Bolero."

"Oh, I love Jose Feliciano." Violeta was completely pleased with his choice.

"You do? So do I." Her reaction was better than he had expected.

"Have you ever watched his hands work the guitar?" she asked.

"No," Manny responded. "I take him for granted that way."

"Oh, no. You have to watch him perform, and you have to watch him work his hands. It is like he is spinning magic with the strings."

The song playing was a remake of the bolero "Como Fue."

"You ever notice how love songs are not what they used to be?" Manny asked, as he surveyed the lights off in the distant ocean.

"I know exactly what you mean. Today, love songs lack something. Everything is about the person getting over a bad relationship, it seems. No one professes true love anymore."

"That's right. You know what it is?"

"What?" Violeta asked, noticing they were both very in tune with each other's opinions.

"The death of romance," Manny stated. "Yeah, it's about a guy not paying the girl's bills, or the guy is cheating and the girl is moving on, or the guy is girl-crazy and can't decide. Or it is a love ballad, but the person singing it does not really convince you, you know? It's like the words don't really have meaning. I don't know. I guess I remember a time when love songs were love songs, and the right ballad could make you do something silly, like run to a girl's window in the middle of the night and confess your undying love to her."

"I like a good desperate love song," Violeta said, with a smile.

"But not too desperate," Manny responded.

"Like running to a girl's window in the middle of the night isn't desperate. Did you ever actually do that?"

"Once or twice," Manny laughed. "I was quite the romantic fool in my youth." He smiled at her, making her feel very at ease. "So, what about you?" Manny asked, genuinely interested.

"What about me?"

"Certainly, you've done something foolish inspired by love?"

Violeta thought about it. "Well, I've never been in love."

"Never?"

"Well, I've thought I have been, but I haven't."

"What do you mean 'you thought?' "

"Well, I've had crushes and I've had boyfriends I've liked a lot, but I've never really felt that way."

"But the way you sing it's as though you have, as if you know more about it than anybody. It comes across in your music."

"I know about it alright, but what you hear in my voice is me wanting that, searching for that."

"Searching for—" he tried to clarify, when she interrupted.

"True love," she replied.

"I see," he said. "Well, whatever it is, it works for you."

They approached the restaurant and Manny handed the keys to the valet. The hostess, recognizing Manny, ushered them immediately to an intimate table at the corner of the restaurant. The place was dark, with only candlelight to guide them.

Manny took out the chair for Violeta and took his seat across from her. She looked beautiful in the candlelight.

The wine steward came by, and Manny ordered a bottle of vintage Roederer Champagne-Crystal from 1990, an excellent year and $175 a bottle. Violeta seemed impressed by his expertise and floored by the price on the wine list. The waiter poured the glass and waited for Manny's approval. When he approved, the waiter proceeded to pour a glass for each of them.

"We are celebrating tonight," he said, raising his glass to her.

"We are?"

"Yes. To a beautiful songstress that is about to take flight," he said, clinking her champagne glass. His words were familiar to her, like her father's story.

"Thank you." She took a sip. It was the first time she had ever had really good champagne. She was surprised to find she could taste the difference. "So, Manny, do you always celebrate with champagne when you sign someone?"

"No, not every time, but you're special."

"How so?"

Manny took a deep breath, folded his hands under his chin, and looked into her eyes. They were so large and luminous. He kept thinking, *she is so beautiful.* In a way, he hated that this evening was about business. He wished that he could tell her how she made him feel. He felt like himself around her. He wanted to tell her how just the sight of her made him happy—like looking at her was all he would ever need.

"The chef has something special he would like to prepare for both of you, Mr. Becker. Will that be okay?" the waiter interrupted.

"Pierre, cooking something special for us? I am honored. Violeta, do you feel adventurous?" Manny turned to her.

"Sure," she said, with a casual shrug of her shoulders.

"Very well, then, we are in Pierre's hands."

The waiter bowed slightly in acceptance of their approval. Violeta took a sip from her champagne flute and gave Manny a half smile.

"What?" Manny asked, noting her curious expression.

"Oh, I don't know. I guess I was wondering how you became what you are. You're kind of my age, you know, and here you are—this big producer."

"Well, I love music, for one thing. I was always very into deal-making, even as a little kid. My mom can tell you stories about how I would bring my toys to school and rent them out to the kids at recess. I always looked for an angle to make money. Music was a passion of mine, and since I had more records than most people, I invested in a good turntable and did my rounds around the party circuit as a DJ. Being a popular DJ, I became very well versed in music trends, and I got the scoop on new artists. One day, I met Arturo Madera, the CEO of IMG Music, when I was bussing tables part time in the afternoons at this restaurant called La Habana Vieja. Business execs and local politicians were always in there, making deals. I tried my best to make an impression on him. After a while, I just asked him for a job straight out. I hassled him about it daily. One day, he was having lunch with Jose Luis, the Latin ballad singer, and he turned to Jose and said, 'This guy just won't let up. Okay, son, tell you what, be at my office first thing in the morning and we'll arrange for something.' I was so excited. Here was Arturo Madera, record mogul, giving me a break. Imagine my surprise when I get down to the IMG Music office, and he sets me up with some personnel guy who takes me downstairs to a room in the basement to sort out the mail. It was tough, but I didn't let it get me down. Whenever I was doing a DJ gig, and I spotted an act with good talent, I would tip off the record producers. Pretty soon, they were coming to me for ideas on the arrangements of the albums, and then on the marketing strategies. Arturo started inviting me to meetings and would ask me questions. He would listen to my opinions, so other people started to listen, too. One day, after enough of the acts I brought to the table were proving to be profitable, Arturo took me to his tailor and ordered five of the finest suits you ever saw. He gave me an office, a big jump in salary, a car, and an expense account. He said, 'Son, this is your future. It is right here with us.' And the rest grew from that. I've been the most successful producer in all of IMG Music's history."

Violeta had had him all wrong. He had worked his way up, and he was sensitive in a way that pleased her. "You are really something. I wish I could impress you," she said, thinking she had no great accomplishments to speak of.

"Violeta, you blow me away," he said, reaching for her hand, suddenly feeling forward. Violeta was moved.

"It's just that, well, I've never done anything. I graduated at the top of my class in high school, back in Georgia. But my uncle and I then moved down here, and well, I just never could figure out what I wanted to do. I thought I had all the time in the world, and then I figured out nobody really has all the time in the world. There is a limit to everything, a time when grace periods, extensions, last chances run out. I turned thirty-one and figured out that it was do or die."

"I admire that, Violeta. You picked something people don't take seriously. The chances of making it in this business are slim. It's tough. Real tough. It breaks a lot of people. You are very lucky. We both are. The timing is just right for you and me."

"We are a team," Violeta said, raising her glass this time.

Manny smiled. "We are a team," and he clinked his glass with hers. The waiter showed up with their dishes. It was a special pasta dish, topped with a variety of delicacies from the sea, a medley of lobster and scallops, and covered in a rich, white cream sauce. After just one taste, both Manny and Violeta closed their eyes in sheer delight. They opened their eyes and caught each other's gaze. Their feelings of attraction were becoming very hard to hide. At this point, they were both feeling something very powerful and undeniable.

For dessert, they enjoyed a strawberry tart with a sweet glass of port. It was the finest meal Violeta had ever had. On the drive home, they were quiet. They enjoyed the rest of the Jose Feliciano CD and the beautiful drive.

When Manny dropped Violeta off, he escorted her to her front door, and he could see Napoleon looking out the window, waiting up for her.

"Thanks for a wonderful dinner, Manny," she said, looking shyly down. She had had a wonderful time.

"Thank you for the lovely company," he said, watching the night air whisk her hair. He was so moved by her beauty.

"So, we meet tomorrow at your offices?"

"Absolutely. Arturo has to meet you, and we have work to do."

"I'm so excited," she giggled nervously, and looked down and then up to meet Manny's eyes with a soft gaze.

"Don't be. You'll do great."

Violeta felt a little awkward, as she started to open the front door with her keys. She stepped inside and looked at Manny one more time.

"Good-bye," she said, and she leaned in and gave him a soft peck on the cheek.

"Good-bye," he whispered, and waited for her to close the door. Manny had never felt this way before. This was a wonderful, but disturbing, feeling. He was vulnerable again, and he wanted to run to the drug store to get something for it—he wanted it to go away. This delicious pain. This sweet anxiety. This tortuous desire that only got worse the more he got to know her.

Eight

Manny arrived extra early at the IMG offices. He could barely sleep, thinking about Violeta's big day. They would be meeting to discuss the recording schedule and go over the music. Manny had already selected four songs that songwriter Dennis Orlando had guaranteed would be hits with the right singer.

Violeta arrived, and she fidgeted in the elevator as she pressed for the top floor. Her hands were sweaty. She kept running them up and down her pants. She wore brown velvet pants and an embroidered Mexican blouse. She wore no make-up, but looked radiant. Her hair was pinned back. She nervously swung her macramé purse back and forth.

Manny was walking out of his office to grab some coffee from the cafeteria, when he spotted her getting off the elevator and walking up to the receptionist in the plush lobby.

"I'm here to see Manny Becker," she said, timidly. Her eyes darted about the expansive lobby, with its Brazilian marble floors, sleek leather furniture, and view of the city.

Before the receptionist could respond, Manny had swung open the glass etched door with the huge IMG logo and greeted her, "Violeta, hi! Come in, come in." She smiled brightly at him and followed him through the doors. "I'm so happy to see you," he said to her. "Let me lead you to the conference room." They walked into an open conference room with a panoramic view of the ocean that took Violeta's breath away. There was a huge cherry-wood table with about twenty black leather chairs surrounding it.

"Wait here," he said. Manny walked over to the phone in the conference room and buzzed his secretary. "Hey, V, she's here.

Can you have the coffee service sent in and let the others know?"

Violeta walked toward the windows and looked out at the sailboats in the distance. "How do you do any work with a view like this?"

"It is like a virtual painting, sort of. You get used to it, actually. That's the problem, you will find. You will get used to it, and one day you will be walking into rooms complaining there is no water view." He walked over to her and put his arm on her shoulder. "Are you still nervous?"

"Yes," she said, trying not to look at him.

"Don't be. I'm here." His words made her feel warm and comforted. She was beginning to trust him.

Two administrative assistants walked in, rolling a tray with a formal silver coffee service. They laid out a tray of gourmet muffins and cookies and a pitcher of fresh orange juice. Within a minute, a trail of people started entering the boardroom. There were exchanges of pleasantries, business talk, and jokes, as they grabbed muffins and coffee and took their seats around the formal conference-room table. They carried folders, agendas, and leather-bound writing pads. Violeta noticed that the bigger the titles, the less they brought in. Arturo Madera was the last to arrive, and the room became quiet as he took a seat at the head of the table.

"Good morning, everyone," he said, unbuttoning his suit's jacket and looking over in Violeta's direction. "Well, young lady, we have all heard quite a bit about you. I am Arturo Madera. Welcome to the IMG family. Manny, why don't you do the formal introductions?"

"It would be my pleasure," Manny said, standing up. "Everyone, I am very excited to finally introduce you to Violeta Sandoval. I know I have spoken a great deal about her. I have not felt this excited about a singer in a very long time. Violeta, these are the guys that make everything look easy." He proceeded to introduce everybody around the table one by one. "Here is Jimmy Dean Bermudez, the best engineer in the business, Robby "Lemonade" Garcia, producer—we call him Lemonade because he is just too cool. This is Belen Ortiz, the

VP of Marketing and Distribution, and Dennis Orlando, the hit songwriting wonder boy." They all nodded their heads and greeted Violeta. She was overwhelmed with the number of faces and titles.

"Basically, Violeta, these guys here will work with you on the creative process, all the way through to getting your music out to record stores and in people's CD players. Dennis has selected four songs that you will begin working on right away."

"But, Manny," Violeta interjected, "I've written my own songs." Everyone in the room looked at each other. This was not part of the plan, and for a new artist it almost seemed comical. The executives looked at Manny quizzically.

"Um, Violeta, that's great. We can listen to what you have and see. But in the beginning, we want to make sure we have some hits."

Violeta did not really understand the theory behind a hit song. She simply wrote songs, and she felt they were good. She did not write them with the goal of having them be hits. She simply wanted to sing them, and she had just assumed that it would be her music that she would be recording.

Violeta watched as the meeting progressed with talk of marketing plans, positioning, packaging, and such. It confused her. They compared her look to Cher—and talked about maybe marketing her with outlandish costumes reminiscent of early Cher in Bob Mackie outfits, until someone spoke and said that would be hard to pull off with Cher staging her own comeback. Sometimes they talked about her like she wasn't even in the room. "She's still got a Native American look to her, too. Maybe we can make her like a modern-day Pocahantas," was another suggestion.

"I'm not Native American," she said, but no one was really listening to her.

"Well, we have to come up with a look, you know," said Belen, the VP of Marketing, who was trying to get a feel for how they would drive the creative element on the packaging. Finally, Manny got up.

"Listen to me, everyone. What you see is what you get. This is the look. Violeta is the personality. It will come through, and the ideas will come as soon as you hear her sing. She is going

to blow you away. All right then, we all have work to do."
Everyone paraded out the door to get to their busy schedules.

"Don't worry, my dear," Arturo leaned down to Violeta.
"Manny is the best in the business. He will look after you.
Your life is about to change." He patted her on the shoulder
and walked out. As far as Arturo was concerned, it was up to
Manny now. Manny knew exactly what was at stake, and all
eyes were on him.

That afternoon, Manny took Violeta to the recording studio
to meet the band that would be recording with her. He put together the best group of musicians he could get his hands on.
They started rehearsing the first two songs, "Don't Go" and "A
Special Night." It was the first time that Violeta had ever
worked with professional musicians. She read the music and
began to feel it as she sang. It was all so new to her. But, little
by little, bit by bit, her interpretation got better, until finally
she had it down just the way it needed to sound. Dennis was
shocked to hear his music, his words, sound the way they did
when Violeta sang. Jimmy Dean and Manny had been in the
business long enough to know magic. There was a quality
about her voice—it wasn't that she was just a good singer.
Good singers came a dime a dozen. She had a quality, like
Tina Turner, Carole King, or Patti LaBelle. Her sound was her
own, never before heard, and not easily copied. They would be
able to record soon—just a couple of weeks of rehearsals and
they would be ready to go.

Nine

Manny and Violeta worked together late into the evenings for weeks, rehearsing and recording. The album would be ready soon. Arturo often dropped by the studio to see how things were going. He was very impressed with Violeta's talent. He had no doubt that Manny had picked a winner. It was just a matter of finishing the album and getting her out there. He noticed Manny's attention toward Violeta was very exclusive. He worked very little with the other artists. He wanted to be there for Violeta every step of the way. He not only felt responsible for the business, but he felt responsible for her. Arturo worried by the looks that were being exchanged that maybe there was something more going on than a strictly professional relationship. He took Manny aside one night. "Manny, what is going on with you and Violeta?"

"Nothing, other than what you see," Manny responded, a bit annoyed by the question.

"Listen to me, *hijo,* we've known each other a long time. She is a fine girl and a fine-looking girl. Now, what did I teach you? What is my golden rule?"

"Don't mix business with pleasure," Manny responded, knowing it all too well. Arturo watched all the executives like hawks. He did not much like it when things got loose with the protocol. IMG Music had had to make its share of sexual harrassment pay-offs to keep law suits from going public. It was a sticky matter and Arturo did not approve.

Manny understood Arturo's position. For the time being, he resented his approaching him about it, when he, out of all the execs, had never had a problem with dating the artists, or anyone from the office, for that matter. It was hard to be upset with him, though. Arturo was the closest thing he had to a father. Arturo had started in the music business in Cuba, where he had promoted Cuban artists. In the sixties, after the Castro revolution, he made his way to Miami, along with many of the artists he represented. Arturo loved to say to anyone that would listen that he had arrived in this country with only what Castro would let you leave with: one suitcase of clothes, a coffee maker, a box of cigars, and five American dollars. He joked and called it "an exile survival kit."

He worked doing all the kinds of jobs that every immigrant takes when they are new to this country with no money and not speaking the language. He collected glass bottles for money, worked as a dishwasher, and his best money came from working in a construction company, building pools. It was working on a pool job that he met Tony Santini, a business man believed to be connected to the New York Italian Mafia. Rumor had it that Tony was a big fan of some of the Cuban artists that Arturo had represented in Cuba, who were now in Miami in exile doing odd jobs to survive. Arturo got the old musicians back together, and Tony wanted them to record some music, mainly for him, but the idea came to Arturo to market the recordings of the artists since others would be interested too. Tony put up the money, and a record business was started. IMG came from Arturo's daughter. He needed a name and, after consulting the Ouija board, she came back with IMG Music. Manny admired Arturo—he would try to respect his wishes and try to ignore, as much as he could, his feelings for Violeta.

These past few weeks had presented many changes for Violeta. Everything was moving so fast. Because of her crazy schedule with the recording, she felt it was time that she got a place of her own, closer to the studios on Brickell. She had never experienced being truly independent before, and she wanted to know what it felt like. She felt guilty that her uncle would feel she abandoned him. Napoleon would miss her, but he could see that this was quite an opportunity for her. He feared for her, as he always did, because he loved her and he knew the music business could be very tough. But, he also wanted her to spread her wings. He was not as dependent on her as she thought. The idea of her being independent pleased him. He often worried that she would not know how to take care of herself.

Violeta could not believe everything that was happening to her. It was all happening so fast. Finally, it was done. She had completed the final recording on the album. Everyone at IMG Music was ecstatic. They all saw a hit. There were at least eight tracks on the album that would climb the charts fast. Interestingly enough, it was the remake they produced of "If I Can't Have You" that they were considering releasing as the first single. The industry was already abuzz.

Violeta and Manny sat in the studio listening to the arrangements on the song. Everyone was pleased. Violeta's only regret was that they did not record any of her original songs. Manny explained that on the initial project that would not be wise, but that once she was established as a successful artist, they could afford the gamble. Violeta still did not like the business aspect of making music. All she wanted to do was to sing songs. She understood that businesses needed to make profits in theory; it was just that she could see how the search for profits could kill the creative process.

"Congratulations, lady," Manny said to her. "You're done. It is finally done. How do you feel?"

"I feel fantastic. I can't believe it," she said, feeling as though she were in some kind of dream.

"Let me take you out. No more ordered-in sub-sandwiches. You hungry?"

"I could eat this book." She pointed to a fat art book on his desk.

"Well, I think I have a treat for you," Manny said, getting up to lock up his office and walk with her to his car. Manny drove to a family-run restaurant called Carlito's. It was a quaint little Mexican restaurant that he was hoping would impress Violeta. The floors were terra-cotta with a blue tile motif, and the walls were treated with a special sponging technique to give it an aged look. The furniture was rustic Mexican.

She was moved by his gesture, but she had yet to find a

restaurant in town that served authentic Mexican food. "What do you think?" he asked, wanting very much to impress her.

"I think you are very special," she said, catching Manny off guard.

"What?" His eyes betrayed his surprise.

"I mean it, Manny. You have been so wonderful. I don't know how to ever thank you." Violeta held back tears. She wanted to say so much more. She realized with every day they worked together how dedicated he was to her. She felt protected by him. She loved the way he took charge, made her feel special, especially the way he was always there for her. If she never knew the feeling before, she knew it now. She had fallen in love with him. There wasn't a night that her head hit the pillow that she did not see his face. Whenever he touched her to reassure her, her heart skipped a beat. She felt so silly. She had treated him so badly at first. She couldn't reveal her feelings for him now, afraid that it would not be professional. Considering Arturo's concerns, she would be right. She tried very hard to contain herself.

"Violeta, there is no need to thank me. I haven't felt this way in a long time," he confessed.

"Really?"

"Yes. You are the reason I started in this business in the first place. I always wanted to sing, but I don't have one cent's worth of talent. So God did the next best thing. He gave me the gift to spot it." Manny wanted to tell her that just being close to her made him the happiest man in the world. He could not bear to be away from her. It actually hurt not to have her close to him.

"Manny," she said, "what is your favorite movie? Do you like movies?"

"Who doesn't?"

"Don't you have a favorite one?"

"I have a few."

"Which ones? I want to know more about you. Let's not talk business."

" 'Rocky.' 'Rocky' is my favorite movie. There should not have been a two, a three, a four, or a five. He should have stopped at the first one. It was a masterpiece."

" 'Rocky,' huh? What did you love most about that movie?"

"Oh, I don't know. Everything I guess." Violeta looked at him while he thought about it. "I loved his honor. Rocky had nothing, came from nothing. He had two things—passion and honor."

"It was a great movie," she said, carving the *estofado de pollo*. "You can tell a lot about a person from the movies they like." She looked in his eyes. They were filled with passion and honor. They continued talking about all kinds of subjects. They laughed so much at times, they cried together. They were up so late, the waiter finally had to inform them the place was closing. Manny paid the check, and drove her home.

"Would you like to come in?" Violeta asked, when he walked her up to her new apartment in Coconut Grove. "I could make you a drink, some Kahlua and crème."

"Sure," he said. She didn't have to twist his arm.

Violeta's new apartment was modest. Always prudent with her money, she did not want to furnish it yet. She was still living off the advance, and she did not know how long it would be before she saw more money. The place looked bigger than it was because it was so bare. It had very nice wood floors, an old-fashioned kitchen with original cabinets from the 1920s, and a nice view of some fruit trees. The foliage in Coconut Grove was very lush. She picked Coconut Grove to move into because its eccentric feel and strong artist community had always attracted her.

She had a day bed that served as a sofa, a couple of white bookcases, and a small dining-room table. Manny looked around for a place to sit. "Please sit here," Violeta said, patting a spot on the day bed. "I haven't gotten around to buying furniture yet."

Violeta handed him the drink and sat next to him. He noticed the guitar case in the corner of the room. "Will you sing for me?" he asked her.

"Aren't you tired of hearing me sing?"

"Sing me one of your songs," he said, wanting to have that melodious voice all to himself that night.

Violeta picked up the guitar. "Are you sure?"

"Please," he said, softly.

Violeta strummed the guitar and played him a song, a ballad entitled, "If You Were Mine." He watched her hands work the guitar, her face as she felt the words, and he thought she was the most breathtaking woman in the world. When she was done, she asked if he liked the song. Manny reached over, took the guitar from her hand, and placed it down. He sat down right next to her and stroked her face.

"I want to tell you something. I think you are the most beautiful creature to ever walk the earth. I look at you sometimes, Violeta, and my breath escapes me. You are all I think about." Violeta's heart leapt. Manny pulled her toward him and kissed her. It was a long, tender kiss. They looked into each other's eyes, and surrendered their souls to each other.

He carefully unbuttoned her blouse, as he kissed her softly. Violeta felt the heat of his kisses as he worked his way down her neck to her chest. His hands cupped her breasts and hungrily kissed her cleavage. He pulled down her bra, revealing her full breasts. His palms felt the sharpness of her nipples, as they responded to his touch. She moaned slightly as he suckled on them, and his strong hands went on to explore every contour of her body.

Violeta felt the intensity of his passion for her. His hands moved from her breasts, caressing her stomach and thighs, and reaching in between, feeling her wetness and throbbing desire for him. She moaned slightly louder with his touch and arched her back as she ached for him. She had never felt this way before. She felt as if she were outside of herself—the intensity was almost more than she could take. She began unbuttoning his shirt, leaving him in his undershirt. He unbuttoned her pants and continued his butterfly kisses south, down to her navel and below to where his fingers had been teasing her. He tasted her fully, and her thighs trembled at the movements of his tongue. He took his time in pleasuring her, bringing her to ecstasy time and time again. He wanted to do nothing more. He wanted her to want him as desperately as he wanted her.

"Manny, please," she pleaded, softly. She could feel her aching for him, and he wanted her more than anything, but first he wanted to show her just how much passion he had for her. Violeta could feel the throbbing in his pants, as she felt the length of him. She undid the top button of his pants and pulled them down with the boxer shorts. As he towered over her, strong and hard, she felt slightly dazed. He reached down to his pants, in a heap on the floor, and took a condom out of his wallet. He unwrapped it and carefully sheathed himself in it.

He kneeled before her and stroked the inside of her thigh to separate her legs. He entered her carefully and slowly at first. She felt him, inch by inch, as her insides took in his substantial size. She felt him reach deep within her and moaned as the rhythm of their bodies worked together, slowly increasing the beat, as their pace excitedly moved a little faster, and then faster, and deeper and deeper. His face contracted and his body tensed with the anticipation of that sweet eruption that would release them. Like cannon balls shot into the air, their bodies shook with intensity. The feeling was that of perfect music, perfect unison, perfect oneness, perfect flight. Violeta cried out from the shiver her body let out, and he held her tighter as his body contracted with pleasure beyond his dreams.

Manny's face pressed against her cheek for a few quiet beats. "Stay with me always," he whispered to her. In all his years as a playboy, this was the first time that he had ever made love to a woman he was in love with. It was a feeling that overwhelmed him. Her breath on his cheek, the warmth of her body against his, the scent of her hair, all brought him a rare sense of peace and happiness that he had never known.

Violeta's mind raced. She had never felt this vulnerable, and yet so safe, in all her life. She felt his touch through her skin, penetrating straight to her soul. He had touched her so deeply—he had a hold on her heart so tight she felt she could not breathe. She turned on her side, and he followed, pulling her back closer to him. Their bodies fit, she thought to herself, as they were two halves of a whole that found each other. *"Dios mio,"* she sighed, as she offered a little prayer that would protect this happiness she was feeling. They fell asleep in each other's arms, dreaming of this newness, this sweetness, this warmth, as the moonlight peeked through the window.

The next few months took Violeta by storm. She could never have imagined her life would ever be like this—not even

when she was a little girl on her father's knee, and he told her
the story of the nightingale that sings at her most beautiful
when she takes flight. He would tell her that, like the nightingale, she was a bird that would one day take flight. He told her
she would soar beyond her wildest dreams as soon as she
found her wind.

The details of the album were being finalized, and Manny
had to rush around to meetings in New York and Los Angeles.
They were gearing to launch the Downtown label.

Violeta was very nervous. She would often invite Lucy and
Betty over for late night talks over pizza and wine. Betty
would rent horror movies, and they would watch them late into
the night. Violeta missed her friends. Being around the crowd
at IMG Music made her uncomfortable. They always appeared
hurried, and whenever she tried to strike up a conversation
about anything that was not business related, they seemed
bored, as if she were wasting their time.

With Lucy and Betty she could be herself. At the record
company, everyone was talking about packaging—her hair, her
make-up, her clothes. They kept bringing in experts. There
was some woman named Mary Lou with a short choppy hair-
cut and glasses with green lenses who kept bringing in outfits
for her, for expected photo shoots. Violeta did not like any of
them. Her opinion did not matter, not when there were experts
being paid to tell her what to like.

On this one night, Lucy and Betty could not come over, and
Violeta felt terribly alone. She missed her mother and father.
She was such a little girl when they died. She needed them now.

Her mother had passed away in the night because of a sudden heart attack, and her father had died within a week from a
broken heart. Violeta had never spoken to anyone about it. No
one would understand exactly how someone could die of a
broken heart. But she knew it was true.

Violeta ran a hot bath for herself and dropped in tablets of
lavender-scented soap. The water made fragrant suds, and she
played with the foam before getting in. She lit some aro-
matherapy candles for relaxation and soaked in the warm
water. She brought a glass of wine with her and read from a

book of poems. Her eyes wandered over the walls, where she saw shadows and silhouettes. She saw Manny's face, his handsome face. She saw him as a glorious Spanish knight in armor. She saw herself as a beautiful Mexican princess. He would come for her—capturing her in the middle of the night, taking her away with him forever. She would love to just run away with him, go somewhere alone, just the two of them.

Manny Becker thought of Violeta as he ordered a gin and tonic at the hotel bar of the Beverly Hills Hotel. He could not wait to get back to see her. He missed her so much. He was so excited for her. All the gears were in motion for launching her to stardom. Still, he was beginning to fear for her. This was such a hard business, and fame comes with an expensive price tag. He had seen plenty of other artists collapse under the strain. There were those, of course, that would let the whole thing go straight to their heads, making them lose sight of reality. Their prima donna personas would surface prematurely, and they would make mistake after mistake, making the sudden fall from grace all the more painful.

That would not happen to Violeta. He was sure of that, at least. In this whole process, she had accepted all of Manny's decisions, understanding that this was the first album and that there was a lot at stake. He would tell her, "Establish some credibility first, and you can earn your control on the next project."

She was not happy about a lot of things. For starters, the mixing of the CD made it a real dance album. She was okay with that, but she did not want to be known as the club music queen. She wrote beautiful music, ballads, love songs. She wanted to feature those. "Next time, next time, next time," she kept telling herself.

In Los Angeles, it was midnight, and Manny Becker stood out by the pool and looked at the sky. He could feel her close to him. In Miami, it was 3:00 A.M. and Violeta could not sleep. She, too, peeked out her window and looked at the sky. She thought of him. She could feel him too.

Ten

Manny arrived at the airport and drove his car straight to Violeta's apartment. She looked through the peephole and opened the door.

"You're back! I've missed you," she said, bringing him in the apartment with a huge embrace.

"I missed you so much," he said, dropping his bags on the floor and leading her toward the bed. "Come here." He lay down on the small bed and placed her on top of him.

"How was your trip?" she asked, rubbing her nose with his.

"It was work. Business is business, you know. Let's not talk about that. Let's talk about something else. I want to ask you a question."

Violeta braced herself a little bit. "What?" she asked, with a half smile.

"I've been giving this a lot of thought," he said, stroking her face softly, "and well . . ."

"Yes?"

"I think we should move in together." Violeta moved off Manny.

"What?!" she said.

"Violeta, this is a small place. I know it's only temporary. You'll see more money than you ever imagined soon enough, and you can choose to live anywhere you want. Why don't you live with me? I want to share everything with you. I can't stand being apart from you."

Violeta sat up on the bed. She had never considered living with anybody. She had plenty of friends that lived with their boyfriends. Many swore it was the best thing to get to know each other. But it did not feel right for her, somehow.

"What's the matter?" Manny asked, confused by her reaction.

"Manny, I'm sorry, but I don't believe in living together."

"What? I thought you would be happy about being together."

"I am happy about being together, but that has nothing to do with living together."

"I'm very confused, Violeta. What's the big deal, you know?"

That comment really offended Violeta. "The big deal, the big deal? The big deal is that I have never lived with anyone before, and I believe that if a man and woman share a roof, it should be as husband and wife. I know that is not liberal and free thinking. But that is what I feel."

Manny was surprised. He certainly had not contemplated marriage, at least, not yet. The way he figured it, they could take steps, little ones. Marriage was one big one. Violeta looked at him as his eyes danced across the room. He appeared cornered. "Is it such a horrible thought?" she finally asked.

"No, no, Violeta, it's not that," he said, trying to reassure her. "It's just that I thought we could try this first. But, hey, if you're not ready, don't worry. We'll do it your way. We will wait." He reached over to kiss her. He kissed her passionately over and over again. He had missed her so much. All he could do the whole time he was away was count out the millions of seconds until he could have her in his arms again. They made love throughout the entire night, time and time again—body and soul together.

They had entitled Violeta's album "Isis," after the Egyptian goddess. They had her featured on the cover with a gold headband, a white, toga-like dress, and a scarab on her arm. It was an impressive cover.

In the video storyboard for the first single, "If I Can't Have You," she was a goddess that fell in love with a mortal. She had to pretend to be a mortal to get her beloved's attention. When she saw that he had another girl, she turned into Isis, the goddess, and made the wind blow and storms come because she could not bear to be without him.

The day of the video shoot, Manny watched uncomfortably as the men working on the set were becoming friendly with Violeta. One of the problems with her being so down to earth and genuine was that she talked to everybody. He was becoming jealous. He realized this was not a practical emotion, as the whole point of her image was to exploit her sex appeal. There would be men—millions of them—that would fall for Violeta. The record label was counting on it.

Violeta was hoisted up on a fake mountain in front of a blue screen, where majestic images of vast green mountains would appear in the backdrop. There, she would play the role of Isis, and she would command the clouds. There were huge fans set up around her. The air blew through her long black hair and draped her dress around her body in such a way that her every curve was on full display. It was a sight. The director was beside himself.

They worked on the video for two weeks straight in post-production. They were finally prepared to launch the record and video. They had a private screening of the video, which was presented to Arturo Madera. He chose to remain out of the way of the production, to allow Manny full creative control. He had already been advised of the rumors about him and Violeta getting romantically involved. He was not pleased. He knew from personal experience these things always caused complications. They never worked out for the best. Arturo was a respectable businessman, but he could not say the same about being a husband—at least, not always. There was that scandalous affair he had had with the sexy *mulata* salsa singer, La Lola. When she realized he was not going to leave his wife for her, she spent months sending him curses of all kinds. Week after week, Arturo had to wake up early to throw away what ever appeared on his doorstep before his wife saw. There were bags of bird feathers with herbs, black candles with scribbled notes, tree branches tied with colored ribbons, pins in homemade rag dolls. In addition to this, she would barge in on meetings and embarrass him publicly. He had no idea how to get rid of that woman. Finally, his wife, Patricia, found out and confronted the woman in a restaurant. She told La Lola that if she ever bothered them again, she would go to Africa herself, find the meanest voodoo doctor there was, and fix it so the next rumbas she did would be as a ghost in a cemetery. Somehow that scared the man-chasing desire out of La Lola. Arturo was fortunate that she was that superstitious, and that Patricia called a good bluff.

"Listen to me son," he always advised Manny. "Don't get married. Ever. It will be the death of your creative life." Arturo mostly did not want him to settle down before his time, like he had. He always felt he would have been a better husband if he had waited. Manny did not need anybody to scare him about marriage. His parents' marriage was such a mess, and he barely saw his father. He had to work to help support his mother when he was only fourteen. Things were always tight for both of them. He was always frightened of marriage, which is why he never allowed himself to get too close to a woman. He dated what he called "safe women"—women who did not inspire a deep emotional commitment from him.

All of Manny's friends were married by now and looked at him as the odd man out. At first it hadn't bothered him; he figured his friends were envious of him and his lifestyle as the last bachelor left in the group. It was later that he figured out he was secretly envious of theirs. Some of his friends were actually happy. His friend Ciro, the Fortune-500 big shot, never ever seemed to worry, even at the worst points in his life, like when he got let go in a corporate merger. His wife, Matilde, was always there, lending support. That was nice to Manny. He wished his parents had had that; he wished he had that. Violeta was the only woman that he had ever felt such strong, yet tender, feelings for.

Manny was surrounded by all of the IMG executives when he at last revealed the culmination of their efforts. There was a huge, framed poster of the "Isis" album cover. It had a purple background, playing on her name. The picture on the cover featured Violeta's bare back, with her long black hair flowing in the wind, her face in profile. When they played the video, Arturo could not believe his eyes. At last they were ready; it was done. He turned to the executives and said, "Good work, everyone. Now, let's rock and roll!"

There was a press conference held, and Arturo and Manny were the spokespersons. They talked about the Downtown Records label. It would capture the new hip, urban sounds from the streets. Their artists were all unique and amazingly talented. At the forefront of everything was Violeta's album. Poster versions of her CD cover were on record store windows everywhere. Press kits circulated throughout all the major music and entertainment magazines. There was an industry buzz about IMG Music. Copies of the first single were delivered to radio stations across the country. Disc Jockeys, intrigued by the album cover, immediately started to play it. The response was better than anything IMG had anticipated. The request lines would not stop. Who was this singer? Where did she come from? People came in droves to record stores searching for the dance remake of "If I Can't Have You."

MTV premiered the video, and before anyone could blink, Violeta's album broke out at number one. It was amazing. Champagne flowed all over IMG Music. Up until now, they had sheltered Violeta from the media spotlight, in order to create curiosity about her. Now, Violeta was wanted everywhere. It was time to introduce her to the fans.

She was in no way prepared for the extent of what would be happening. For those that have worked in the business a long time, the transition is gradual, and it is still hard. Violeta felt like she was being thrown into a pool of sharks from a high board. Belen, the VP of Marketing, made arrangements for her to be properly media-trained. Violeta's nerves were starting to get the best of her. But, still, this was the moment she had waited for all her life.

"Manny," she would whisper to him in bed, waking him up softly in the middle of the night, "I'm kind of scared." He rolled over to face her.

"You are going to be great, and I'm here to protect you. I will always be here to protect you." He would grab her and pull her in very close to him, and she would nestle against his chest, feeling his heartbeat, at once feeling safe again.

In the next month, Violeta's face was on the cover of every major entertainment and music magazine. Headlines read, "The Disco Revival," "Dance Music Makes a Comeback," "Meet the New Goddess of Urban Sound."

Violeta was on the road, performing on major late night shows and morning talk shows. She was being scheduled to do record signings in the major cities. Thousands of fans showed up.

It was soon time to begin work on the video for the next single, "You Drive Me Crazy." The storyboard idea on this one had Violeta in a Studio 54-type club, where she was the disco diva. The filming on that went great. Violeta was getting used to the business and coming into her own. She was booked on "Saturday Night Live" as the musical act. She flew to New York City with Manny, where they stayed in a suite at the Trump Plaza. She looked outside the window at night, overlooking the city with its millions and millions of lights.

"I can't believe my luck," she said to herself. "I can't believe that this is happening."

"It will become normal to you after a while," Manny said, pouring her a glass of wine. "It will become exactly what it is—a business, and this is your job—something you show up for." He handed her the glass.

"Manny, when do you think that we can start work on the next album?" she asked.

"Listen to you, already talking like an old pro. Sweetie, savor your success. We'll get started on the next one soon enough. We will be releasing a couple more singles, and then we're going to set up a concert tour schedule for you."

"A tour?"

"Yes, darling, a tour. You, up on stage with thousands and thousands of adoring fans around you."

Violeta had no stage performance experience, and this would be a large concert with thousands of people. She would have to learn fast. The phone rang and Manny turned to get it, leaving Violeta out on the balcony with her thoughts.

She kept rising to every challenge, but this was getting out of her control. She was becoming a superstar. She only wanted to sing a little song, make a little money performing. Of course, she wanted recognition for her talent, and often daydreamed about that, but she never totally believed it would actually happen—not like it was happening now. She had not counted on the fame and fortune. The money was already starting to roll in, and she formally gave up her little place in Coconut Grove and bought a big place on Key Biscayne, a penthouse on the water. She had always wanted to live there. She would drive in sometimes with her uncle when he was working on a landscaping project there, and she felt as though she was driving into paradise. She bought her uncle a huge ranch house in the southern part of Miami with ten acres, and a great big pick-up truck with big knobby tires. She was generous with her friends too, who always stood by her. She got Betty a brand-new convertible, electric-blue firebird, and for Lucy, a little red Miata to go with her pint-size self. It felt good to get her friends these gifts. What good was being blessed with good fortune, if you didn't share it?

It was Saturday night, and Violeta was off to do an appearance on "Saturday Night Live." It had been a crazy couple of months, but there she was on the popular comedy show she had watched all through her teenage years. She sang both her singles. The crowd went crazy, dancing in their seats. Sensing her comedic talent throughout rehearsal, they asked her to join in on a sketch, where she worked as a gum-cracking cashier. Being around those types at the Piggy Wiggly, she got the role down pat, winning even more public approval. People already started buzzing about her making a transition into acting. All this was going too fast, at times. Manny promised her that they would take a little break before the concert tour and one afterward.

She was caught in a tornado of media frenzy. She was picked up at one point and dropped off at another, over and over again. It was one interview after the other. She could not go anywhere without hearing her song on the radio or seeing her photo on a magazine. Things she loved to do, like going to the movies with friends, became impossible. She had lost her anonymity. Dina, who did her hair and make-up, was often her confidant during those crazy times, when she felt like she could not talk to anybody.

"Listen to me," Dina said, with the confident demeanor of someone who had lived through everything, "your problem is very simple. You want to stay you and it is becoming very difficult, because they want you to be a little different than you really are. You feel like you are out on display. You get paid a lot of money to do what you do. Deal with it, honey. Would you rather be scanning groceries?"

Violeta knew the answer to that. She obviously would not want to go back to that. Part of her wanted to kick herself for the whining she was doing. Dina was right. How many people would not kill to be in her shoes? "Learn to enjoy it. You are feeling too guilty. Enjoy it."

Dina's words haunted Violeta. *Enjoy it. Enjoy it. Enjoy it.* It just seemed to her that most of the time she was faking it. When would she get to do her own music?

Downtown Records was now a hit. Through the concerts and tours, Manny and Violeta's romance was as passionate as always. They had traveled all over the world—Paris, Milan, Madrid, London, Tokyo. They traveled all through Latin America, as well—Buenos Aires, Santiago, Sao Paulo—and made Mexico City their last stop. Their careers were soaring. IMG Music made its Initial Public Offering, as planned, and Manny Becker was richer than he ever dreamed he would be.

Like Manny once warned Violeta, the pace of things and the star treatment would make her start to take things a little for granted. Suddenly, a view of the sunset overlooking Tokyo was nothing special. Hotels, one more luxurious than the next, were all the same, it seemed to her. Violeta was disturbed to find out at parties that the celebrities and famous people she had long admired were nothing special, either. Not really. She missed her friends.

The only time that Violeta was happy was when she was on

stage. Nothing could feel better than the night she performed in Mexico City. The arena was sold out. People took seats outside the arena, on the sidewalks, just to hear her. The Mexican people she would encounter on the street, and even the hotel employees, were constantly trying to give her things—flowers, homemade gifts, religious articles. She had not been in Mexico for a long time. It brought back sad memories of her family. On the night of her performance, however, she brought the house down. She sang the obligatory songs off the album. But while there, she played many of her father and mother's favorite songs as a tribute. She dressed up like a traditional *ranchera* and invited a full mariachi orchestra to play, complete with trumpets, violins, and guitars. The Mexican audience was moved. The show came to a triumphant peak when famous Mexican singer Alejandro Fernandez, son of the famous Vicente Fernandez, came up on stage as a surprise impromptu performance, and sang some beautiful ballads with her.

Ernesto Contreras, record mogul for LA Music in South America, was in the audience, and saw the audience's reaction. *What is this girl doing singing dance music?* he thought to himself. She should be singing ballads—beautiful Spanish love songs. He would make a few calls.

When the concert was over, Violeta received a thunderous standing ovation that went on for over fifteen minutes. She had never felt such a feeling of pride. To celebrate the end of the concert tour, Manny rented the entire Candelabra restaurant on the famous Insurgentes street of Mexico City. It was a beautiful restaurant built like a rancher home. It had a terrace with lush trees, which was open to the night sky, and there was also a rustic wood staircase that led to a more formal dining area. The walls were painted a brick red, and art from local artisans hung on the walls. Violeta was fascinated with the wooden work of cherubic faces, the famous "angelitas."

The whole crew danced, did shots of tequila, and ate the most amazing Mexican food that represented all parts of Mexico. Every state in the huge country of Mexico had its own specialty, very much like traditional Southern cooking in the

United States is different from the food in New England. There were dishes from Campeche, Chihuahua, Oaxaca, Jalisco, Veracruz. Violeta enjoyed with Manny some *calamares rellenos en su tinta,* a delicious seafood dish from Veracruz. Manny Becker finally realized what authentic Mexican food actually tasted like. It was a culinary delight.

"Now," Violeta said, with the staff and crew surrounding her, "let me teach you about tequila, the most famous ambassador to Mexico." She requested a bottle of Porfidio, one of the finest tequilas made. Although Cuervo is the oldest known brand of tequila, there have been many specialty houses that produce some excellent high-grade tequila called *agave azul.* Porfidio and Don Julio were two of the more popular ones.

"The tequila hill is an extinguished volcano and on its hill the *agave azul* grows. You can only find it in Jalisco and Nayarit." Violeta spoke as if she were telling a secret. "Now, join in a toast to Mexico. Everybody, shot glasses up! *¡Uno, dos, tres, que Viva Mexico!*" Everyone downed the tequila.

Ernesto Contreras found himself invited to the party and made it a point to introduce himself to Violeta. He was an attractive man in his forties, and he had scouted major talent for the Latin American division of LA Music. He made sure to approach her while Manny was away. "Violeta, please let me congratulate you on one of the most exciting performances that I have seen in a long time."

"Thank you," she said, catching his eyes.

"My name is Ernesto—"

"Ernesto Contreras, of course, I know who you are."

"Oh, well, I'm flattered," he said, moving closer.

"Of course I know who you are—you are responsible for some of my favorite artists."

"Well, it's funny you should say that. I heard you sing with Alejandro today, and I think it would make sense for you two to do an album with Spanish love ballads. You know we represent him now. What do you think?"

"I think that's a great idea." Violeta had already started translating some of her work into Spanish. Her face lit up at the possibility of singing in Spanish. "We should talk to Manny."

"Absolutely," Ernesto said, giving her a big smile as he admired her sultry looks.

Manny noticed Ernesto talking to Violeta from across the room. He saw her laughing and enjoying herself, but something didn't seem quite right. He headed that way and, in his usual charming manner, interjected himself into the conversation.

"Oh, Manny, I'm so happy. Ernesto here thinks it would be a great idea to do a Spanish album of love ballads."

"Oh, I don't know, Violeta. So many artists have done that; besides, you're in a great position now for a second album, building on the first one."

"But, Manny, you said the second album could have more of my own songs, and I write love ballads. I even translated them into Spanish. I love the idea."

"We'll see, Violeta," he said, swaying her away from Ernesto. "Ernie, old friend, if you don't mind, there are some people I need to introduce her to."

"Please," Ernesto said, as he raised his glass, knowing he would not be seeing the last of her.

Manny took Violeta aside to give her what would have appeared to be a scolding. "Don't do that again."

"Do what?"

"Discuss business like that."

"I don't like your tone."

"Well, you'd better like my tone. Violeta, you could have committed us somehow. Relationships in this business are very unique. You have to be careful with what you say about what you will or won't do. The timing is not right for a Spanish album."

"How do you know what the timing is right for?"

"Are we back on this subject again?"

"Yes. You said once we finished with the promotion of this album that we could go back to the studio and work on a more serious project. I want to do an album of love songs, and I can tell that is not what you're planning on. Are you?"

Manny did not want to answer that question. After becoming a major shareholder at IMG, he knew that he had a vested interest in keeping the profits high. He thought Violeta would be happy with her new-found fame and success, and give up her notion of recording a second album of ballads. Manny wanted to stick with the formula that worked.

They both left the restaurant and found themselves back at the Four Seasons Hotel. Manny had ordered Crystal champagne. He reached in his pocket and took out the diamond ring he was hoping to give her this evening. He took a deep breath. Violeta looked at the view from the balcony. Standing on balconies of different hotels all over the world, she had seen many amazing things. Tonight she could see Chapultepec Castle—the castle that Maximiliano built for Carlota—one of the greatest love stories in history.

Manny approached her from behind. "I'm sorry," he said. Violeta did not respond. She wore a beautiful red dress that tied around the neck, revealing her perfect shoulders. He softly kissed each shoulder as he wrapped his arms around her waist. "I just want us to be happy." She closed her eyes, leaning into his embrace. He turned her around and looked her in the eyes. "I love you," he said. They kissed, and he reached into his pocket for the ring box from Tiffany's. "Violeta, I want you to be my wife. Will you marry me?"

Violeta was caught totally off guard. Manny Becker, propose marriage? She thought the day would never come.

"Yes," she responded, looking tenderly in his eyes as he placed the large-sized stone on her ring finger. There was a coolness to the night, and Violeta had a feeling that something was keeping this moment from being absolutely perfect.

Eleven

Manny and Violeta stayed a few extra days at the Four Seasons to celebrate their new engagement. Basking in their excitement, they spent the entire morning frolicking. He tickled her feet and she massaged his back. They ran the hot tub and relaxed in it together.

"Manny," she said, as he wrapped his arms around her waist. "I would like to see my old house—visit my old town. It has been over twenty years since I've been back home."

"Okay. Sure, we could do that."

"You'll come?"

Manny was concerned about his travel demands back home, but he told her he figured he could find a way to juggle it.

"Oh, Manny, that would be great. Thank you. Thank you."

It was Saturday afternoon, and Violeta wanted to take Manny out. "Get dressed," she said, "I want to take you shopping."

"Oh great," Manny said. "I know what I'm in for when a woman says that."

"What do you mean?"

"I guess this means I take out my platinum card?"

"Have I ever been about that?" she asked, slightly offended.

"No, you have not," he said, reaching out to kiss her.

Violeta changed into a white tank top, a gauzy white shirt, and khaki pants. She put on an Atlanta Braves baseball cap and sneakers. Manny dressed in his Tommy Hilfiger golf shirt and twill pants. Violeta had their driver take them to La Zona Rosa for some shopping. On Saturdays, they had the antique fair there, and Violeta loved antiques. There were such interesting old things. She bought some antique frames of old Mexican movie stars for her uncle. She became very excited when she saw them. There was Dolores Del Rio, Marga Lopez, Jorge Negrete, Joaquin Pardave, Rosita Quintana, Sarita Montiel, Sara Garcia, Agustin Lara, Pedro Vargas, and Silvia Pinar. She spent many weekends with her uncle watching El Cine Classico and seeing these celebrated actors in movies like "Nosotros Los Pobres," "Asi Es Mi Tierra," "Tierra de Pasiones," "El Jorobado," "Alla En El Rancho Grande," "Si Adelita Se Fuera Con Otro." The movies depicted the magic of Mexico, the romance, the dreams, the beautiful women, and the music—such glorious music.

She also bought some paintings for herself—excellent reproductions of two of her favorite painters, Diego Rivera and his wife, Frieda Kahlo. Violeta had come into money, but still not enough to buy original paintings.

"Weren't those two communists?" Manny inquired.

"They were artists," Violeta replied.

"Communist artists."

"Let's not talk politics. They were brilliant artists. I like the art."

"Still," Manny said, with a sincere pout.

"For heaven's sake, Manny, Picasso was a communist, too. Weren't your grandparents on your mother's side from Barcelona? Don't you have Picasso prints in your office?" Manny stood quiet.

"Did you have to ruin Picasso for me?" he asked, disturbed by her revelation.

"Artists have eccentric sensibilities," she said, examining the paintings.

Manny accepted that. "I suppose you're right." He remembered when one of the execs at IMG, who was hired straight out of Wharton Business School, signed his first act, a popular local rock band from Philadelphia called Red Soldiers. No one at IMG had heard of them, but the tape sounded good. Arturo and Manny were beside themselves when the group showed up to the recording session wearing Che Guevara T-shirts. Che Guevara was the communist revolutionary who helped lead Fidel's revolution. "This is a slap in the face!" Arturo had yelled. "More than half my staff are political Cuban exiles or the sons and daughters of political Cuban exiles, who left family, homes, lives fleeing that communist take-over. How dare you?!" He paid out their contract and kicked them out of the studio.

The group was signed by Epic, one year later. Epic had them change their names to Mercury. Their first album went triple platinum.

Manny's father was a German Jew, whose parents left for Cuba during the second World War. He was raised in Cuba and his family lived only one block away from Manny's mother's house. She was about ten years younger than Manny's father. Manny's father never talked much to his son, but Manny did remember what he said about his mother: "Your mother, *hijo,* had a laugh that made the world seem good." His father was so broken up from leaving the business behind and having to start again in this country, that he was never able to get it together. He finally just gave up and left them. Manny hated Fidel Castro, not so much for political reasons. He hated him for personal reasons. In some warped way, he blamed Castro for not having his father. He could not help it—like most Cubans living in the United States, it was hard to be open-minded about anything remotely leftist. Violeta on the other hand, freely accepted all forms of expression—even those she found offensive.

They picked out some furniture together for her uncle's new ranch and made arrangements for their shipping. They also stopped by La Cuidadela to look at the work of local artisans. Even Manny enjoyed himself. Violeta bought some *talavera,* traditional Mexican ceramics from the northern part of Mexico, in beautiful blues, whites, and yellows.

When they became tired from shopping, they returned to the hotel room and had the concierge arrange for two tickets to Guadalajara. Violeta was going home.

Guadalajara was the same lovely picturesque town she remembered from her youth. Her cousin, Margarita, greeted her at the airport. Margarita and her family now lived in the old house. Margarita was older than Violeta, but they looked very much alike. As soon as Violeta walked off the plane, Margarita spotted her and greeted her with a spirited, "Violeta! Violeta!"

Violeta dropped her bags and ran into her cousin's arms. They had not seen each other in many years. *"Que bella estás,"* Margarita said, hugging Violeta tight.

"I've missed you so much," Violeta said. They had kept in touch through letters and postcards, and Margarita had visited her in Macon to introduce her and Uncle Napoleon to her fiancé. Behind Violeta were two cherubic faces that belonged to Daniel and Daniela, Margarita's twins.

"Oh my, *mira aquí!"* Violeta reached down for them and lifted each of them high with a big hug. "You both are so yummy."

Manny stood in the background, waiting for his introduction. "Oh, Margarita, this is my, ummm, boyfriend, Manny Becker." Manny looked over at Violeta and could not understand why he did not share the news with Margarita, but Violeta wanted to tell Napoleon first. Manny extended his hand and kissed Margarita on the cheek.

"Very nice to meet you, Margarita." He appeared very charming to Margarita, who instantly noticed those beautiful eyes.

Violeta's stomach tightened as they approached the old house. It had been so many years. It still looked the same. Violeta walked up the front steps, where she and her father had often sat. She walked past the blue front door and remembered when she had been a little girl, running through there. The kitchen where her mother would make hot chocolate for her was almost exactly like she remembered it. She would sit on the kitchen table as her mother patiently stirred the tablets of hard chocolate into the milk. The delicious aroma would fill the air. Then, her mother would take little cubes of *queso blanco* and drop those in the chocolate.

Violeta went upstairs to her old room. It still smelled of jasmine from the jasmine trees outside. She had spent many nights by the window, strumming her guitar. "You will sleep here," Margarita said, "in your old room."

"Really, Margarita, I don't want to put the kids out of their room."

"Violeta, you are *familia;* we are so excited to have you here. Both you and Manny can stay as long as you want."

"Thank you, Margarita. Thank you so much."

"Oh," Margarita said, "I found something I would like to show you. Do you remember that earthquake last year?"

"Yes, yes, thank God you were all alright."

"We were very lucky. Things only shook up a little bit. But something fell from high up in the closet in the shake up. It looked like something that belonged to your father." She took out a wooden box that had a lock on it and handed it to Violeta.

"Oh my goodness. I wonder what it is."

"I didn't feel comfortable sending it to you. I knew you would return and that would be the time to give it to you."

"Thank you, Margarita, thank you. Oh, I'm nervous to open it up! I'm going to need something for the lock."

"Here, try this." Margarita handed her a letter opener from the desk. Violeta could not get the lock open with it.

"I'm afraid to break the box," she said. "I'll see if Manny can get it open later."

"Speaking of Manny, he is so cute. Where did you find him?"

"He found me."

"His Spanish is very good. Where is he from?"

"He was born in the United States, but his parents are from Cuba."

"Cuban," she repeated softly, as if it were something exotic. "That's an unusual pairing."

"Why?"

"We are very different, you know?"

"Margarita, not that different. They cook with rice, we cook with corn; they drink rum, we drink tequila. It is nothing earth-shattering."

"I suppose not," Margarita said, with a shrug. "He sure is cute."

"Yes, he is and he is very nice."

"I'm so happy for you, Violeta," Margarita said, reaching for her cousin.

Violeta and Margarita went downstairs and found Manny looking at a picture on the wall. "Isn't this Bill Haley?"

"Yes," both Violeta and Margarita said, in unison.

"And the little baby that he is holding is me," Violeta added.

"You?" Manny was surprised.

"Yes, me. Remember that I told you my dad lived in the States for a while in the '50s and that he was a musician?"

"Yes, I remember."

"Well, Bill Haley was his cousin, and he played in his band for a while."

"Bill Haley was Mexican?" Manny again sounded surprised.

"Yes," Violeta and Margarita responded, again in unison.

"The man that was the first to have a rock n' roll song reach number one on the charts was Mexican?"

"Yes." Again Violeta and Margarita responded together.

"Ain't that something," Manny said, rubbing his head, looking over at Violeta. "Why didn't you say something? We could have used that in the press release."

"I didn't think of it," she said, following Margarita into the kitchen.

"You didn't think of it?" Manny was confused, and at the same time felt the shadow of fate overhead. She was related to Bill Haley. There had to be something cosmic happening, and he was in the middle of it, somehow.

Manny met Diego, Margarita's husband, that afternoon. He ran a bodega in town. He was a hard-working man and had a very jovial disposition. He decided to throw a party for Violeta's return, inviting their neighbors and friends. He wanted to have the party that very night, with only two hours notice.

"Now, Diego," Manny started to say, "how would you be able to put a party together in just a couple of hours?"

Everyone laughed at Manny. "This is Mexico! You don't need advanced notice to have a party. The music is the invitation."

Violeta's childhood home was like a traditional hacienda house, but smaller. There was a courtyard decorated with an abundance of white lights. Margarita set out some tables and chairs. Diego invited his friend Claudio and his ranchero group. In no time, people were coming through the door into the courtyard with trays of food, including some of Violeta's favorites, like *tamales de libro,* and *chucumite.* For dessert, some ladies brought *cocada.* Everyone was generous with bottles of tequila and mescals. They sang their favorite ranchero songs, and Violeta, donning a big Mariachi hat, stood on top of one of the tables and sang one of her father's favorites, "El Rey," made popular by Vicente Fernandez.

The crowd cheered, *"¡Arriba!"*

Later, the crowd danced, and Manny realized that the party could go on for days. And it did. For three days, people came over to dance, sing, tell stories and jokes. It occurred to Manny that although the people were not rich, they enjoyed life in a way that those with millions would envy.

One of the drunken guests walked up to Manny and placed his arm around him. "Do you know what the secret to happiness is?"

"Well, I have some ideas. I'm not sure."

"The secret to life is a good hammock," the man laughed. "You have no troubles when you are lying on a hammock."

"A hammock? Hmm." Manny thought about that, and tried to understand the drunken fellow, who was right, in a way. The secret to happiness in life always lies in the simple pleasures—like lying on a hammock on some breezy afternoon.

The ladies took their turns dancing with Manny. It wasn't every day they had a visitor from the United States as handsome as Manny. The men took turns dancing with Violeta. It had been such a long time. Even though she was a little girl when she left, her presence had been missed. She always brought joy to the neighborhood with her music. Her father and mother were missed, too. They had always opened their home to those who needed them. The neighborhood kids often ate there. Many times, it was the only way they would have warm food in their bellies.

Manny watched Violeta laughing and singing with her friends and family. She was lit up and at peace, the way that you are when you know you are home.

Twelve

It was time to go home, and Violeta cried softly as she packed. She hadn't realized how much she missed Mexico, and it was difficult facing the memories of her parents. She walked over to the box Margarita had given her and showed it to Manny.

"It belonged to my father," she said solemnly. "I can't open it without breaking it."

"I know some people in the States who can get it open."

"Thieves."

"A locksmith. What is the matter with you?" he asked, noticing how anxious she was.

"Sorry, that was a bad joke. I guess I'm nervous about what is in the box," she said.

"I'm sure it's sentimental things—you know, keepsakes—things you would love to have to remind you of your father and mother."

"I suppose. But why did he have it so hidden? It took an earthquake to shake it down from the rafters."

"I suppose he wanted to keep it safe and did not have the chance to tell you about it before he died."

"I guess. Okay, I'll have it opened in the States."

Violeta and Manny said their tearful good-byes to the family in Guadalajara. They were made to promise to come back soon. Violeta would never again let so much time go by between visits. "Next time I'll bring *Tío* Napoleon."

They exchanged strong hugs and kisses, and they waved from the terminal at the airport right before they boarded the flight back to Miami.

* * *

As they boarded their first class seats back to Miami, something did not feel right for Violeta, in the way that women know things about their men. She felt something was wrong with Manny. He seemed a bit distant from her.

The reality of going home and having to get back into his business schedule right away was settling in. He would be presented with a difficult situation. It would only be a matter of time before Violeta would ask him about the new album. He was afraid that now, as his future wife, her expectations of him would be that he would support her in the kind of album she wanted to do. After a passing comment he made in a meeting the month before, he was already told that such an idea would be bad for profits. After so much publicity and success, Manny did not want to lose face with the industry. He did not want to take chances of any kind.

"Honey," he turned to her, "I think we should plan a little getaway to New England, just me and you. What do you think? We both could use a little break after the tour." He was hoping that maybe in a romantic setting, he could convince her to do a dance album for the follow-up. He hated approaching it with her like this; he wanted to be straightforward. He was afraid that the truth would hurt her too much. He would ease her into it.

"I would love that," she said, holding onto his arm. She wished he would open up to her. She could not guess what was wrong with him, but she was the most excited she had ever been. She would soon be marrying the man of her dreams, and making the kind of music she had always dreamed of making.

Manny opened up his laptop and finished typing necessary memos and letters, which he would later have his secretary send. He drafted emails and made phone calls. Violeta could not understand why Manny was always work, work, work. He rarely relaxed—even when they were having fun, business was always somewhere in the mix.

"Why don't you just save that for later?" she asked, a little annoyed.

"Because, I've got a million things to do." Violeta realized there was no point in arguing. She put on her headset and started watching the movie. She was grateful that it was only a short flight to Miami.

Violeta was eager to spend some time getting settled when she arrived in Miami. The record company had hired her an assistant to keep up with her penthouse apartment and other details while she was away. It was wonderful to arrive home and have her bills paid, her apartment cleaned, her refrigerator stocked with her favorite things. She had not really had a chance to enjoy her new home. Manny went straight to the office and agreed to come by later. Violeta took deep breaths. She wanted to wait a while before announcing to anyone that she was engaged. Her heart was telling her to hold off. She didn't like that feeling.

In a little while, the doorbell rang, and it was a delivery of beautiful roses. She smiled, thinking they were from Manny. When she read the card, she was surprised to find out the flowers were from Ernesto, the record producer she had met in Mexico. The card read, "Whenever you are ready, call me." She made sure to put the card safely away, and she placed the arrangement on her new marble mantle.

The whole evening, she felt a terrible uneasiness. Manny called to say he could not come by that night. He was going straight to his place, as he would be having late meetings, so Violeta called Lucy and Betty over. She had missed them.

Violeta changed into an old pair of jeans she bought at the Salvation Army and an old, soft sweater—clothes she had worn before the fancy outfits her new wealth afforded her. She took her make-up off and gathered up her hair in a pony tail. She looked in the mirror, and, for the first time in a long time, recognized herself.

Betty and Lucy showed up at the front door with a pizza from Nino's. Violeta gave them both a big hug and invited them in. "You guys are a sight for sore eyes. You have no idea how I have missed you!"

"So, how is Ms. Rich and Famous?" Betty asked, taking the first bite into the pizza.

"Oh, shut up," Violeta said, "you have no idea how nice it is to be home with both of you."

"It's true. You have been working non-stop in the last year,"

Lucy said. Violeta had probably been home no more than two weeks at a stretch for the past several months.

"You guys have no idea. It is hard work and you earn every penny. Every penny!"

"But you get to relax now, right?" Betty asked.

"I don't know. They're talking about doing the second album, but I'm excited about that. I get to do my own music." Violeta was savoring the slice of pizza. "I really missed Nino's pizza. So, how is Nino?"

"He's got a life-size poster of you in the place, and he's been telling people that he discovered you."

"That Nino," Violeta said, as she reached for a second slice.

"Hey, what is that?" Betty noticed a glare coming from her finger. "Oh my God! Check it out." She grabbed Violeta's hand and showed Lucy the ring.

"Listen, guys. Don't let it get out, but Manny asked me to marry him."

"He asked you to marry him?" The girls started to get excited, picturing themselves in pink taffeta gowns at the wedding. "Aren't you excited? Why didn't you say something?"

"I don't know, guys. I wanted to tell my uncle first and, well, now Manny's been acting really funny. I can't describe it. He just won't stop working. He was very focused on me, but now I'm confused. I don't know if it's because of the album or if it's me he really wants. He just loves his job so much, but it's too much, you know?"

Lucy and Betty wished they could relate, but they couldn't. Violeta was living a fairy-tale life out of reach from their own lives. They could not conceive that her worst complaint was that her millionaire boyfriend record-producer worked too much.

"Violeta, everybody works too much," Betty said.

"Yeah!" Lucy agreed.

"I don't know. I guess where I come from, you work, but you enjoy life, too. You take time for walks and ice cream, for running in the park with your dog, for having a picnic by the river, pizza with friends . . . you know?"

"We know," Betty said, and they both reached over to hug her. The girls stayed over for the next three days, while Manny flew to a couple more cities on business. Violeta decided she was going to have fun.

They disguised her a bit by dressing her down, and doing silly things. Betty took her to a meeting where a network marketing vitamin group was selling their line. No one recognized her as they pitched their vitamin line to her. She went to her favorite drugstore and bought her favorite shades of nail polish, like she used to do before as a pick-me-up after payday. She visited Napoleon and fixed him his favorite meal, *chili rellenos,* from a recipe one of her new friends in Mexico gave her. She drove around Miami in her new car, a high-end BMW, and no one recognized her. It was exactly the kind of thing she needed to do to recover from the burnout of the last year.

All the while, she waited for Manny to return so they could escape to New England. Maybe then, she could get closer to Manny to find out what was going on. She felt as if he were holding back something from her, as if he were shutting her out. But for the time being, she loved walking around the city, being her old self again.

Thirteen

Manny could not help but work hard. He did not know any other way to work. After his father left, he was burdened with a tremendous sense of responsibility. Growing up with his immigrant family did not help—there was always this fear that if they didn't amass all they could while they had the chance, they would lose out, that they could lose everything at any moment. Manny's entire purpose in life was to work. He was now wealthier than he had ever dreamed possible, and still he felt compelled to earn more. While in Mexico with Violeta's family, he could almost relax and enjoy a slower paced world, but once he was thrown back into his job, it was a different story. He was a workaholic back on the wagon.

Now that he had made the Downtown record label a success, he would need to continue to look for fresh talent, in addition to working with Violeta. And, just as he had dreaded, his worst fear was confirmed. When he formally presented the idea of using Violeta's original music on the next album, it was not well received by the other record executives at Downtown Records. Manny also was not convinced it was the right move, so his sales pitch to the others was a little weak. He did not know how to break it to Violeta. He figured the romantic getaway to New England, along with the marriage plans, would distract her from the inevitable disappointment she would feel.

He had Vilma, his secretary, make all the arrangements for a beautiful private cottage on a lake. Their flight arrived in Maine, and they enjoyed the beautiful hour drive through the country to get to their secluded cottage. Manny looked over at

Violeta often, because she always looked amazing to him, even when she was doing the most ordinary things, like looking out a car window.

"You've been so quiet. Is something wrong, baby?" He reached out for her hand.

Violeta was relieved that he asked. She wanted finally to tell him how things were bothering her—how he was working too much and how he did not seem to be taking her own music seriously, and, more than that, how he appeared emotionally distanced from her when she brought these things up. She was about to get up the nerve to put it all out in the open. It was the perfect place; they were together driving through the beautiful countryside. This was the time. "Manny, I just—" she started to speak when his cell phone rang.

"Hello," Manny said, instinctively reaching for the cell phone. "What? No, no, that was scheduled for next week. They're going to have to hold off. Yes. Well, I can't make it there to sign the contracts. Well, I can't. No, I'm on vacation. Fine, then fax them to the cottage; I'll be there in about twenty minutes."

Violeta looked at Manny with disgust. She waited for him to hang up. "What in the world is wrong with you?"

"What do you mean?" He placed the cell phone close to him on the center console.

"Manny, you brought your cell phone and you had a fax installed at the cottage. You told me this was going to be a nice romantic weekend."

"Violeta, it is. But I did not want to have any emergencies call me back. I brought these things so I can handle a problem if it should come up. I promise, it will be really, really nice. Come here." He reached for her and placed his arm around her.

The cottage was on a private lot on a hill by the ocean. There were beautiful flower gardens through the expansive lawn. There was a wooden swing set on the back porch, just like the one at her uncle's house. The idea of spending a weekend there instantly put Violeta in a good mood.

Violeta unpacked her small bag and changed, while Manny promised to make her something special for dinner. The cottage refrigerator was well stocked, and he had a few extras sent over from Marty's, the local fish house and restaurant. By the time Violeta had showered and changed, Manny had a beautiful candle-lit dinner laid out on the table on the terrace.

He had made a clam chowder, sea bass with asparagus, and double-stuffed baked potatoes, and he even baked a special flan dessert made with Kahlua, carefully following Violeta's recipe.

"Manny, this looks beautiful. Thank you so much."

He walked over to her and kissed her softly. "I know that something has been wrong with us, Violeta, and I would like to make it right. Tell me, what is it?"

"Manny, I'm concerned about your working all the time, for one. Is this how our life is going to be?"

It was a subject Manny did not want to touch. He was at the best he had ever been, professionally. He loved this business, and he wasn't ready to give up or slow down. He needed to feel like he was fulfilling his potential. "Violeta, I love you. Our future is going to be beautiful, I promise you." He served her some salad. "How do you like it?"

"Everything is delicious," she said, smiling at him sweetly. They enjoyed their meal by candle-light, and then he wrapped a blanket around her and they took a long walk down by the ocean shore. They held each other as the salty air caressed them. Violeta took off her shoes to feel the cool brush of the waves on her feet as they walked on the beach. Back at the house, they sat on the porch swing and held each other. "I get so scared sometimes," Violeta revealed to Manny.

"Why? Everything is turning out so wonderful for both of us."

"Manny, that is just it. It is scary. I sometimes just want to go somewhere and hide. Like here—be here forever and never go back. This is just a beautiful place. Maybe we can just stay here," she said, holding onto him tighter.

"You say that, but you will miss the action after a while. Everybody does."

"I don't think that's true," Violeta said. "Money and fame aren't everything."

"No, they're not, when you have them," Manny pointed out, with a laugh. "When I was a young kid, I used to watch these big-shot record producers drive up to the clubs with their fancy cars and dates and everyone would hush and whisper, 'Look at them. They must be somebody.' I was so impressed. I wanted to be somebody, just like them. What did I know? I was just a kid. As I got into the business, I realized how sleazy it could be. I decided that if I ever made it, I would be different. It would be about the music. I can't seem to be away from it too long."

"Didn't you say you wished you could sing?"

"Who, me? Sure, but that's like wishing I could fly. I can't sing to save my life."

"I think you can. Why don't you sing for me?" she asked. "I want to hear you sing." Manny laughed at her suggestion. "I mean it," she said. She walked over to a tiny stereo and turned the dial until she found a station that played soft music. She then turned and walked over to Manny. The song playing was "When a Man Loves a Woman." "It's one of my favorite songs," she said.

"Then you definitely don't want me to sing it."

"Okay," Violeta smiled, "then dance with me." There, under the night sky, they danced, alone on the back porch, with no one around for miles. Manny smelled the scent of her hair and felt her close against him. His eyes closed as he felt her in his arms, and he sang the song softly in her ear.

When the song ended, he kept holding her. Violeta looked into his eyes and saw the depth of blue oceans and a man about whom she felt so passionately. Manny stroked the face of his brown-eyed gypsy girl—such a free spirit, such a creative soul, so strong, yet fragile, at times. He wanted to be there to protect her always. To love her always. He reached down to kiss her. It was a long, languid kiss that promised eternity. Violeta felt the warmth of it in the cool air. She was left slightly breathless from it.

"I love you so much," he said, stroking her hair off her face.

"I love you, too," she whispered, as they embraced again. He swooped her up and walked her through the cottage dining room and through the French doors that led to the bedroom. Her heart raced as he quickly moved to get there. She giggled a little bit as he almost tripped, but felt very secure in his masculine arms.

He propped her on the bed and gave a mock sinister laugh. "I will have my way with you." He peeled off her clothes, taking in the exotic layers of her scent. He loved to savor the feel, taste, and warmth of her body as he kissed her, and he slowly felt every inch of her. Her skin was smooth and soft; his hands created a ripple of sensations as they moved over her body. How delicious it felt. She moaned slightly, and he covered her mouth with another kiss. His hands continued to explore her, his fingers working their way up her thighs. Her back arched and her body tensed with her desire for him. He made her feel so much. Being with him was always so perfect. In her mind, she could hear every love ballad ever played, every poem, every love letter, as if they were all written for them—as if this feeling only ever existed now and between the two of them. She could not have imagined ever before what she had been missing. These feelings she felt when in Manny's arms made her feel weightless, as if they existed on another level, another place—like in a dream of some celestial paradise.

Manny could not wait to take Violeta. He admired the beauty of her naked body before him. She quickly stripped him of his clothes, and Violeta, as always, smiled at the sight of him before her. He was so strong, so muscular and handsome. He looked like a Greek statue that was brought to life. Violeta reached across to the nightstand and took a condom from the drawer. She unwrapped it and slowly placed it on him, teasing him. He lifted her effortlessly and placed her above him. Her back arched when she felt his hardness once again as he entered her. His thrusts drove her to astounding emotional heights. She moaned with pleasure and ecstasy as she felt her body tightening with his. She felt a loud cry build up in her chest as their bodies reached the highest possible height of pleasure, and together they cried out, feeling the unexpected intensity of their ultimate release. She collapsed onto his chest, feeling his heartbeat and the slight wetness of his perspiration. He kissed her forehead and brought her to his side. "You are something else," he said, holding her close to him.

She smiled and nestled her head on his shoulder. "We're quite a pair, aren't we?"

His fingers brushed a lock of hair from her face, and she fell asleep as he watched her—his raven-haired angel.

Violeta woke up the next morning, went outside, and picked some flowers. They would be going into the city for some antiques. She was very excited. In the past crazy year, she never had a moment to even enjoy making a home for herself. Most of the items bought in Mexico were gifts. She wanted to look at things and pick out her own stuff, for her own place, especially now that she had the money to buy most of the things about which before she could only dream.

Manny was still asleep, so Violeta made some fresh coffee for them and went out to the back terrace to write some music. She had brought her guitar with her. Noticing the little stereo, she popped in a tape and decided to record some of her singing, like she used to do when she was a little girl. The sunrise was just overhead, and it took her breath away. Finally, she was able to be still long enough to notice and appreciate it.

Manny woke up to the smell of coffee and heard Violeta's voice from the back terrace. He poured himself a cup and walked up to the screen windows, holding the mug of coffee and standing in his pajama bottoms. Her songs sounded different. There was a touch of folk and a bit of country. It sounded nice. But as an executive, Manny knew how hot the music industry was for dance tracks with heavy Latin beats. Violeta would understand if they waited one more album before featuring her own songs. What was he so worried about? The woman of his dreams was there with him. They were having such a wonderful time. Of course, she would understand. He should let everything out into the open.

He walked over to her and gave her a kiss on the cheek. "Good morning," she said, putting the guitar down to greet him.

"Good morning, my angel. You were up early."

"I wanted to see the sunrise."

"I see," he said, taking a seat next to her. "That sounded pretty good."

"Thanks. You know, this break has been great for me. I've gotten my creative energy going. I can't wait to start work on the next album."

"Yeah, I've been wanting to talk to you about that. Maybe we could record one or two of your songs. I've been talking it over with the other executives, and everyone feels it is too soon to do an album of only your songs. They're just too different from the first album and would confuse the audience."

"But Manny, you said—"

"I know. I know, but what can I tell you? It doesn't make sense to try too soon. We have a fixed formula that works." Violeta could not believe what she was hearing.

"You didn't even try."

"Of course I did."

Violeta got up from the steps. "Manny, you are at the head of the label. You mean to tell me you had no influence?"

"Are you saying you want me to use my influence?"

"Yes, if you truly believe in me. Yes. I expect you to fight for me." He did not respond. "I see. You don't believe in me. You just want me to make another dance album."

"Violeta, I'm only telling you to wait."

"You lied to me."

"I did not lie. I said I would try and I did."

"Right." She started toward the bedroom.

"Violeta, don't be like this. I can't believe you are getting this way." He followed her.

"Manny, you don't believe in me."

"Listen to what you are saying. You have a successful career. You have millions of fans all expecting the same kind of music you put out. Don't you realize how lucky you have been to make it this far? Why mess with a good thing? Violeta, you are being silly—a foolish dreamer."

She could not believe her ears. He knew it was a mistake the minute he said it.

"You think I'm a foolish dreamer?"

"No."

"You just said it."

"You were making me angry. You weren't listening."

"You said it. What am I to you, Manny?"

"Violeta, I love you. Please listen." Violeta took her suitcase from the closet, quickly packed her things, and walked out the door. "Here is your ring. This engagement is off. I knew it would end like this. It's the money, Manny. You've forgotten why you got into this business. You've disappointed me. I'm taking the car back. I'm sure you can get a cab."

She placed her bag in the car and got in without another word. She peeled out of the driveway and headed for the airport. Manny could not believe what had just happened. He slammed the doors, dropped to the couch, and stared at the roof.

Fourteen

Violeta Sandoval decided to take her life back. For the next couple of months, she was going to take inventory of her life. She was going to enjoy her home. She was going to enjoy her friends and family, and she was going to finish writing some songs that she would record—with or without Manny Becker. She had only signed a one-album deal with IMG Music, anyway. Everything was uncertain then, and they did not want to commit to more than that at first. How foolish they were. Violeta would be a free agent when it came to her next negotiation. The problem was that IMG would always own all the rights to everything off the Isis album.

Violeta went to visit her uncle. He was very happy to see her, and he gave her a warm hug. *"Qué te pasa hija?"*

He looked at her face and saw that something was terribly wrong.

"Tio, I had a fight with Manny. He asked me to marry him, but in a short time we had a fight before I even had a chance to tell you about the engagement. I knew something did not feel right."

"What happened? The boy seemed to be very much in love with you."

"I'm so confused, *tio.* He lied to me. He said that he was interested in my music, but he wasn't. He just wants me to record dance songs, and I want to record my songs. It's like everything is wrong. This is not how I pictured it." She sighed sadly.

"Hija, stay here with me, like old times. Your heart will tell you what to do." Violeta noticed a lady working in the kitchen.

"Tio, is someone there?"

"Oh dear, I forgot. Elena, please come here. I would like

you to meet my niece, Violeta." From the kitchen came a lovely looking older lady with jet black hair, like Violeta's, pulled back in a bun. "Elena is a nice lady I met at church. She is making us dinner tonight."

"Oh," Violeta said, a little disturbed. All those years, she cleaned and cooked for her uncle, and the minute she left, he found someone else to do those things for him. She came face to face with the reality that maybe, all those years, she hadn't needed her so much after all. All that time, she could have been doing something else with her life, other than looking after her uncle. She had made herself believe it was her duty. She realized why Napoleon thought she needed a husband like Ramon. Napoleon believed she was afraid to be alone and too scared to take chances. In many ways, he was right.

"*Hola, Señorita Violeta,*" she said, extending her hand. "Very nice to meet you. Hope you enjoy what I've prepared."

"I'm sure I will," Violeta said, with a smile. She was happy to see her uncle with someone.

Violeta sat down to dinner with them and enjoyed a delicious plate of *pollo con mole*. It turned out that Elena was quite the live one. She told jokes throughout dinner, and Violeta watched the twinkle in her uncle's eyes when she looked at him. It was nice to see. As it turned out, Elena was a former professional flamenco dancer. Violeta was very excited to learn that. It was something she had always wanted to do.

"Oh, darling," Elena said, "it should be very easy for a young lady like you."

She pushed aside the coffee table in the living room and started to demonstrate a few moves. Violeta followed along. It was tricky at first, but after a little while her moves became sharper and better defined. "Do you think you can teach me, Elena?"

"Of course. You've clearly got potential. It would be my pleasure." Violeta looked forward to learning the traditional Sevillana dance. She thought it would be fun to work it into some choreography for a video.

It felt so good to be back home, she decided to stay with Napoleon in the large ranch house for the time being, while she tried to figure out what she would do next. She let Lucy and Betty stay at her penthouse on the water. Wanting to do something nice for the two friends who had stuck by her from the beginning, she invested in a beauty supply shop on the beach for both of them. With her endorsement of the product line, women flocked to it. It was quite a successful venture, and Lucy and Betty were all the happier to be far away from the Piggly Wiggly and Norma.

Lucy and Betty were the only real friends Violeta had. There were new people she liked, but there were few that she really trusted. Betty and Lucy both found themselves nice boyfriends, too, and it seemed to Violeta that she was the only one around without someone to love. She was convinced she had lost Manny forever. "No matter," she tried to convince herself. After what she had been through, it would be a while before she could handle dating again. Still, she could not get Manny out of her mind. She could still picture him, bare-chested and strong, running after her on that dirt country road in Maine. She missed him, but he had hurt her terribly. She had truly believed that if anybody appreciated her dreams and believed in her, it was him, and he had let her down.

She cried a lot on many lonely nights. The only man she had ever loved was out of her life, and she did not know how to get over him. She sat up in bed as she had on so many nights, strumming her guitar, writing songs.

Manny Becker did not leave the house for three days. He stayed in bed most of the time, in his underwear, watching television game shows and soap operas from in between his satin sheets. He did not even have the energy to get out of bed to take a shower. Violeta would not answer his phone calls, so he decided not to call her anymore. He had drunk himself into a stupor the night before, on tequila, no less. She was the only woman he had ever loved, and he lost her, just as he had feared he would.

His phone at the apartment would not stop ringing. It seemed that half the world was trying to reach him. *They can wait,* he thought. He was useless now, anyway. There was a knock on the door. Manny dragged himself out of bed, picked his robe off the floor, and put it on as he trudged to the front door. He looked through the peephole and saw his friend, Rocky Rosario—another record executive Manny had brought on board to the Downtown label.

"How did you get past security?" Manny asked, as he opened the door.

"Please," Rocky said, dismissing the question. "This is Miami, remember? Twenty bucks and some charm buys you a guest pass anywhere. Dude, can't you answer your phone?"

"I'm taking some sick time."

"Everyone is worried about you. You can at least tell people what's going on."

"Yeah, sure," Manny said, taking a seat on his white leather sofa.

"Well, what is going on?" Rocky walked over to the bar and poured himself a drink.

"It's over between me and Violeta."

"What? Why?"

"Long story."

"I bet it's short. Does it have to do with us not doing the next album with her original music?"

"That's exactly right."

"I know women, my friend. You should have had a strong counter for that one. You should have been prepared."

"Man, I asked her to marry me. I thought that would make up for the record. But she says, I don't believe in her, otherwise I would have supported her."

"Well, she has a point there," Rocky said, taking another swig.

"You are not helping," Manny responded, from the sofa.

"Well, my friend, this is what happens when you mix business with pleasure. It's an old story. Don't you remember Ricky and Lucy? She always wanted to be on the show. Eventually in some episode, he had to let her on the show. Women will get their way. Don't say I didn't warn you."

"It gets worse."

"What do you mean?"

"She may not do the follow-up album with us."

"What?"

"You heard me. She is really upset, and, well, she never signed a contract for the follow-up record. Remember, she signed just before we went public, and we only committed to one record, just in case things did not shake out."

"Oh, dude, Arturo is going to go nuts if she goes elsewhere. How are you going to take care of this one?"

"I don't know. But, for right now, I've decided on not leaving the house."

"Oh, that's real mature. Do you want me to call her for you?"

"She is not going to talk to you any more than me."

"Well, my friend, you are on your own." Rocky turned to walk out of the apartment. Before walking out, he turned to Manny and said, "Good luck, old friend. You are going to need it."

"Thanks," he said, as he closed the door behind him. "Thanks for nothing."

Manny's headache got worse throughout the day. He had no way of dealing with Violeta. So he did the only thing he could think of—he decided that maybe it was best just to get back to work. He would keep himself busy until he could figure out how to deal with her. Manny Becker thought the day would never come when a woman would ever make him feel this crazy and out of control.

"I'll get it!" Violeta picked up the phone in the living room of her uncle's house. "Hello?"

"Violeta, how have you been? It's Ernesto." She was surprised to hear from him.

"I've been good. How about you?" she asked, curious as to why he was calling.

"Not too bad. Listen, I thought maybe we could meet for lunch."

The truth was, Violeta did not feel confident discussing business without Manny, and she knew the conversation would go in that direction. It was pretty obvious to Violeta that Ernesto hadn't forgotten about the Spanish album he had suggested she do, and he wanted to discuss it. She thought about declining, but then, in the end, thought that it might be in her professional best interest to cultivate this relationship. She accepted his invitation.

She met Ernesto at a local steakhouse in Coral Gables. The décor was upscale and masculine, with rich woods, red leather booths, and fine paintings on the walls. Ernesto stood up as Violeta approached him. "So wonderful to see you," he said, reaching out to kiss her hello.

"It's good to see you, too."

"Please, sit," he said, inviting her to slide into the booth.

"I've taken the liberty of ordering us wine. Violeta, I can't tell you how happy I am that we could meet. I have been thinking about you quite a bit. You know, I discussed the idea of doing a bilingual album of your love songs with the folks at LA Music, and they love the idea. It would be an opportunity to showcase your talent to both markets. The research is showing that Latin music is moving more into the main stream."

Violeta loved and hated what she was hearing. Why was this coming out of Ernesto's mouth and not Manny's? "They really like the idea?" She needed to reassure herself.

"What, are you kidding me? To have Violeta Sandoval sing her own songs in Spanish and English? We would have to be crazy not to love the idea."

"Crazy, huh?" Manny's face came to her mind, as he called her a foolish dreamer.

"The only problem is your arrangement with the Downtown label."

"I'm not committed to the label. I only had a one-record contract with them. We are supposed to renegotiate, but we've been having some creative differences."

"I see. Well, perhaps we can begin serious negotiations with no complications."

"Well, you see, Ernesto, while I was at Downtown, Manny served as my manager and, well . . . now everything is up in the air."

"Listen, I can promise you we can treat you right. Let me put a deal together for you. Right now, I just want to know if you are interested."

"I am very interested," Violeta admitted.

"Well, then, if that is the case, I'd like to offer a toast. To Violeta Sandoval and her amazing talent!"

Violeta left the restaurant, feeling a little uneasy. The possibility of actually doing this second album with someone else really had not seriously entered her mind; at least, it was not something she thought she could arrange right away. She figured this was something she would have to discuss with Manny, whether she wanted to or not. She owed him that much.

She called Manny at home that night. "Hello—you know what to do," said the answering machine message.

"Hi, Manny, it's me. Listen, there is something I need to discuss with you—"

Before she could finish, Manny picked up the phone. "Violeta, I have been going crazy trying to get a hold of you."

"Yeah, well, Manny, I've been busy."

"I've missed you."

"Listen, Manny, I have something pretty important to discuss with you."

"Have you missed me?" he asked. Violeta's heart sank. She wanted to tell him that she had felt like her world had fallen apart without him—that she could barely live knowing he was no longer in her life. "Have you missed me?" he asked again.

"That is not why I called."

"Okay, then why did you call?"

"I had lunch with Ernesto Contreras today."

Manny paused. "Oh."

"Yeah, and he is putting a deal together for me for a second album. They are looking to do a bilingual album using my original music."

"I see." Manny could not believe this was happening. "Well, I've got to hand it to you. You did not waste any time, did you?"

"What? Listen, Ernesto called me."

"Yeah, well, whatever. Here I thought that maybe you were calling to talk and work things out. What are you doing, Violeta, using Ernesto to try to get a better deal out of Downtown? Wow, I really had this coming. I fell right into this one."

"Manny, you are way out of line. I called because this came up, and I have no manager. You are my manager, or were, or whatever. You know perfectly well that I am under no commitment to do the second album with you, and this is a chance for me to finally do what I want. I made it clear to you from the beginning that this was the direction I wanted to go in with my music. I felt I needed to let you know."

"What do you want me to say?"

"I don't know, Manny. Maybe I shouldn't have called."

"No—wait. I'm glad you did. Listen, Violeta. I have missed you. I need to see you. Let's not talk like this. Any chance you can come over? I want to see you. I'm sure we can work this out if we meet."

Violeta was afraid of their meeting. They would not be able to contain their passion. She would not be able to refuse him, and she would find herself selling herself short, doing whatever commercial project the record company demanded of her. But despite her misgivings, she agreed to meet him. She had missed him so much.

Fifteen

Violeta arrived at Manny's apartment that evening. The security desk buzzed him to tell him she would be coming up. He cleaned himself up a bit in anticipation of seeing her. She knocked on the door and he raced to it. When he opened the door, he quickly went to embrace her. Violeta tried not to swoon. She had to be strong.

"Please, come in," he said, and he walked toward the living room. Violeta followed and sat across from him.

"Violeta, let's work it out."

"That depends on you, Manny."

"On me? Violeta, I love you. I'll do whatever you ask."

"Manny, you see, right there. You are missing my point."

"What is your point?"

"I don't want you to do what I want simply because it is what I want. I want you to feel it, too. You are so obsessed with making the right decisions for your company and profits, profits, profits, that you no longer listen to your instincts. How rich do you have to be, Manny? How much money do you need, before you can afford to take a gamble? You are so afraid of losing. If you lose, you lose. You can afford to take a gamble, no? I am certain, Manny, that an album featuring ballads will make money. I will even take less, if that is what they need to hear to make it happen."

"Violeta, they would expect the album to make more than the last one."

The conversation always made the same rounds, and Violeta was getting tired of it. She was smart, and all the time that she sat in the background while people spoke about her and her record as if she weren't in the room, she listened. It did not take her long to see how the business worked. She also knew that no matter how much research, tests, focus groups, or statistics they pulled to forecast sales, anything could happen at any time. The public was fickle. Even a proven artist could have a record album fail.

She realized that when it came to business, Manny could only play by the rules. He was not going to take a chance, even on her, if he did not feel completely sure it was the right thing to do. She had to respect him for that. As she sat there, she realized that she, too, was going to have to approach the matter like a business deal. One thing she did know for certain was that LA Music was interested. That was a start. They wanted her for a reason, and she knew that reason was profits.

"Manny, IMG Music has not won a Grammy yet with any of their artists' records, have they?"

"We were nominated once," he answered feebly, not liking where the conversation was headed.

"I think what I'm putting together has Grammy potential—real artistic merit."

Manny listened. They had financial success, that was undeniable; they had hits climbing the charts, even reaching platinum status; and, sure, they had won a few awards. They were not completely lacking in merit. A Grammy, however, would give them prestige, and that was the kind of recognition they eventually would need to have before they could take their place alongside all the other major music dynasties. He was surprised at Violeta, although he should not have been. That was very good thinking. He had heard her music, however, and although it was good in a very sweet and melodic way, what did she think would make it Grammy material? Since she appeared to be businesslike in putting the cards right on the table, he would play her game.

"What if I said you had a point? A good point. But what makes you so sure your songs are Grammy material?"

"I'm glad you asked," she said, moving up to the edge of the sofa. "I've been working hard, and the new songs are coming along. It's different, fresh. I've added some new ideas. I also have been working on something really special."

"Well, we'll need to hear it, of course, if you want us to commit to a deal. But remember, Violeta, if it is not what you think it is, you will have to do whatever album we want you to do."

"I don't *have* to do anything, because, remember, you only formally committed to one album with me. But, I'll tell you what," she said, "let me finish it, and I will present it to both you and LA Music. As a courtesy to you, I will give you the right of first refusal. I won't sign anything until then."

"Right of first refusal?" he repeated. He had created a monster. She was negotiating hard and well. He was impressed with her, even though it was giving him heartburn. He liked to have control.

"Okay," he gave in. He didn't have a choice.

"Okay," she said, getting up and extending her hand for a handshake. He took her hand and held it.

"Now, what about us?"

Violeta loved him. But she was still hurt by him. She felt he had not been honest with her. He hurt her feelings when he belittled her dreams. If another label hadn't expressed interest in her songs, he would still be thinking of her idea as silly and impractical.

"Manny, I think we should not see each other for the time being."

"What are you saying? Why not?"

"I'm still feeling hurt, and I need to focus on what I want to do right now. I want to focus on the music for myself. You have helped for too long. I want to know that I can make it on my own and that my music can make it on its own. I need time to be alone and just focus on that."

"But can't we at least see each other every once in a while? I just don't see—"

"No, we can't."

Manny did not say another word. He was a proud man, and he already considered what he was doing begging. Any more and he would have no respect for himself.

"I need to go," she said, striding right for the door. Manny watched her from the back. She wore white jeans, a white, long-sleeve knit sweater, and white boots. A lovely, long, colorful scarf loosely thrown around her shoulders broke the monochrome of the white. The fitted outfit accentuated her curves. Manny never tired of studying them. It pained him to see her leave. He could not help but think how much more up-scale she dressed than when he first saw her. It had been a long time since she had been in a thrift shop. It was one of the few changes the money actually had brought in terms of indulgences—she loved to spend money on clothes. These days, she looked even more gorgeous, and that was painful for him to see. She had changed. Her faith in herself had grown stronger; she was a survivor. She still wanted to be herself—doing her music, just like the first day they met at the IMG Music offices. Any other singer would be all for milking the success once they got a taste of the money. Not Violeta. Never Violeta.

He was in a huge predicament now, and he did not know the way out. He was losing her. She wanted something from him that he could not give, and part of him was angered by that. There was so much that he could give her. She was the only woman about whom he felt this way. He wanted her to be his wife, to live together forever. He had only known this happiness with her. But, he was still a businessman. He enjoyed being a successful one, and he could not compromise what he felt as a professional. Why would she expect him to?

He poured himself a brandy and went out to the balcony, where he sat in one of the designer wrought-iron chairs. He sipped his drink and quietly reflected on his life. Why was he such a workaholic? He had faced this question before, but he never took it too seriously. Back then, the answer was simple: he wanted money and recognition. Now that he had it, he felt driven to stay on top. He wanted to compete in the big leagues. He thought about the personal relationships had by people he knew in similar positions. The marriages of most of the power-brokers he knew were empty. The relationships never worked because of the demands on their time. How can people have relationships by themselves? Eventually, it would be the day-to-day things that began to effect the marriage. It was always the little things that led to the big things. Maybe that was why Arturo Madera was always warning him against marriage. But he really wanted to marry Violeta. If he was ever sure, he was sure now. The thought of her being with someone else drove him insane. He had a sick feeling about Ernesto. He was known as a womanizer, and the way she spoke about him left Manny very uneasy. He knew Ernesto would pounce.

He had no idea what to do. In some other time in his life, he would have just laid down the law and simply told her, "Woman, this is the way it has to be." He liked taking charge. Or maybe he would sweet talk her—"Honey, c'mon, listen to me. I want what's best for you." He was through with games when it came to her. She had a flat-out honesty about her, and the fact that she was so true to herself meant that she was not motivated by the same things that other people were. She was not taken by the money, the fame, or his power and influence. Manny Becker, the player extraordinaire, was left with no hand to play. He sipped his brandy and stared up at the sky, waiting for a solution to come to him.

Sixteen

Violeta took solace for the next couple of months at Napoleon's ranch house. She wanted to be away from all the shallow energy that surrounded her high-rise apartment—all of those wealthy Latin Americans, complaining about their servants. She was not good at the business of being wealthy. Once rich, through no fault of your own, you find yourself surrounded by other wealthy people. Once she lived among them, Violeta learned what fascinated the rich. She was disappointed to find out that the main interest of the wealthy was money and anything that had to do with money. They talked about where one vacationed, or shopped, and how much money their friends had. Like most people who grow up without money, she assumed there was something special about the wealthy, since they had experiences one could only dream about. After meeting them, at party after party, she would get bored with their complaints of, "This is too hot. This is too cold. There is not enough vermouth in this martini." Exasperated, Violeta wished they would buy themselves some real problems so they had something real to complain about.

That was one reason she had Betty and Lucy live in her condo for a while. Violeta laughed to herself as she remembered how the condominium board had thrown a fit when they realized Betty and Lucy's stay was becoming more than temporary. Violeta got a letter from the board, but fixed it the same way they would have. She bought off the president of the board by making a substantial contribution to one of the foundations where he was chairman. Those people deserved Betty and Lucy. Yes, Betty, who greeted the prim and proper ladies, toting their little dogs in the elevator, with a Jersey greeting, "Hey there, how's it hangin'?" And then there was Lucy, who would tug at their Chanel purses to have them press the PH button on the elevator for the penthouse, which was out of her reach. It pleased Violeta to no end that those snobs were getting a dose of reality with Betty and Lucy.

At her uncle's ranch, she could be herself. She could go riding in the morning, which was the only extravagance the money really bought her. She always wanted to have her own horse and take long trail rides. When she was done with her riding, she would help Elena make lunch for them.

Later in the afternoon, she would put on a pair of black tights and a leotard and go to the back terrace, where Elena continued to train her in the art of Flamenco dance. With a pair of castanets, and a well-heeled pair of flamenco shoes, Violeta would practice her stomping. It was almost a lost art, but Violeta loved the moves. She felt like her feet were two jackhammers working the floor. It was a powerful and passionate dance. She was very excited to be expressing herself through movement and to be creating again.

She read a lot and listened to all kinds of music—folkloric Mexican music, Spanish guitar, rock, country, blues. She realized that her loving all these types of music was in a way a melting of all of her experiences. She was born in Mexico, where she was first introduced to the guitar and the grandiose sounds of trumpets in the bullring. She moved to Georgia, where she first heard the sad, heartfelt strains of blues played on the guitar, and the twang of country. In her teenage years, she remembered the dance music at parties. Oh, those had been such fun times. Yet, it was rock music that she listened to when she felt misunderstood. It was rock that made her feel truly American. And lastly, she remembered the romantic ballads her uncle would play—the soft boleros with promises of love. It was all a part of her. She could not align herself with one to the exclusion of the others. It occurred to her, as she started creating, that her music should be a mix of all of that if it was going to truly represent her experience.

She diligently continued her writing. She took out her old notebooks with song lyrics and revisited them while strum-

ming along on her guitar, listening for another sound. It came
to her as easily as if she had found the key to a secret box.
What was meant to be on the page was, and the chords and
melodies from the guitar followed. She could not believe her
progress, and she could not believe how good she felt. Away
from all the pressures of the record company, and the public's
expectations, she was able to really express herself creatively.

It won't take too much longer, she thought. She was close to
unveiling herself—her true self—to the world.

Manny Becker could not endure this wait that Violeta had im-
posed on him. He found himself in his therapist's office. Dr.
Bernstein had treated Manny once before, and had diagnosed in
him a fear of intimacy due to a fear of abandonment. He had
thrown himself into his work as a way to seek approval and acceptance, but no amount of success truly satisfied Manny Becker.

Manny would never admit to anyone that he was seeking
psychological help. Where Manny came from, that just was
not done, no matter how fashionable. So whenever he did seek
therapy to get out of a mental rut, he had to make sure not to
begin sentences, like others did so casually with, "My therapist says . . ."

"So, Manny, what is the problem, now?" Dr. Bernstein
asked, while taking a seat across from him.

"I'm in love with a woman and she is driving me crazy,"
Manny said, getting up to pace. He could never sit still in
therapy.

"I see. Okay, how is she driving you crazy?"

"She wants time apart, because she says I hurt her, and
well . . ."

"Did you?"

"I guess, yes, I did. But it's not like I didn't tell her how I
felt. She knows how I feel about her. I know that she loves me,
too. It's just that . . ." Manny stopped pacing.

"I'm listening."

"She is not like any woman I have ever known or dated,"
Manny said, finally taking a seat on the sofa.

"How is that?"

"Dr. Bernstein, she can walk away from me. I always made it so that would never happen. She walked away from me, and now my worst fear has come true. I finally got close. I finally let myself, and look what happened . . . I just can't cope."

"Manny, it sounds to me like she asked you for space because you hurt her. How did you hurt her?"

"I said something very cruel. I called her dreams foolish. I didn't mean it to hurt her. She was frustrating me. She was not listening to reason, and I wanted to—"

"You wanted her to see things your way."

"I guess."

"Could you see things her way if you had to?"

Manny thought about the question. He really had not done that. He admired her, he respected her, yet at the time he said what he said, he really was not thinking about what she was feeling.

"No. At the time I called her foolish, I thought she was being foolish."

"It sounds to me, Manny, like there is more. I mean, if that is all you said, she is an overly sensitive girl. Most people could recover after an apology."

"Well, I didn't really apologize. You know, I did not actually say, sorry."

"I see."

"I didn't think I should. I simply felt we could work it out. I asked her to marry me, you know? I didn't think she would give me my ring back." Manny stayed quiet for a while. "There is one more thing." Manny paused. "She thinks I'm a workaholic."

"You are a workaholic. You need balance in your life."

"What am I supposed to do? I can't bear to be apart from her."

"It's very simple, really, Manny. You are going to have to apologize first, and second, make a gesture of good faith to prove it. It would also be a good idea for you to try to find interests outside of work. You need to relax, and you may find a new perspective on things."

"Relax, yeah, right. Relax." Asking Manny Becker to relax in the state he was in was like asking someone to blow out the light on a stick of dynamite. Good luck. Manny paid the office receptionist and did not make an appointment for the following week. He went to the pier by the marina and took a walk around. He was more afraid of losing Violeta with every day that went by.

At the LA Music studios in New York City, Ernesto bragged to Clyde Barker, the CEO, about how Violeta had not signed with Downtown for the next album, and how she was ripe for the picking.

"All we have to do is promise her an album using her own music. We can draft the wording in the contract in our favor, committing to no promotion and only a small initial number of albums produced."

If the music business was cut throat, Clyde and Ernesto's knives were razor sharp. Violeta may have had tremendous commercial success, but she was still new to the business, and, by most accounts, naïve about business. She was one of those artists that still had artistic principles, two words that would make any record executive burst out laughing. Money drove any business, and music was no different. Artistic principles and money rarely found themselves in the same sentence, especially at LA Music.

"Have you listened to any songs she's written?" Clyde Barker, a very savvy businessman, asked.

"No. I suppose it's the typical sentimental and depressed kind of music women are writing these days," Ernesto said, leaning back in the leather guest chair in Clyde's office.

"I'm curious to hear it."

"Sure, I guess, but why? She's a proven artist in dance and pop. She sounded good singing those Spanish ballads, but she can't be all over the place."

"Get me the songs. Maybe we can have another artist record them."

"She will never go for that."

"Just get me the songs."

Ernesto spent the night in New York visiting local Puerto Rican salsa clubs in the Bronx, his old stomping ground. It was the place to look for possible acts, these days. He lit his cigarette and flashed his business card, expecting free drinks. As he drank his free shot of whiskey on ice, he thought about Clyde's request. It was odd, but he was the boss. It occurred to him that he just wanted to steal the music. He had never witnessed it first hand, but there were rumors of such things. There was the rumor about Pepe El Gato—that he had grabbed the songwriter Guillermo Soler and hung him from his own twenty-fourth floor balcony, threatening to let go if he did not sign over the rights to his songs. Maybe this business with Violeta was heading in that direction. Ernesto did not really mind the idea. If the music was as good as he thought, he would be happy to do it in order to put him in a better position with Clyde. His association with Clyde, after all, had made him rich. He liked the idea of getting richer. He also liked the idea of having Violeta under his control. He relished the idea of her having to act out his every whim.

He finally settled in a place called the Shake Room. A Colombian salsa band was playing. "The music is as hot as the ladies," he said, reaching for one at the bar and asking her to dance. She was wearing a short, skin-tight pink dress. Her hair was dyed blonde, her black roots about two inches in need of a touch-up. She wore large plastic round earrings and white stiletto heels to accentuate her calves. She smelled of some dime-store perfume, the kind you can buy three bottles of for three bucks. No matter how much money Ernesto had made, he still liked his women cheap. He decided a long time ago to stay single, because he wanted to enjoy himself. The more money he made, the less he wanted to share it with anybody and the more fun it bought him.

Still, he did think of Violeta often, like a tomcat in an alley ready to pounce. He wanted her. She looked so gracious and sweet. He could get to her. He had ways. He kept thinking of her smoldering body, those dark, erotic eyes, and her sensual mouth. Manny Becker was a fool to let her get away. Ernesto grinned as he spun the girl he danced with.

"What is your name?" she asked.

"Romeo," he answered, in jest. She was stupid enough to

believe him. The woman looked at Ernesto as he moved on the dance floor in a dramatic way, too cocksure. His eyes were dark as coal, and there was danger in his smile. It could be seductive, in a way—in the way that vampires hypnotize, perhaps. It was an exotic look; he had some Arab blood. He aggressively led the girl as they danced. She giggled, taken with him.

One by one, he took out to dance the lounging women at the bar, buying rounds of drinks. He would need to get back to Miami, but not before having a good time. He left the bar with the girl in the pink dress. The next morning, they awoke in his hotel room. He lit a cigarette and said nothing to her.

"Oye, papí," she called out to him, from under the sheets.

"Vístate, get dressed already," he said, as he finished packing. She did not like the tone of his voice, but was used to it. "I want you out," he said, without even looking at her. "I need to leave." He spoke roughly, and the girl knew better than to plead or ask questions. If she were smart, she would get dressed and leave. She had the reward of a nice night at the Plaza, a long way from the back seat of the old Cadillacs she was used to.

Ernesto combed back his hair in the mirror with a little gel from a tube and proceeded to trim his beard. He was on his way to Miami. Violeta's face came to mind and then the curves of her body. He wanted to change that look of lost innocence that sometimes crossed her face. He wanted to bring out her fully-charged sexuality. He knew it was in her. That Manny Becker was a wimp. A woman like that had to be properly handled, and he was just the man that was going to do it. He touched his beard, still checking himself out in the mirror. He was pleased with himself. He liked the way he went through women. He loved to boast to his friends that he had had all kinds, every race under the rainbow. He thought himself quite the stud as he left the hotel room. He could have any woman he wanted, and he would have Violeta. It was a newfound challenge for him. He could barely contain himself. As the days had passed, it was becoming almost a type of obsession. He would work like a fox, sly and cunning in his chase. She trusted too easily. *Silly girl,* he thought to himself. He could almost taste the conquest.

Once he was aboard the plane, in first-class, of course, he eyed the flight attendants up and down as they went through the safety speech. He was making one of them visibly uncomfortable. Again, there was something dangerous and sinister in his leer.

Seventeen

Ernesto called Violeta to invite her to have dinner on his yacht. Violeta was so excited about the progress of the album, that she almost didn't want to tell Ernesto about it. Ernesto had come across in such a nonthreatening manner that Violeta viewed him as a professional friend—someone from whom she could seek guidance.

His interest in Violeta kept brewing the more he spoke with her. She was beautiful and wealthy and very talented, and it would be a very big deal if he could steal her from IMG Music. His obsession was taking on a different shape. His attraction was becoming seriously intense. He wanted her very badly. He kept thinking he could have her. She did something to him, and he was not counting on that. This would not be just a conquest, he thought to himself. No, no, no. He wanted Violeta for himself like his luxury cars or yacht—he would show her off—a coveted prize for all to envy. This was a bit more complicated than he had originally thought. The idea of having her to himself that night was too enticing. It was almost too easy. He thought of how he could get her where he wanted her.

He took out one of the grooming bags that he used on his trip and found the small bottle of the "special" pills he had bought. He opened up the plastic honey-colored bottle and examined the odd-shaped white pills. He took a quick whiff of them. He detected no scent. He had no idea what was in them. All he knew was that the guy with the thin mustache and shiny shirt who sold them to him that night at the Shake Room just about guaranteed him an easy good time.

Ernesto came in a limousine to pick her up at the door. Violeta had not been in one since her last concert. She never liked the feeling of being cooped up in the back of one. She liked to be in front; she always had. Ernesto offered her a glass of champagne.

"So, tell me about your work," he began.

"I'm so excited. It is really the best work I have ever done," she said, accepting the glass.

"I'm impressed at just the thought of it. Did you remember to bring your song book?" he asked, wanting to look through the pages.

"Yes, I did," she said, beaming, patting her leather tote bag. "Oh, Ernesto, I don't know how to thank you for the chance." She was so excited at the idea of being taken seriously and of playing her music.

"Violeta, please—I believe in you." His saying those words had an awkward effect on Violeta. Why could Manny not have said that to her? "Here, have another glass of champagne."

"Thank you," she said. He touched her hand as his reached for the champagne flute.

"Listen, let's not talk business tonight," he said, watching her carefully, ensuring she was drinking all of the champagne. "You have been hard at work—why not just have a good time? I'll have my chef prepare something special just for us." He wanted to deliberately put her at ease and off her guard.

"Sounds good to me," Violeta said, already feeling a little buzz from the champagne. *There must be something different about that champagne,* she thought, because she felt unusually lightheaded. She looked at Ernesto in her new slightly dazed state, and he appeared handsome to her in his black suit. He was very distinguished-looking in his beard. She caught herself being momentarily attracted to him, but she was wise enough to attribute it to the champagne and his support of her.

They arrived at Ernesto's mansion and drove up to the dock behind the house, where a forty-foot Bertram yacht

was moored. The yacht's name, "Stardom," was painted on
its side. He escorted Violeta on board. They walked onto the
top deck as the captain steered the yacht off the dock. The
night sky was full of stars. It was a romantic place to be, and
Violeta wished she could be there with Manny. She was
missing Manny and was even starting to doubt her stubborn-
ness. Maybe she had been too hard on him. All she knew
was she had never been happier than when they were together. Why couldn't this whole thing just be straightened
out?

Ernesto kept giving her champagne and paying her com-
pliments. He commented on her smile, eyes, and mouth; she
smiled politely at first, but she was quickly becoming more
uncomfortable as she began to suspect that Ernesto was trying to seduce her. The champagne made her a little heady.
She could not think straight. They sat down to dinner at an
intimate round table with a linen tablecloth. Ernesto revealed
the meal the chef had prepared. It was a delicate duck and
medley of vegetables with a herbed butter sauce. Violeta took
the first bite, and it was delicious. In the last year, she had
sampled foods from all over the world. How she savored
every morsel.

Ernesto kept giving her champagne, not wanting her to lose
the effects. By the time they were ready for dessert, he could
see in Violeta's eyes that the effects of the champagne elixir
were coming on strong. For dessert, they had a chocolate souf-
fle with strawberries. Ernesto took the chilled crystal bowl, before she could reach for the fruit with her fork, and grabbed
one. "Allow me," he said, taking the red ripe fruit and placing
it on her full lower lip. "Take a bite." Ernesto watched as Violeta's lips tightened around the flesh of the fruit, and how she
easily devoured the rest only slightly sucking at his fingertips.
She giggled.

Watching her giggle helplessly in her drug-induced haze,
Ernest found her too enticing for him. He could not resist her
anymore. "Violeta," he said, moving around to sit right by her
side. "I want you. I have never wanted a woman so much before." Before she could react, he had wrapped his hand around

her neck and pulled her to him, giving her a deep, long, passionate kiss. His tongue darted deep in her mouth. Violeta struggled to push him away.

"What are you doing?" She tried as hard as she could to take control. She could not see straight. Her head spun. What had she done? She could feel herself starting to panic. What a mistake! How could she get off this boat?

"Don't resist, don't resist, you know you want me, too. I can see it in how you look at me." He forced himself on her, his beard scratching her face.

"Get off of me," she said, kneeing him hard between the legs, but not quite hard enough. "Ernesto, I don't like where this is going."

"What is the matter with you? Why can't you relax? I promise I can show you a very good time." He reached for her as she ran from him.

"What did you put in my champagne? I'm so dizzy!" she shouted, realizing this feeling was not normal.

"Nothing. Nothing. Come here . . ." He gasped, as he reached again for her. She ran out of the cabin and on to the deck. It was windy, and she was having a hard time keeping her balance. She held on to the rail.

"I don't understand you. We are both adults; let's have a good time. You're not seeing that guy anymore. What's to stop us?" He spoke as he took slow deliberate steps toward her.

"I was an idiot to come here, and to think you cared about me. I may not be with Manny, but I still love him. I will certainly not sleep with you. I would never do that. Now, take me home." The cool night air hitting Violeta's face was helping her fight off the effect of the champagne and whatever else was in the drink.

Ernesto laughed. "I am not taking you anywhere until you give me what I want."

He walked closer. The look on his face frightened her. He grabbed her by the wrists, but this time she used the sharp heel of her shoe and slammed down hard on his foot. As he bent down in pain, he noticed the songbook on the ground. She had dropped it. It was all in her original handwriting; there were obviously no copies. "Oh, look here. What is this?" he said, his voice angry and threatening.

"Give that to me." She reached for it while he pulled it away. Violeta struggled to keep her thinking clear. She realized he must have slipped a pill in the champagne—one of those homemade bathroom drugs. She had heard about them. She feared all drugs, and the thought of having this unknown drug in her body was making Violeta sick.

"You want it," he said, raising the notebook with the songs, "come and get it!" He teased by waving the notebook in front of her and then taking it away.

All of her original music was there—all of her hard work. How could she have trusted this man? How could she have let herself even come on this boat? She reached out for it, and he forced himself on her again, giving her another kiss. He bit at her lips passionately. His embrace was powerful and it hurt her. His beard was scratched against her face, leaving red burn marks. She struggled against him, and he laughed.

"Give me my book," she shouted, wanting to kill him, if she could. The look in his eyes was cold and threatening.

"Give me another kiss," he said. Her struggle had aroused him and he pressed against her, making her feel the hardness in his pants. She was frightened. She looked inside herself for the strength she needed and found it. She kicked him in the groin—hard and strong. He threw the songbook overboard by accident, losing his leverage with her. She watched it fly out of his hands.

"You son of a bitch!" She slapped him. He grabbed her wrists angrily, but she managed to struggle out of his hold. Afraid for her safety, she ran to the opposite railing. She looked around for some place to go—something to do. Ernesto ran after her, his face heaving with anger and frustration. Afraid that he would definitely hurt her, she stood on the railing and threatened to jump if he took one step closer. Not believing her, he went toward her. Afraid of him and the crazed look on his face, she felt she could take no chances. She took in a deep breath, closed her eyes, and jumped into the water.

Her body felt the strong winds as she fell. Ernesto gasped as he looked down and could not see her. The water was very cold. "Stupid girl, stupid girl," is all he could manage to shout.

"Turn the boat around," he yelled up to the Captain, who was not yet aware of the commotion. He did not need the scandal of something happening to her. They put the lights out into the water. She dropped deep, very deep, and there was no sign of her—not one. She was lost, taken in, somewhere below in the cold dark water.

Eighteen

Napoleon and Elena paced all night when Violeta did not come home. "Where could she be?" Napoleon asked, over and over again. "It is not like her not to call and have us worry." He kept looking outside the window, hoping to see her any minute.

"Maybe we should just call the police, *viejo,*" Elena suggested, placing a comforting hand on his shoulder.

"I'm afraid to think the worst. I already have her friends in a nervous frenzy. This is just not like her," he said, nervously, and again checked out the window.

"Call Manny Becker. Maybe it was something related to business, and she just did not have the time to let us know," Elena offered. It sounded like a reasonable explanation, but Napoleon knew something was wrong—terribly wrong. Everything in his bones told him so. With hesitation, he dialed the number to Manny's apartment.

"Hello," Manny answered, casually.

"Hello, Manny. This is Napoleon, Violeta's uncle." He fidgeted nervously with a piece of paper from the address book.

"How are you, sir? It's been a long time." Manny sat at the kitchen counter, intrigued by the phone call.

"Manny, do you know where Violeta is?" He held his breath as he waited for the answer.

"What?! No, no, she has not spoken to me in weeks. Is something wrong?" Manny's heart raced. What could this mean? Something was wrong. Now he was sure of it.

"I'm afraid that she has not come home. She left on a date with a gentleman . . . I believe someone named Ernesto—"

"Contreras," Manny finished the sentence.

"Yes, that's him, and she has not returned."

"I'm calling the police," Manny said, without a second thought. "Let me know immediately if you hear from her."

"Yes, yes, of course." Napoleon hung up the phone and gave Elena a solemn look. "He is calling the police; something is definitely wrong."

Within minutes, the police surrounded Ernesto's house. Ernesto was up the entire night scared half to death that something had happened to her. His concern was more for himself than for her. He did not want any trouble. He never called the police, because if he alerted the authorities, and she was found, she would accuse him of attacking her.

"Where is the girl?" the police officer asked forcefully, foregoing pleasantries.

"What girl?" he asked, anxiously handling his cigarette. His nervous mannerisms, trembling voice, and shifting eyes made him immediately look guilty to the police.

"Don't act stupid, sir; the girl you were with yesterday evening. She never showed up at home. She was with you last. Care to tell us where she is?" the officer pressed, looking straight into Ernesto's callous, cowardly eyes.

"We got into a fight and she left, mad. I tried offering her a ride, but she refused," he offered, as a weak defense. The police officer did not buy it.

"A fight, huh? What kind of fight?" The officer leaned in, looking at Ernesto's face and body for signs of struggle.

"Business," Ernesto responded, timidly. "I'm a record producer. She was upset that I wasn't signing her. She stormed out." He tried to compose himself as he spoke. There was no need for second guessing; it was obvious to anyone that looked at him that he was lying. Something went on last night, and the girl was missing under very suspicious circumstances.

Manny Becker arrived at the house himself, burning rubber as he pulled into the large driveway. He stormed right through the huge double doors and got within an inch of Ernesto's face. "You son of a bitch, what did you do with her? Where is she? Where is she?" Two officers needed to hold him back.

They could hear the sounds of helicopters overhead as they searched for any possible sign of Violeta. Another officer walked into the room with the chef, who told them what had really happened. "She threw herself overboard about five hours ago. She could easily be dead," one of the officers announced.

Manny Becker thought he was going to lose his mind. Ernesto started to break down. He was no angel, but this was more trouble than he needed. "I couldn't find her," he confessed. "We searched and searched, but she just disappeared." Manny punched him in the face as the police tried to pull him off again. "She had better be alive, Ernesto! She'd better be alive!"

Within the next half-hour, there was a rescue team on the job. They worked for hours on end, along with the residents of the Gables Estates, searching for Violeta. They tried to keep it off the news for the moment, but it was too late. Before long, the Coral Gables police were busy securing the place from the media.

Manny worked the boats, and dove in with the rescue crew searching for any sign of Violeta. The residents were all questioned, but no one had any information. They checked the hospitals and she had yet not turned up. Manny was frightened. He kept searching and searching. He had to find her. She was not dead. He knew she was out there somewhere. He had to find her.

After three days, the police department was going to call off the search. There was no way she could have survived. Manny was still adamant that she was alive. He shouted at the chief of police. "She is somewhere needing help, I am sure of it. But she is alive!" His plea fell on deaf ears. The cops had done this kind of work for a long time, and they knew it was much more probable that she was dead than alive. After three days, they would certainly have found something if she were alive.

"Mr. Becker," the chief of police tried to calm him down. "We are doing everything we possibly can."

"Then do more. Put your people on overtime," he ordered, desperately.

"We *are* on overtime. Look, Mr. Becker, you are going to have to prepare yourself for the worst," the Chief braced his shoulders.

"I cannot do that. I will not do that." Manny Becker sobbed, deep sobs from so far within him that it hurt to breathe, it hurt to be alive, it hurt to see. If she were dead, he did not want to live. She had to be alive. "Dear god," he prayed, "please bring her back to me."

Manny went home only for some clothes. He checked into a small hotel in the Gables to be close to any news. There was nothing. The hours were cruel as he waited. The local news was now speculating on the incident. People were starting to think that maybe Ernesto had disposed of her body somehow. If he did murder her and there was no body, there was no murder case. All the talk on television made Manny ill. She was somewhere, needing him. That was all he knew.

Ernesto was about to be let out on bond, but the chief of police wanted a few words with him. Ernesto entered a small room with about four homicide detectives.

"Where is the girl?" they asked, hands crossed over their chests.

"I told you everything I know," he replied.

"Well, you know what, we don't believe you," the first detective said, leaning close into him.

"Listen, I don't care what you believe. I've been here for the last three days and my lawyer is making arrangements to get me out as we speak. So, you have nothing. I told you, she jumped off the railing. It was an accident." Ernesto was tired and his lack of regret sickened even the diehard detectives that had been working homicide for years.

"Accident, right? Well, tell you what, you are here under suspicion of murder until otherwise notified," the other detective informed him, taking him back to containment.

From the police station, more news leaked to the local press and eventually to the national press. Where was Violeta Sandoval? Was she dead or alive? Manny could not bear to see the headlines, but he was surprised that they offered some hope. Maybe someone would spot her, walking around dazed and confused somewhere. She had to be alive. She just had to be alive.

By a canal in South Miami, three little boys were fishing when their rods became tied to something in the water. At first they thought they had caught a large fish and began tugging more and more, but it was in the shallow part. They followed the fishing wire, and there at the end, was a woman lying out by the canal, shivering.

"Hey, lady," one of the little boys shouted. "Hey, lady!" The woman would not say a word. She would not speak, but looked at them with large, kind, luminous eyes. "Who are you, lady? Are you okay?" The woman still would not answer.

One of the boys decided to get a closer look. He walked up to her and shook her a bit. "Miss, can you hear me?" The woman just stared, motionless. "I think we need to get some help. One of us has to stay with her."

"No way, I'm not staying alone with her. She's scaring me. She doesn't say anything," said the other boy.

"I think she's sick or something. We need to get her help." One of the boys tried to take control of the situation.

"JC, you are going to have to stay."

"Okay, but I don't like it," he said, sitting down about five feet from her. The other two boys peddled hard and fast on their bikes to find the first adults they could tell. JC sat down and looked at the woman nervously. He started talking to her, mostly to soothe his nerves.

"So, lady, how did you end up here? You don't look like you're from here. You are very pretty, and well, I know all the pretty girls in this neighborhood. Where are you from? You remind me of one of those ladies from this comic book I have. As a matter of fact, you look like the Azteca—just like Azteca. You don't scare me so much when I think of you that way. Looking at you now, I worry that you will never talk again, lady. Do you have a name, lady?" the boy rambled on, much like Violeta did when she was nervous.

"Name?" the woman said softly, as if she were trying to

make sense of everything he had been telling her. The boy took two steps back, frightened of her response, at first.

"You can talk?" he asked, surprised.

"Name?" she said softly, again.

"Oh my God, oh my God!" He looked around anxiously for his friends to return.

"Violeta Sandoval," she said, in a whisper. She hurt all over.

"Oh, oh, I know you from MTV, not the comic books. You are Isis. Isis from the video." He recognized her mostly from her eyes. Her trademark long hair was like a wet cape over her.

Violeta's head was pounding hard. It was painful to see. Her body was cold. She was tired. She had swum and swum as much as she could, but she had hit her head in the dark on a marker and somehow floated into this canal. She was in a type of shock. She could hear her thoughts, but she could not speak. It was a miracle she did not drown.

"Well, look, don't be scared. My friends went for help." All of a sudden, Violeta felt a deep feeling of shame. She did not want to be seen by anybody in the condition she was in right now. She did not want to explain what had happened. She was such a fool!

"Oh, umm, please," she said, turning to the boy. "Do you have a place I can go to? A safe place. I don't want them to see me like this, please."

"But, lady, I think you need help."

"Oh, yes, yes, I need help. But, please don't let them see me like this."

The little boy thought it over. He did not know where to take her. He then thought of his clubhouse, which he had created from an old wooden tool shed.

"Lady, I don't know how to get you there."

"I could walk." She started to get up, and step by step they made it to the little shed.

"My friends are going to worry. I was supposed to stay with you."

"You are still with me," she said, looking for a towel or something to dry herself. She reached for a dirty towel in the corner.

"I really think you need help," the boy said, with concern.

"Yes, I do, but you know what? I think you can help me."

"Oh, lady, I don't know."

"Yes, yes, you can help me." She looked around the little shed and saw the relics of amusement of young boys. There was a dartboard, bicycles, posters of action movies, basketballs, and other stuff. "What would you like?"

"Huh?" he asked, confused by the question. He did not know how to answer.

"I could buy you whatever you want. Please help me."

"I'm not supposed to take gifts from strangers," the boy said, sympathetically.

"But, I'm not a stranger. I told you, my name is Violeta Sandoval, and you know me from TV, remember? So, really, you are the stranger to me. What is your name?"

"JC, well, Juan Carlos," he answered, feeling more comfortable with her.

"Juan Carlos, I see. Well, Juan Carlos, can you keep a secret?"

"I guess. I know that my big brother still pees in his bed, and he is fourteen, and I don't tell anybody."

Violeta smiled. "See, that's good. Well, I won't tell anybody about your big brother if you won't tell anybody about me. Deal?"

"Deal," the boy confirmed, already trusting her. She had kind eyes.

"Okay, JC, I promise when this is over that I will reward you."

"I need you to follow my instructions," she said. "What size is your mommy?"

"She is bigger than you. Much bigger."

"I see. Well, that does not matter. I could work with that. I need you to get me some clothes from your mother's closet. Something that she doesn't wear regularly. Something she won't miss. Something she would give to the Salvation Army."

"My mother gets stuff from the Salvation Army," the boy said, happy that he recognized the place.

"She does?" Violeta said, with a smile and tears in her eyes, having shopped there most of her life. "Well, I'm sure she still has outfits that she does not use often. I just need one. Does she have a sewing kit?"

"Yes, she does. She has one of those tomatoes with a bunch of pins in it."

"Bring me that with some string if you can, and a pen and some paper. And, JC, sweetie, something to eat. Whatever you have to spare, okay? I am very hungry." She rubbed her stomach and then looked at him gravely. "Remember, not a word to anyone. I am a very famous person and it would be terrible for me if people saw me like this." Violeta felt such shame. She prayed that the media had not gotten wind of what had happened on that boat. How could she have been so naïve? She felt so ridiculous. She felt worse when she thought of Manny. "I wonder if he cares I'm missing." She cried. Her dress was torn and soiled. She had lost her shoes in the swim. Her hair was meshed and tangled, and she was shivering. She did not want to ask the boy for too much. If he brought her a change of clothes, that would be a start.

JC came back about an hour later with two paper bags. He had to catch up with his friends to tell them the lady just got up and left, and he could not stop her. The police at least were able to alert Manny and the others that she was spotted alive, which was good news for everybody.

In one paper bag, JC had placed a pretty black cocktail dress from his mother's closet. "JC," Violeta commented, as she looked over the dress, "this is a beautiful dress. Your mother will be upset with you when she finds it is missing."

"You said to pick something she would not miss. She never wears it. It's too fancy. She never goes to fancy places."

"I see," Violeta said, studying the little boy's face as he spoke. "What is in the other bag?"

"Oh, I brought a jug of water, some peanut butter cookies, a sandwich, some soap, a comb, and a pen and paper."

"You are very sweet, JC. Thank you."

"You're welcome," he said, with a coy smile.

She drank some water from the jug and ate some of the peanut butter cookies with him. "How many brothers and sisters do you have, JC?"

"I have five brothers and sisters."

"Wow, that is a big family! Do you like having a lot of brothers and sisters?"

"Sometimes, but sometimes I don't. Do you have any?"

"Nope, it's just me," she said, biting into her sandwich. "Listen, JC, do you like spy movies?"

"You mean like James Bond?" He perked up, thinking they were going to play a game.

"Yeah, just like that. This what you have to do. I need you to get a message to a man named Manny Becker. This is his office number." She wrote the number on the pad he had brought. "I'm going to tell you to write down what to say. You call from a payphone and tell him exactly what I write down. Okay?"

"Okay," JC said, intrigued by the game.

Nineteen

JC peddled to a pay phone at the corner of a 7-Eleven that was just outside his neighborhood. He did not want his friends to see him. The spy game was sounding very exciting, and he really wanted to help the lady. She was very nice. Violeta had given the boy the number of Manny's cell phone.

The phone rang, and Manny, waiting at the police station, desperate for news, picked it up on the first ring. "Yes," he said, abruptly.

"Is this Manny Becker?"

"Yes, who is this?"

"Manny, a friend of yours asked me to call." Manny was confused by the little boy's voice.

"What friend?"

"She said you met at the Rooster." Manny stood up, attentively.

"She did not give you the time of day, remember?"

"Who is this? Who is this?" he kept insisting.

"Do you know who your friend is?" the boy asked.

"Yes, yes, I do. Of course, I do. How is my friend?"

"Oh, she is okay. She says that she would like to see you but does not want company."

"Fine, fine. Where do I meet her?"

"Well, are you in the mood for a slurpee?"

"What? Kid, I don't have time for games."

"Meet me at the 7-Eleven on 17th Ave."

"How will I spot you?"

"I will spot you. Come alone."

Manny Becker's heart raced. She was alive. She was probably afraid of a media frenzy and needed help. The chief of police looked over at him and knew something was up.

"What is going on?"

"Nothing."

"Well, it sure looks like something from your face," said the chief of police authoritatively, having been around criminals all his life.

"I've got to go," Manny said, grabbing his car keys to leave the police station.

"You've been attached to my hip for the past few days, and all of a sudden you're leaving? What is going on?"

"I promise to tell you afterward." Manny gave him a pleading look. The chief of police did not say a word, but watched from the window as Manny got into his car.

"Should we follow him, chief?" one of the officers on the case asked.

"Let him go; I think he knows what he's doing."

Manny drove into the 7-Eleven like a crazed man, staring at everyone that looked his way. He walked outside and stood in front of a couple of bums to see if there was any reaction, but there wasn't. He felt a tug on his long sleeve, looked down, and saw the chubby face of a dirty little boy, grinning, as he sucked on the straw from his slurpee.

"I think it's me you're looking for."

"You? You know where she is?"

"Yup."

"So, what are you waiting for? Take me to her."

"You think you can drive us both in your car?"

"Yeah, give me that bike." Manny put the bike in the trunk and roped the back door down.

"Man, this is a killer ride. No wonder she likes you."

"Is she okay, kid?"

"Well, I'm sure she's been better. But she's not as bad as when we first saw her." Manny's heart sank at the idea of her washed up against some rocks.

"Right here," he said, telling him to turn right. "She is in there."

Manny jumped out of the car and ran toward the shed.

Violeta had been sitting there, patiently reading the *Playboy* articles from the magazines the boys no doubt smuggled out of the local convenience store. She heard the car and jumped to her feet.

Manny stormed through the door and cried from happiness at the sight of her. She rushed to his arms, and he held her tightly. "Oh, baby, my baby, are you okay? Are you okay?" He stepped back and placed his arms firmly on her shoulders to get a look at her. "We need to get you to the hospital immediately."

"Manny, I don't want any trouble with the media," she pleaded.

"There won't be any trouble. I'll register you under a different name, okay?"

Before she could say anything, he whisked her away. "What is your name, kid?"

"JC."

"JC, you are one cool dude. We'll be in touch, okay?"

"Sure," he said, waving good-bye as he watched Manny start the car and drive off. JC stood by his little clubhouse, his safe little shack, smiling—a hero standing on the sidelines.

Manny rushed Violeta into Coral Gables Hospital. The doctors in emergency rushed to her care immediately. He called Napoleon, Betty, and Lucy and let them know that Violeta was found, and was okay. He called the chief of police.

"Hopper, here," the chief of police answered.

"Violeta's okay. We're at the hospital."

"I see. What happened? How is she doing?"

"She's alive, Hopper. That's all I care about."

"How did you find her?"

"She had someone find me."

"Clever girl."

"You got that right."

"Well, we'll be in touch about the charges against Ernesto."

"If I could kill that SOB, I would."

"The law will take care of it, Manny, don't you worry."

"Hey, Hopper," he started to say, a little choked up, "thank you. Thank you for all your help. Thank you for everything. I won't forget it."

Manny dropped in one of the chairs in the waiting room and patiently waited until they allowed him to see her. It seemed to take forever. He had two cappuccinos from the Self Service Latte Express machine. He was so strung out on coffee from the last few days that he felt his whole central nervous system would break down without it.

He struck up a conversation with a young girl. "Hey there," he said, frustrated out of his mind from the endless wait, and still anxious from the adrenaline rush.

"Hello," she said, pleasantly.

"Are you waiting for your husband?" he asked, hoping to pass a little time talking.

"Yeah."

"What happened to him?"

"I don't know. He's been gaining so much weight. His wedding band was stopping the circulation on his finger. They are going to have to cut it off."

"His finger?!" Manny panicked.

"No," she laughed, "the wedding band. They are waiting for some guy with a special tool to do the job."

"Well, at least it doesn't sound too serious."

"No, it isn't. It's just stupid. I told him to take off the band six months ago when it already looked tight, but he wouldn't listen."

"He must really love you, not to want to take off his ring."

"That is what it would look like, but I know my husband. He is too stubborn to admit he was gaining weight—just eating everything in sight. You would think he doesn't get fed at home the way he goes crazy eating out. It's eat, eat, eat with that man," she said, with an aggravated tone.

"How long have you two been married?" Manny inquired, mentally debating the staying power of the couple.

"Two years," she said, beaming.

Suddenly, the news on the television monitor came on with a new bulletin: "There have been rumors that Violeta Sandoval, popular singer and local resident, has been found, and is reported to have been taken to an area hospital for treatment. More on this at 11:00."

"Would you look at that?" the lady said. "I hope she's all right. I just love her, you know? That version of 'If I Can't Have You' is just awesome." Manny smiled. "I just love her. Not to mention she's gorgeous, and she seems so nice." Manny observed that for a woman who didn't appear to be too approachable at first, she was awfully chatty. He appreciated the nice comments about Violeta.

They rolled out a large, burly fellow from the back. "Mrs. Delgado," one of the orderlies called out. "That's me!" She jumped right up.

"He's ready to go," the orderly informed her, as she excitedly walked over to her husband.

"Oh, baby, how is that finger? Poor baby, let me see that finger. I'm just going to have to make it better, aren't I?" Mrs. Delgado doted on her big, burly husband in his tight Budweiser T-shirt.

"Typical," Manny thought to himself. In that brief demonstration in the lobby, he had finally understood the meaning of love and marriage, and it was a beautiful thing. "Marriage is when your spouse gets on your nerves in the worst possible way, but you love them anyway."

Inside the hospital emergency waiting room, the wait was starting to get to him. He was crazed with emotion. He tried to calm down, but he couldn't. This whole thing should not have happened. He felt completely responsible. If only he had not driven her away, if only he had just given her what she wanted. She was so talented, what did it matter? She could do anything. And, now, look what had happened.

"Mr. Becker, you can see her now." A nurse came for him, finally.

Manny walked into the room and was horrified to see her attached to tubes and looking so pale. It brought him to tears.

"Manny," she said to him, "don't . . . don't do that."

He sat next to her on the bed and held her. "I am so sorry. I am so so sorry. I was an idiot. I was such an idiot. I love you more than life itself. I can't bear the thought of losing you, Violeta. I couldn't bear it."

Her eyes were filled with tears. He was always so good to her. She felt foolish that she begrudged him his only fault—he was overly ambitious. In perspective now, it seemed like so insignificant a detail.

"No, I was foolish, Manny. In your way, you were right. You were right."

"No, don't say that . . . I was wrong. You were trying to talk to me and I could only see my way. I was the one that was wrong, and I am so sorry. Do you forgive me?"

"Oh," she said, reaching for him and holding him tight.

Seeing her like that brought everything instantly into perspective—how delicate life is and how you could lose it at any minute. She was very weak. The water had been very cold, and the boat had been very far out. She had swum for four hours trying to get back. They found a kind of drug in her system that had been put in the champagne by Ernesto to weaken her resistance, and she had had a bad reaction to it. She could have easily drowned, or been completely at Ernesto's mercy.

Napoleon and Violeta's friends visited briefly. She was very weak. She wanted Manny at her side. For the three days that she was there, recovering, he slept in a chair by her side. He stroked her face softly as she slept, and silently prayed to God for keeping her alive and safe. He filled her room with her favorite kinds of flowers—violets, of course, and sunflowers, and roses—all colors. He bought her a book of poems to read to her.

After the three days of intense attention, she was allowed go home. The doctor was very clear. Her body had suffered a major trauma and she needed rest more than anything else—lots and lots of rest. Manny wanted her to be with him, where he would take care of her. He set her up in his bedroom so he could take care of her every need. He accepted no phone calls from work. He turned off his cell phone and fax. He concerned himself completely with her recuperation. He felt that God was giving him a second chance, and he was not going to blow it. Now that she was in his arms, he would never let her go again.

Twenty

Violeta tried as hard as she could to put that horrible event behind her. She tried to get back to her normal life. Having Manny in her life again made her feel better and stronger than she had in a long while.

She stayed with him while she recuperated, but her belongings remained between Napoleon's house and her old apartment. Manny went by the ranch house to pick up her guitar, just in case she felt like writing again. She was getting out of bed, getting her strength back, and feeling like her old self again. But, whenever she thought about how foolish she had been to trust Ernesto Contreras, she would go into a deep depression.

"How could I have been so stupid?"

"Stop beating yourself up about it. It's in the past now. Look at our lives now."

"Manny, I never told you this."

"What?" Manny stood up, bracing himself for some terrible news. He wanted to have Ernesto killed. Arturo still had his old connections. He was so tempted.

"Manny, calm down. That night I brought my songbook, and, in the struggle, he threw it overboard." She started to cry. "All of my work, my soul was in that book. My dreams."

"What happens, happens for a reason, right? We both believe that, don't we?"

Violeta nodded, "But it still hurts."

"I know it does," he said, stroking her hair. "But it will be okay in the end."

Before sundown, they went for long walks on the boardwalk. Manny wanted to talk to her about marriage again, but thought it better to wait until her spirits were up and she was feeling one hundred percent better. For the time being, he focused entirely on her.

One evening, the wooden box that had belonged to her father caught his eye, and he finally hired a locksmith to open it. A gentleman with a bushy mustache and black curly hair showed up at the door.

"I'm Spiros. Someone called for a locksmith?"

"Yeah," Manny said, showing him the way in. He walked into the expansive living room and took him straight to the box. "This is it. This is the box."

Spiros looked at and examined the lock. "This is a very unique box. It has an original lock. It must be very old. Do you mind if I sit down? This is going to take some concentration." Spiros opened a leather case with a series of picks and took several of them out. After trying several possible approaches with the picks, he finally positioned one. He turned to Manny and said, "Here, hold it right there." Manny tried to keep his hand steady.

"Okay, one, two, three—" Spiros counted, and hit the pick with a tiny mallet. The box sprang open.

"Bingo," Spiros shouted.

"Well, would you look at that! Great job, my friend. What do I owe you?"

"Two hundred dollars."

"Two hundred dollars? That's more than the box is worth."

"Well, it depends what's in it," Spiros contested. "Besides, my friend, I'm a certified master locksmith, and those are certified master locksmith rates."

"Call it what you want, my friend, you are still a Greek gypsy hustling me out of two hundred bucks." They both laughed, and Manny gave him an extra fifty dollars to properly thank him.

He waited for Violeta to finally get out of bed. "Honey, I have a surprise for you," he said.

"What?"

"Remember the box that you found in your house in Mexico?"

"My father's box, yes."

"Well, I had it opened."

"Oh my God, please bring it to me." Manny presented her the box he had been hiding behind his back. Violeta's hands shook as she opened the box. It was filled with aged yellow papers, covered with faded writing in faint blue ink that was barely readable without a tremendous amount of focus. The closer she looked, the more she could not believe her eyes. It was original song music and lyrics written by her father. Tears fell down her cheeks as she looked through what represented his soul, his dreams. She held them in her hands. This was what she was supposed to play. It was this.

Manny looked over some of the sheets. There were ballads written in both Spanish and English. Violeta strummed some of the pieces on her guitar and could hardly believe what she was hearing, it was such a beautiful sound. The music had been inspired by her mother. She could feel her parents so close to her again, as if she could put her arms around them.

"Oh, Manny, this is what I must play. This is it!"

Manny held her. It was undeniably beautiful music. He got chills thinking about how he played a role in this cosmic tale, and here it was. Someone or something divine brought them together for this purpose.

Violeta worked day and night on transcribing her father's music. Manny noticed that she was writing more than usual, and, without any pressure, asked her how she was doing. "Do you mind if I take a look at the songs you are arranging?"

Violeta hesitated for a moment, but she turned over the note-book. As Manny looked over the work, Violeta felt compelled to explain, "I have some ideas for the arrangements. I wanted to experiment with the sounds, like in this piece." She picked out one of the song sheets. "We could feature Mexican trumpets on this one. This other one would have more of a blues, country-influenced sound, but the lyrics would be in Spanish, and this other one would have more of a traditional rock sound."

Manny looked over the work. It was amazing—it had the potential to demonstrate a wide musical range that not only demonstrated skill but real musical artistry. With this music, she could actually cross over into other charts, and it was undeniably Grammy material.

"Violeta, this is great . . ."

"You mean it?" She perked up in bed. Her confidence was a little shot when she had believed Ernesto's encouragement was only to lead her on. Now, here she was, collaborating with her father in heaven.

"I mean it," he said. He reached over to kiss her. "This will be your album to do the way you want. I'm sorry I ever doubted you."

Violeta's eyes watered at the idea that she was finally going to get a chance to record and produce the kind of music she'd wanted to do. She reached over and hugged him. "I love you so much."

"Because I'm doing this album," Manny teased.

"No. I love you for being there for me, for taking care of me, for loving me. I never dreamed I would be as lucky as I am to be with you."

He held her. "I don't ever want to be apart from you again." He kissed her softly. He was tender with her. He had waited so long to be with her again. He wanted her so badly. He slept holding her night after night, wanting to make love to her, aching for her, but wanting to wait for her. He wanted her to be okay. He wanted her back as she once was.

Looking into her eyes, then, and seeing her spirit alive again within her, he knew she was back. He undid the buttons of her silk pajamas and kissed her neck gently. His hand caressed her body as he worked his way down, reaching between her legs and feeling her thighs tremble with his touch. He had wanted her so badly all that time they had been apart. He kissed her breasts and sucked tightly on her tensed nipples, making her moan softly. In one move, he straddled her over him, and he took her with strong and passionate strides. She could feel herself soaring in his arms with every thrust. Her body had been yearning for him—her love, her one true love. Her body had been aching for his. Higher and higher she soared, the intensity surmounting to a point where she felt she could no longer contain her voice. "Yes, yes," she cried, as she felt her body release a shower of rain from deep within her.

He held her while he stayed deep inside her. He rested his face against her breast. He had missed her so. He needed her so. He laid down on the bed, and she nestled her head on his chest, where she fell asleep to the sound of his heartbeat.

Twenty One

Manny was proud to bring Violeta to the recording studio. She felt good to be back. For three weeks, they worked day and night to finish the recording. It sounded better than anything they had ever worked on before.

The buzz reached Arturo Madera that what was brewing in the studios was the best thing they had ever heard. They were making magic, and Arturo went down to the studio personally to see. It was true. There was magic. He was no longer worried about Manny Becker and his relationship with Violeta. These relationships rarely worked out, and this was a tough-enough business already, without the extra complications brought about when a record producer got involved romantically with a recording artist. But, Arturo had to admit that from the ashes, something amazing had sprung.

The executives did not waste time. They immediately rolled out the new album. It was entitled "The Violet Light—Love's Song." The album was dedicated to her father. All of the tracks were deeply moving love songs, and all had distinct sounds. It did not hurt that Manny hired only the best engineers, arrangers, and producers in the business to work on it. The culmination of it all would make the entire industry take notice.

They released the first single, simply entitled, "The Day I Met You." It was a ballad, featuring a lot of guitar up front in the mix. The single was a hit, moving quickly up the charts, removing any hesitation they may have had that the album would alienate Violeta's old fans. If anything, she was getting more notoriety now for this unique sound and voice.

They worked on creating the first video for the song. This

time, the video was shot in black and white, by the ocean, with romantic images of her in an off-the-shoulder white gauze dress, and close shots of Paco, the famous Spanish musician on guitar, and then cuts of Violeta doing a sensual flamenco dance.

Everybody's dream was coming closer to reality, when influential critics began writing positively about her and endorsing her in the press. This kind of universal acclaim almost always resulted in Grammy nominations.

Manny went to visit Violeta on the night they received the news. He wanted to speak to Napoleon to ask for Violeta's hand in marriage. He was tired of waiting for the perfect moment. Only this would complete his happiness. They sat down in Napoleon's living room.

"Señor Sandoval, I know that Violeta is the most important person in your life, and that you have nothing but the highest expectations for the person that is to marry her. But I want you to know that I love Violeta and that I will care for her and love her until the day I die."

"Hijo," Napoleon said, taking a puff from his pipe, "I know you will make a fine husband for Violeta. You have already been part of our family. It would be a pleasure to see you and Violeta live out your beautiful futures together."

Manny smiled and gave Napoleon a hug. Violeta was in the kitchen with Elena. "Excuse me," he said, walking through the double doors. *"Buenas noches, Señora Elena."* He greeted her with a smile. "I would like to speak to Violeta."

He asked Violeta to step out onto the back terrace and invited her to sit on the swing set. "What's all this about?"

He took her hand. "Violeta, I have never been happier than this last year that we've been together. Even through our highs and lows, I have loved you deeply. You make me very happy, and I think we can make each other's dreams come true." With that, he took a ring from his pocket and placed it on her finger. "Will you be my wife?"

"I thought you'd never ask again," she said, with a laugh, as she kissed him. "Yes, of course, I will marry you."

After kissing on the swing set for a few minutes, they went

inside to announce their engagement formally to Napoleon and Elena. "We're engaged!" Violeta exclaimed.

"Ay, hija, que maravilloso." Elena reached to hug and kiss them both.

"I am so happy for both of you." Napoleon hugged his niece and gave Manny a firm handshake. "This calls for a celebration." Napoleon brought out the good tequila, and they celebrated through the night.

Violeta often thought of the little boy that had helped her. She wanted to find a special way to thank him. She hired an investigator to find out the mother's situation. She would have had reservations if it had been for any other reason than to do good for that family. No one that was raising a boy like that could be anything but good.

She found out that his mother, Dolores Aguilar, was raising five children on her own. Only two of them were hers; the other three were her sister's. She left them with Dolores for a few days and then dashed off, never returning for them. Dolores worked two jobs, and her mother helped out taking care of the children. She was a special young woman, and it broke Violeta's heart to see her try as hard as she did.

Dolores received an anonymous generous check, simply signed, "The Lady." She knew that JC would keep her secret. Violeta kept tabs on the family and they would always receive a truckload of gifts at Christmas and special gifts on birthdays—always from "The Lady."

One night, Manny spotted little JC riding his bike near the Brickell studio. The family had moved to a nice big house nearby. Dolores never knew where the money came from, but she would ask God to bless whoever was sending it, for making her children's lives so much better.

"Hey there, remember me?" Manny called out to JC.

"Hey, it's you, the Mister to the Lady," the boy said, bringing his bike to a stop. Manny laughed.

"Listen, kid, how do you keep busy in the summers?"

"I hang out with my friends."

"Well, you seem old enough that you could be doing something more productive."

"Like what?" asked JC.

"What do you mean, 'like what?' Like a job, that's what I'm talking about."

"Mister, nobody's gonna give me a job. Not around here, anyway. I have no car."

"Excuses, excuses . . . when I was your age, I worked three jobs."

"Oh, brother!" the boy exclaimed. Manny liked to pour it on thick.

"Well, I got a job if you want it."

"Doing what?" asked the boy.

"Sorting mail; what do you care? It's a job."

"Okay," said the boy. "When do I start?"

"Monday, two o'clock, at my office, right in this building here. Just ask for Manny. And be on time. Here is some money. Buy yourself some pants and a couple of shirts." Manny watched as the tubby fellow's eyes brightened with the hundred dollar bill, and rode off shouting, "I'll see you at two on Monday, Mr. Manny." Manny laughed to himself. Well, the boy didn't have his hustle, but he would work on that.

To Manny's surprise, JC showed up exactly on time, dressed in slacks, a shirt, and a tie. There was a proud grin on Manny's face.

"Mr. Becker," he asked, politely, "where do I go?" Manny escorted him to the personnel department and explained that he was a trainee. "But, Mr. Becker," the confused personnel representative began to ask, "that is for the Ivy League recruits. This boy is too young."

Manny leaned into the personnel administrator's ear and whispered, "I understand, but I like him." He straightened up and said, "He is my personal protégé. Understand?"

"Got it, sir."

Manny remembered what it was like to come from the streets and not have anybody give you a break. JC's mom kept finding ways of improving herself and eventually became a social worker. Later on, she started donating money anony-

mously to another family that needed it, and a chain of hope
and goodness was created.

On the day of their wedding, they invited a small group of
business associates and friends to St. Mary's, the church by the
sea. Violeta wore her mother's wedding dress, which was
made by her grandmother. In it, Violeta prayed to *la virgen de
guadalupe* that she would share the same love that her mother
and father had shared. Elena helped put the final touches on
her hair. Lucy and Betty wore tasteful, long, wine-colored velvet dresses. Manny asked Arturo Madera to be his best man.

Napoleon sneaked in to get a look at the bride, and was left
breathless. *"Hija,* you look beautiful. You look just like your
mother."* Tears welled up in his eyes and he kissed her on the
forehead. "Don't be nervous, okay?" But Violeta was nervous. It
wasn't every day that she would marry the man of her dreams.

The wedding march song began to play and Violeta prepared herself. The flower girl made it down the aisle first with
the ring boy. Manny walked down with his mother. He held on
to his mother's hand tightly. Lucy and Betty followed with
their escorts. They smiled brightly and Betty tried to hold back
tears, being very emotional at weddings. Finally, it was the
moment everyone had been waiting for. The organ music
played, "Here Comes the Bride" and down the aisle walked
Violeta and her uncle.

Manny became very emotional. It surprised him how she
looked more and more beautiful to him every time he saw her.
She reached the end of the aisle and tried to be relaxed. All of
her dreams were coming true. The ceremony continued, and
one of the singers from IMG Music, as a gift to the bride and
groom, sang a moving rendition of "Ave Maria." There was
not a dry eye in the church. Before it was time to exchange
vows, the priest said, "Violeta and Manuel Antonio have both
decided to read something they have each written."

Violeta's hands shook as she unfolded a piece of paper she
was holding tightly in her hand. "My father once told me the
story of a nightingale that sang so beautifully but could not fly.

Every night the stars in the sky would ask the nightingale to
fly, so that the world could hear her beautiful song. But the
nightingale would cry out to the stars, 'I cannot fly. I am
afraid.' Finally the heavens cried down, 'open your wings wide
and proud, nightingale,' and so the bird did, as she stood on
the branch of a tree. The heavens sent down a gentle wind, and
the bird soared higher and further than ever before, the fear
gone from her heart—her voice finally heard. I know the heavens sent you to help me fly. Thank you for being my wind."

Manny was deeply moved and he struggled to clear his
throat to read his statement. "I, um, I am no poet, but this
came from the heart. I will forever love you as I do at this moment, when my heart is full of the beauty you bring to my life.
I don't deserve this happiness, that God has been so generous
in giving me. I am humbled by his kindness. I will adore you
forever, my love, my soul, my wife."

"Violeta, do you take Manny Becker to be your beloved
husband?"

"I do."

"Do you, Manny, take Violeta to be your beloved wife?"

"I do."

And there, before God, family, and friends, Manny and Violeta were declared husband and wife.

Epilogue

One Year Later

It was the biggest music event of the year. Millions of people from around the world were watching the televised event. For recording artists, the Grammy was the ultimate award, since it represented the height of recognition.

It was the moment everyone had been waiting for: at the end of the evening, they would be announcing the Album of the Year, the category for which Violeta's album, "The Violet Light—Love's Song" was nominated. Actor Andy Garcia and singer Mariah Carey announced the nominees. Mariah struggled to open the envelope. She fanned herself as she read the winner. The room stood quiet. ". . . and the winner is . . . Violet Light—Love's Song!" A booming voice over the loudspeaker said, "Accepting for Violeta Sandoval are Betty Ortiz, Lucy Cordova, and IMG Music CEO, Arturo Madera."

Betty and Lucy walked excitedly down the aisle with Arturo rising up to the podium. With her trademark Jersey accent, Betty spoke into the mike, "Violeta Sandoval regrets not being here today on account that she is in the hospital having just given birth to her son, Benjamin. We are her best friends in the whole wide world and we are proud to accept it on her behalf." Lucy leaned in, "We knew she would make it the whole time." Arturo walked up to the mike. He was dead against the idea of sending up Lucy and Betty, but Violeta argued, once she realized she was in labor, "If Marlon Brando can send up a fake Indian to accept an academy award, I can send up Betty and Lucy!" He figured it was her hormones, but Violeta wanted to give Betty and Lucy a moment in the spotlight. They had always stood by her.

Arturo started to speak. "I know that Violeta worked very hard on this album, and I would like to thank her for her vision and dedication and making us stand up and recognize true talent when we see it. We would also like to thank the entire staff of IMG Music for working on this album and helping to make it a success, and finally to the many, many fans that continue to show their support. I would also like to send our good wishes and blessings to Violeta and her husband, Manny, who are holding in their arms right now the only prize that could feel better than holding this Grammy here this evening. God bless." The audience responded with thunderous applause.

In the maternity ward, Violeta held her son in her arms as Manny sat next to her. The television played the Grammy awards ceremony in the corner. They laughed as they saw Betty and Lucy up on the stage with Arturo. Yet, that day would remain the happiest day of their lives, because it was the day of the birth of their son, and holding that baby and basking in the love they shared was all they would ever want. Manny smiled as Violeta sang to their son the first song he would ever hear—it was love's song.

CANTO DE AMOR

Ivette Gonzalez

Traducción por Mercedes Lamamie

Para Jessie
Quien me canta canciones de amor

4 Novelas de Encanto absolutamente GRATIS

(con un valor de $15.96) –SIN obligación alguna de comprar más libros– ¡SIN compromiso alguno!

Descubra las Novelas de Encanto escritas por latinas... especialmente para latinas.

Si le gustó esta Novela de Encanto y quisiera disfrutar nuevamente de la pasión, el romance y la aventura...aproveche esta oferta especial...

En cada novela, encontrará una heroína latina que sobrelleva todo tipo de dificultades para encontrar el amor verdadero... y hombres fuertes, viriles y apasionados, que no permiten que ningún obstáculo se interponga entre ellos y sus amadas.

Cortejo cálido
VICTORIA MARQUEZ

Serenata
SYLVIA MENDOZA

CONSUELO VAZQUEZ

Ahora, disfrute de 4 *Novelas de Encanto* ¡absolutamente GRATIS!...

...como una introducción al Club de Encanto. No hay compromiso alguno. No hay obligación alguna de comprar nada más. Solamente le pedimos que nos pague $1.50 para ayudar a cubrir los costos de manejo y envío postal.

Luego... ¡Ahorre el 20% del precio de portada!

Las socias del Club de Encanto ahorrán el 20% del precio de portada de $3.99. Cada dos meses, recibirá en su domicilio 4 *Novelas de Encanto* nuevas, tan pronto estén disponibles. Pagará solamente $12.75 por 4 novelas –¡un ahorro de 20%– (más una pequeña cantidad para cubrir los costos de manejo y envío).

¡Sin riesgo!

Como socia preferida del club, tendrá 10 días de inspección GRATUITA de las novelas. Si no queda completamente satisfecha con algún envío, lo podrá devolver durante los 10 días de haberlo recibido y nosotros lo acreditaremos a su cuenta... SIN problemas ni preguntas al respecto.

¡Sin compromiso!

Podrá cancelar la suscripción en cualquier momento sin perjuicio alguno. NO hay ninguna cantidad mínima de libros a comprar.

¡Su satisfacción está completamente garantizada!

nvíe HOY MISMO
ste Certificado para reclamar las
Novelas de Encanto –¡GRATIS!

Por Favor visítenos en el Internet www.encantoromance.com

¡SÍ! Por favor envíenme las **4** *Novelas de Encanto* GRATUITAS (solamente pagaré $1.50 para ayudar a cubrir los costos de manejo y envío). Estoy de acuerdo de que –a menos que me comunique con ustedes después de recibir mi envío gratuito– recibiré 4 *Novelas de Encanto* nuevas cada dos meses. Como socia preferida, pagaré tan sólo $12.75 (más $1.50 por manejo y envío) por cada envío de 4 novelas — un ahorro de 20% sobre el precio de portada. Entiendo que podré devolver cualquier envío dentro de los 10 días de haberlo recibido (y ustedes acreditarán el precio de venta), y que podré cancelar la suscripción en cualquier momento.

☐ Pago adjunto (a la orden de Club de Encanto)   ☐ Por favor factúrenme

Nombre _____

Dirección _____ Apt. _____

Ciudad _____ Estado _____ Código postal _____

Teléfono (_____) _____

Todos los pedidos son sujetos a la aceptación de Zebra Home Subscription Service   ENO60B

Envíe HOY MISMO
este Certificado para reclamar las
4 Novelas de Encanto –¡GRATIS!

||...|..|||....|||...|.||..|.|||.||..|.|.|..||.|.|...||...|

Club de ENCANTO Romances
Zebra Home Subscription Service, Inc.
P.O. Box 5214
Clifton, NJ 07015-5214

Capítulo 1

Violeta Sandoval apretó la mano de su tío Napoleón mientras anunciaban el ganador del premio Grammy a la mejor cantante femenina. Esperando que Jimmy Smits y Whitney Houston abrieran el sobre la expectación parecía interminable:

"Y la ganadora es", bromeaba Whitney, extrayendo lentamente la tarjeta del sobre para anunciar el ganador. La sala enmudeció aguardando el nombre que el mundo entero estaba esperando escuchar. "La ganadora es.... ¡Violeta Sandoval!" exclamó Whitney finalmente, respirando profundamente.

El público se puso en pie, irrumpiendo en un clamoroso y espontáneo aplauso. Violeta suspiró incrédula. Había escuchado su nombre. Se agachó para besar la mejilla de su tío. Él sonreía satisfecho mientras la abrazaba fuertemente. "¡Ándale muchacha!" Violeta levantó la cola de su largo y ajustado vestido y salió al pasillo para ir a aceptar el premio. Sus amigos famosos gritaron "bravo" mientras caminaba hacia el escenario. Jimmy la besó en la mejilla y Whitney se acercó y la abrazó, susurrándole al oído: "Adelante, muchacha".

Violeta colocó el Grammy en el podio, disfrutando la ovación. Sintió el calor de los focos del escenario; el entusiasmo en el auditorio estaba candente. Estaba fabulosa con su característico cabello oscuro cubriendo sus desnudos hombros. El mundo se había enamorado de Violeta Sandoval, erigiéndola como una joven Sofía Loren con la seductora voz de una Donna Summer. Sus grandes y almendrados ojos pardos estaban inundados de lágrimas de emoción. Pausadamente miró alrededor del auditorio, percibiendo cada detalle. Quería recordarlo todo minuciosamente—el aspecto, el olor, el sentido, los sonidos. Sí, los sonidos. Podía escuchar el coro de su nombre. "¡Violeta! ¡Violeta!" Saludó y lanzó besos al enardecido público. "!Violeta!" escuchó nuevamente su nombre. Esta vez era una voz única, resonante y demasiado familiar.

—!Vi-o-le-ta! —escuchó decir su nombre bruscamente en su oído, acentuándolo con un tirón de brazo—. !Te buscan en la caja número cuatro! Pero, ¿estás otra vez pensando en las musarañas?

Violeta contempló de frente el enojado rostro de Norma Carrera, la temida supervisora de caja de Piggly Wiggly. Decían que Norma podía poner una cara que asustaba a su propia madre. Norma no quería a ninguna de las cajeras, pero a Violeta no la toleraba.

—Ya voy, Norma —dijo Violeta, guardando cuidadosamente en su guardarropa el número especial de *People* dedicado a los Grammys.

—Si continúa este relajo, voy a tener que decirle a Leo que haga algo contigo —dijo Norma, agitando las manos como si estuviera espantando moscas.

—Si, Norma —suspiró Violeta, dirigiéndose a la caja.

—!Te tengo en la mira, Sandoval!

Los motivos por los que Norma no toleraba a Violeta no tenían nada que ver con su forma de trabajar. A pesar de la propensión de Violeta a soñar despierta, era la mejor cajera de todo Piggly Wiggly y la más apreciada por los compañeros y los clientes. Se tomaba el trabajo en serio. Creía firmemente en la frase publicitaria de "su tienda amiga". A Violeta no le importaba que Piggly Wiggly fuera una de las cadenas de supermercados mayor del Sudeste. Lo que le importaba de su trabajo era tratar a sus clientes amablemente y con ese toque de barrio. Aunque Norma se portaba como un sargento de caballería con Violeta, ella no le daba demasiada importancia.

Violeta se aproximó a su caja. Betty, su amiga de la caja contigua, se dobló hacia ella.

—Olvída a esa bruja. Sólo has llegado dos minutos tarde. Además, no tenemos mucho trabajo.

Violeta sonrió ajustando su bandeja de cambio.

—¿Escuchaste que van a tener audiciones abiertas al publico en Mangos?

—Violeta, querida, claro que lo sé. Llevan anunciando estas audiciones en la radio todo el día. ¿Pero no crees que puede ser una estratagema promocional? —dijo Betty, sacudiendo la cabeza.

—Puede que sí, pero uno nunca sabe —indicó Violeta, sonriendo tímidamente—. Me lo estoy pensando.

—Me imagino que vale la pena intentarlo —dijo Betty, pasando los plátanos del cliente por el escáner.

—Sr. Cárdenas, ¿cómo está Ud. hoy? —preguntó Violeta, saludando a uno de sus asiduos clientes que se aproximaba a la caja con sus compras.

—Pues, no demasiado bien. Mi mujer me está volviendo loco. He venido aquí para escaparme de ella —respondió el anciano, mientras ponía una variedad de dulces de Sara Lee en la cinta transportadora.

—Sr. Cárdenas, si llega Ud. a casa con todo esto le va a volver todavía más loco. Ya sabe que no quiere que coma dulces —advirtió Violeta con una sonrisa.

—Tengo 72 años, y si me quiero comer una tarta de queso entera, es mi asunto.

—Está bien —aseguró ella, conociendo bien lo cascarrabias que era el viejo. Escaneó la mercancía sin asumir responsabilidad—. Son $14.52.

El Sr. Cárdenas pagó y agarró sus dos bolsas.

—No le diga nada de esto a la Sra. Cárdenas —dijo mientras salía. Violeta le guiñó un ojo.

Violeta continúo atendiendo a otro cliente cuando de repente Norma se le cuadró detrás tipo sargento.

—Tu cháchara esta retrasando la cola.

—Hablaba mientras trabajaba —explicó Violeta, tratando de defenderse.

—Te estaba vigilando. Mantén el flujo de la línea. La gente no quiere perder el tiempo hablando contigo. Quieren salir de aquí cuanto antes para ir a casa a ver su fútbol, sus novelitas o lo que sea. ¿Entendido?

—Si —replicó Violeta.

—Ten cuidado Sandoval. Te estoy vigilando y te estás pasando de lista.

Violeta no contestó pero logró sonreír amablemente a su próximo cliente.

—Buenas tardes, caballero. Trataré de pasarle por caja lo antes posible.

Norma rechinó los dientes y se alejó.

—Dios mío —dijo el cliente a Violeta—. ¿Cómo ha podido esa señorita llegar a supervisora?

—Pensamos que tiene una filmación del director regional y de la chica de los embutidos juntos en el almacén —aseguró Betty desde la otra caja.

—¡Betty! —profirió Violeta, mortificada a la vez que divertida.

—Está de broma —dijo el cliente, casi creyéndolo.

—Si, está de broma —dijo Violeta, volcando su contagiosa risa—. En realidad no tenemos ni idea. No es tan mala, de veras, sino demasiado perfeccionista —dijo, tratando de proteger la reputación de Norma.

Violeta completó las diez horas que le faltaban de su jornada laboral. Por fortuna para ella su caja estaba casi siempre ocupada. Cuando no, continuaba soñando en cantar. Los chicos y las chicas que embolsaban la mercancía se acercaban para pellizcarla antes de que Norma la pillara de nuevo. Y no era que Norma no pudiera pillarla. Vigilaba a Violeta como un tigre a su presa. No le gustaba la popularidad de Violeta y la disgustaba por encima de todo que Leo Anazzi, el jefe de la tienda, la tuviera simpatía. Norma estaba enamorada de Leo, o Leopoldo, como a él se refería cuando escribía en su pequeña agenda todas las faltas que cometían diariamente las cajeras y los empaquetadores. Leopoldo era bajo, calvo y muy peludo. Cuando estaba cerca de él se reía como una colegiala. Y lo miraba tiernamente cuando él no sabía que lo estaba observando. Era obvio para todo el mundo menos para Leo. A Leo le agradaba Violeta, pero era que ella les gustaba a todos los hombres de allí. Era amable, dulce y siempre les hacía sentirse especiales. Leo lo apreciaba, pero pensaba que era sólo una empleada y no pensaba hacer nada al respecto.

Violeta tenía muchas cosas en la cabeza. Sobre todo ahora

que había decidido cambiar su vida para siempre. Era su trigésimo primero cumpleaños, y en la última semana había roto su compromiso con Ramón, un buen chico del barrio. Ramón quería una esposa y Violeta, después de pensárselo mucho, concluyó que lo que ella quería era, mientras pudiera, perseguir su sueño de cantar. Ramón no entendía esto, refiriéndose a ello como "aspiraciones necias". Ramón era demasiado práctico y sensible para soñar, y Violeta no estaba dispuesta a abandonar sus sueños.

Pero a pesar de todo sentía haberle roto el corazón a Ramón. Su tío Napoleón tampoco lo entendía. Quería que sentara la cabeza con un buen chico que la cuidara. Pero esto no era a lo que Violeta aspiraba. Cuando era una niñita en Guadalajara, su padre le dijo un día, "El pájaro cuando encuentra su corriente de aire vuela alto, y así será para ti". Quería a Ramón, pero su corazón le decía que él no era su corriente de aire.

En la sala de recreo después del trabajo las chicas se sacaban los uniformes. Violeta cepillaba su largo cabello y se retocaba el maquillaje después de diez largas horas de trabajo.

—¿Qué les parece si llevamos a Violeta a El Rooster esta noche por su cumpleaños? —preguntó Betty con una maliciosa sonrisa.

—¡Sí! —respondió Lucy, entusiasmada con la idea—. Violeta, podrías cantar. Puedes practicar para la noche abierta en Mangos —añadió.

—Ni hablar. Son un grupo de borrachos cantando karaoke. Todo el mundo tratando de imitar a Celine Dion. ¿No les he dicho ya que no? De ninguna manera —dijo Violeta, agarrando su cartera y buscando sus llaves.

—¿Es esto lo que buscas? —inquirió Lucy.

—Dame eso.

—Ni hablar.

—Claro que sí.

—Es tu cumpleaños y te vamos a sacar, y vas a cantar —manifestó Lucy—. Es la única forma de que recuperes tus llaves.

—Chica, es viernes y no tienes planes para tu cumpleaños —replicó Betty, colocando un nuevo paquete de Benson & Hedges en su bolso.

—Le dije a mi tío... —empezó a murmurar Violeta.

—Por favor, tu tío no sufrirá. No empieces con esa cantaleta de que tienes que hacerle la cena. El hombre puede comer en McDonald's algún día. No le va a matar. Vamos a divertirnos —aseguró Betty, acercándose.

—Sí —dijo Lucy, tirando entusiasta del brazo de su amiga—. Venga ya, es tu cumpleaños.

Violeta tenía pensado pasar su cumpleaños en casa. Quería escribir, escuchar música y descansar mientras organizaba sus pensamientos para su nueva vida. Penosa semana había tenido. Telefoneó a su tío Napoleón para decirle que las chicas la querían festejar y la iban a sacar. Su tío se alegró de que se fuera por ahí a divertirse. Últimamente veía Violeta demasiado sola en su habitación tocando su guitarra.

—Vale, pues, vámonos —accedió Violeta.

—¡Estupendo! —saltaron las dos amigas casi al unísono.

Las amigas se embutieron en el Camaro azul eléctrico de Betty. Éste tenía un pequeño asiento trasero negro en el que Lucy cabía perfectamente. Lucy era "la pequeñina" del grupo, así la describían las chicas. Lucy se regocijaba con las ventajas de su tamaño; siempre cabía, aun en un ascensor abarrotado de gente.

A Betty le encantaba manejar con las ventanas abiertas y con el aire revoloteando su voluminoso cabello caoba. Le gustaba tener la radio bien alta sintonizando la estación Power 96, especializada en música de baile, lo mismo que hacía en su juventud en las calles de Newark, Nueva Jersey. Betty, que era puertorriqueña, tenía un mapa de Puerto Rico en su placa delantera y una matrícula que decía "Boricua". Aunque Betty llevaba viviendo en Miami más de diez años, su acento de Nueva Jersey era tan fuerte como el día en que salió del aeropuerto de Newark. Violeta y Betty se divertían imitando sus expresiones norteñas.

—Viví en Georgia varios años y nunca se me pegó el acento sureño —dijo Violeta, contemplando la línea del cielo de Miami, rememorando sus años en Macon. Violeta aprendió inglés en Méjico con su padre, que había vivido en los Estados Unidos en los años cincuenta. Cuando recién se mudó a los Estados Unidos para vivir con su tío, hablaba el inglés con un ligero acento hispano y continuamente le decían que hablaba raro. Recordó habérselo mencionado a su tío.

"¿Por qué me dicen que hablo raro?" le preguntaba. "Ellos son los que suenan raros", refiriéndose al acento sureño que no se parecía al inglés de la televisión ni al de sus cintas "English Made Easy".

Su tío le decía: "Hija, las diferencias en este país no son siempre bien recibidas. Aprende a hablar el idioma como si fuera el tuyo para que la gente siempre te respete."

De repente vivir en otro país se había complicado. Sentía que sobresalía como un pimiento chile. Cuando eres joven siempre quieres formar parte. Sin abandonar su idioma de origen, decidió aprender el ingles lo suficientemente bien como para ir a la escuela. Escuchando cintas de elocución que había en la biblioteca y cantando acompañando las canciones en la radio, Violeta Sandoval aprendió inglés como si hubiera nacido en algún lugar de Ohio. Su esfuerzo fue reconocido al graduarse de la escuela Macon Senior High entre las mejores a pesar de su desventaja inicial. No, Violeta Sandoval no tenía acento cuando hablaba. Sólo una voz profunda y seductora.

Violeta continuó estudiando el firmamento nocturno de Miami, comparándolo con el de Georgia. De algún modo eran diferentes. El cielo de Georgia, pensó, escondía sus sueños allá entre sus estrellas y luna. El cielo de Miami le insinuaba promesas mientras las estrellas bailaban, diciéndole que algo iba a suceder.

Capítulo 2

El club El Rooster estaba situado en la costa en el centro de Miami, cerca de los muelles a donde llegaban los barcos de carga. Era un lugar de siempre que regentaba Kiki Samboro, un tipo vulgar y antipático pero con buenas conexiones. Éstas le facilitaban buenos músicos que hacían que su local siempre estuviera abarrotado de seguidores de la buena música. Ya fuera jazz latino, blues, reggae o hip hop, el lugar atraía tanto a profesionales de la ciudad como a los hippies del new age. El local podía arrebatarse de madrugada, pero habitualmente la gente iba a divertirse y a escuchar buena música.

Hacía un mes que Kiki había empezado con las noches de karaoke, que había tenido muy buena aceptación entre los cantantes frustrados del público. Después de unas cervezas, la gente reía más que un club de comedia.

Las calles estaban abarrotadas cuando Betty enfiló hacia el aparcamiento en su veloz Camaro. Por fortuna, encontró un lugar cerca de la entrada. Generalmente, tenían que aparcar a varias manzanas. El local estaba muy lleno, pero localizaron una cabina que se vaciaba en una oscura esquina cerca de los lavabos.

—Betty, hay más público que nunca —dijo Violeta, sintiéndose un poco nerviosa.

—Tranquila —declaró Betty, haciendo gestos para que viniera la camarera que actuaba como si no fuera con ella.

La música estaba tan alta que se sentían vibrar los huesos.

—¡Creo que voy a cambiar de opinión en lo de cantar! —anunció Violeta, sobresaltada por la aglomeración—. La idea no era mala, pero olvídalo. Sería como participar en el "Gong Show".

—Olvídalo —repitió Betty con su característico acento de Nueva Jersey—. No te va a pasar nada. Es para divertirse. Además, te vendrá bien practicar para lo de Mangos. —A Violeta no se la convencía fácilmente.

Lucy, que casi no podía escuchar la conversación de las otras dos, miraba a su alrededor, buscando a los tíos buenos. Observó dos cerca del escenario. —¿Cómo es que los chicos guapos nunca vienen en tres? —susurró en el oído de Betty, señalando a los muchachos.

Los chicos les sonrieron y las saludaron con sus botellas de cerveza. El concurso de karaoke comenzaría en veinte minutos y Kiki pidió a los participantes que rellenaran las tarjetas. Era obvio que las amigas no la iban a perdonar, pero la realidad de cantar para esta muchedumbre la paralizaba. Ella sabía que el karaoke era un pasatiempo para la mayoría de las personas, pero ella pensaba distinto. Le había tomado todo este tiempo decidirse a perseguir su sueño de cantar. Nunca había cantado realmente en público antes, bueno, en el coro de la iglesia y aun entonces nunca en solitario. ¿En qué estaba pensando? Todavía no estaba lista. El tiempo transcurría y ahora faltaban tan sólo diez minutos para que empezara el concurso. Kiki sacaría un nombre de las tarjetas que estaban dentro de la pecera.

—¡Vamos niña! —dijo Betty—. Dijiste que querías cantar. ¿Por qué tienes esa expresión? Parece como si estuvieras a punto de tirarte de un puente.

—¿Sabes cantar o qué? —inquirió Lucy—. Quiero decir que vas a tener que cantar o callarte, Violeta.

—Hazlo o muere —añadió Betty. Repentinamente Violeta sintió que los nervios se le desataban desde el estómago hasta más abajo de las rodillas.

—Con permiso —dijo, saliendo de la cabina y dirigiéndose al bar para comprar una bebida. La camarera tardaba demasiado.

Manny Becker estaba en el bar esperando a que su cita saliera del baño. Llevaba esperando más de veinte minutos. Sabía que estaba dentro arreglándose cuidadosamente el maquillaje para asegurarse de estar perfecta. Eso es lo que uno se buscaba por salir con una modelo. Estaba mirando su reloj cuando de repente divisó a Violeta, que caminaba en su dirección. A Manny Becker, solterón empedernido y don Juan local, la visión de Violeta le hizo temblar por primera vez en mucho tiempo. Era de una belleza exótica poco común; vestía una minúscula camisa roja y pantalones de pierna de elefante negros que acariciaban sus redondas caderas. A medida que se iba acercando se percató de su piel, firme y dorada del color de la canela. Violeta se colocó en el bar a su lado sin fijarse en él.

—Una tequila doble, la mejor que tenga —pidió al camarero. El camarero colocó un vasito en la barra y sacó una botella de Cuervo Gold.

—¿Es suficiente? —preguntó el camarero.

—Sí, supongo que sí —respondió Violeta y en cuestión de segundos se disparó el trago junto con el limón y la sal.

—¡Vaya mujer! —exclamó Manny Becker. Violeta viró a su izquierda y encontró los ojos del extraño que la estaba hablando. Eran los ojos más azules que había visto en su vida; eran como zafiros. Era guapo. Decidió que demasiado guapo. Ya conocía a este tipo de hombres. Tipos de Brickell Avenue que vestían almidonadas camisas de Armani con las mangas estratégicamente enrolladas para lucir sus Rolex. Se imaginaba que afuera tendría aparcado el Porsche y no se equivocaba. Tenía el cabello negro, engominado y peinado hacia atrás. Tenía una cara de rasgos masculinos, fuertes y nobles, como de aristócrata. No vio ningún anillo y por el aspecto de sus manos concluyó que no había trabajado un solo día en su vida.

—Te impresionas por nada —le contestó, secándose los labios con una servilleta de papel.

—Pues, en verdad que no.

—¿Cómo te llamas? —preguntó Violeta, manoseando la servilleta.

—Manny Becker... Yo, pues —comenzó a hablar pero ella lo interrumpió sin delicadezas.

—Escuche, Sr. Becker, observo que está solo, o sea, que se-

guro que acaba de llegar. Déjeme ahorrarle tiempo. Ve aquellas chicas sentadas allí detrás —señaló en dirección a Betty y
Lucy que ya se habían ligado a los dos chicos que bebían las
Heineken al otro lado de la sala—. Me retaron que tenía que
venir aquí esta noche y cantar. Estoy lo suficientemente loca
para intentarlo, pero necesito este traguito de tequila para cal-
marme los nervios. Comprenda hoy cumplo 31 años y he decidido que éste es el año en que voy a perseguir mis sueños de
cantar. Puede parecer una tontería. Todo el mundo piensa lo
mismo. Que debo ir a la escuela y aprender algo práctico, algo
así como secretariado legal o terapia de masaje o algo así. Pero
antes de hacer eso, antes de embadurnar de aceite las espaldas
de alguien como profesión, quiero saber que lo he intentado,
¿me comprende? Y, bueno, si esta noche canto y fracaso, solo
me demostrará que más vale que me dedique a otra cosa. No
seré mas que una cajera tonta que piensa en las musarañas en
el Piggly Wiggly, y recogeré los pedazos y continuaré estudiando hasta hacerme masajista. Es decir, Sr. Becker, sé que
debe tener mucho éxito con las damas. Al mirar su reloj estoy
segura de que mentalmente ya están preparando la lista de
boda en Bloomingdale's, pero, por favor, no lo tome como
algo personal, Sr. Becker, no voy a ser su conquista de la
noche. No voy a pasar a formar parte de su colección de números de teléfono de esta noche. Voy a pedir otro trago de tequila y voy a esperar mi turno y probar mi destino y le
aseguro, Sr. Becker, con la más absoluta certeza que éste no le
incluye a Ud. —Con esta parrafada, Violeta pidió otro doble
tequila y rápidamente se lo disparó. Puso veinte dólares sobre
la barra y se marchó. Antes de que Manny pudiera volverse
para decir algo, ella ya estaba en mitad de la sala y Jacqueline
Montoya, la supermodelo, había regresado del baño y estaba a
su lado.

—¿Quién era ésa? —preguntó Jacqueline a Manny, que
continuaba mirando a Violeta en la distancia.

—Pues, eh, no lo sé —dijo, tratando de salir de su estupor y
dándose cuenta de que no se había enterado de su nombre.

—¿Por qué no nos vamos de este sitio? Es aburridísimo —
declaró Jacqueline, un poco celosa de la atención que Manny

estaba deparando a la belleza morena. Accediendo a sus deseos, Manny sacó su billetero y pagó las bebidas.

—Muy bien —empezó a decir Kiki—. El concurso de karaoke va a empezar. Estamos ofreciendo un premio de 100 dólares y una cena para dos personas. —Kiki metió la mano en la pecera y sacó un nombre—. ¡Violeta Sandoval! ¡Te tocó!

"Vaya suerte la mía", se dijo Violeta.

—¡Ay, Dios mío! ¡Ay Dios mío! —rieron Betty y Lucy—. ¡Te tocó! ¡Te tocó! —Los chicos que las acompañaban se intimidaron por el exabrupto. A las chicas les importaba poco. Se les acababa de ocurrir que nunca habían escuchado cantar a Violeta. De vez en cuando canturreaba en el coche y no lo hacía mal. Pero Betty y Lucy sabían que cualquiera podía sonar bien en el coche.

Manny Becker miró dos veces cuando vio a Violeta levantarse y caminar hacia la pequeña plataforma que servía de escenario.

—Venga, vámonos ya —dijo Jacqueline, molesta por la atención que le estaba dedicando a otra mujer.

—Espera un segundo, por favor. Tengo un presentimiento respecto a esta chica —contestó.

Jacqueline puso los ojos en blanco, dejó caer su bolso sobre la barra y se sentó de nuevo. Manny se quedó parado mientras miraba y esperaba.

Violeta tomó su lugar y Kiki le entregó el micrófono. No necesitaba mirar el monitor de televisión par ver la letra. Violeta había cantado la canción que estaba apunto de interpretar desde hacía años en cepillos de cabeza, espátulas, y portavelas que servían de un micrófono.

—La canción que voy a cantar esta noche es una melodía que quizá recuerden de la música de la gran película *Fiebre del sábado noche*. Es una canción de Yvonne Cara Elliman. Algunos de Uds. la recordarán como Coca en la película *Fama*. ¿No fue un gran espectáculo? —Violeta cuando estaba nerviosa ronroneaba, y Kiki la miraba como urgiéndola a la vez que con las manos le decía que se apresurara—. Ah, bien pues —dijo en respuesta a sus gestos—. Para todos Uds., "Si no te puedo tener".

Comenzó el principio de la canción. Violeta cerró los ojos y contoneó las caderas. Los efectos de la tequila empezaban a manifestarse. Sentía el calor de la sala y era como si un trance se hubiera apoderado de ella. Sacando fuerzas de flaqueza, se dejó llevar por el momento; esto era importante. Si cantar significaba algo para ella, sabía que ahora era cuando tenía que demostrarlo. El prólogo de la canción comenzó. Empezó a cantar la primera estrofa: *"Don't know why, I'm surviving every lonely day..."* Lucy y Betty dejaron de reírse. A Manny se le cayó la quijada. Tan pronto el público escuchó a Violeta cantar las primeras estrofas de la canción, se levantaran presos de un fiebre de bailar. Las luces del local se atenuaron y los focos del escenario empezaron a danzar alrededor de Violeta. Era como si fuera de nuevo el año 1978, y en esa pequeña plataforma de dos por cinco estuviera la diosa del disco. Era una hechicera—totalmente mágica. Se movía como por instinto como una seductora bailarina del vientre de un harén. Su voz era profunda y sensual, como el sonido de una sirena urbana. Estaba bellísima, su larga y ondulada cabellera negra acentuando los curvados contornos de su figura mientras se movía. La habitación daba vueltas con su energía y su sensual voz. *"If I can't have you...I don't want nobody baby. If I can't have you..."* Seguía cantando y al final, nadie quería que parara.

Cuando terminó su actuación, el público quedó de pie y la ovacionaron. Algunos se subieron encima de las mesas gritando. "¡Más!"

Manny Becker se había quedado de piedra. ¡Qué oportunidad! Acababa de toparse con la próxima estrella de su nuevo sello discográfico, Downtown Records. Ella era moderna, retro, pero nueva. Acababa de encontrar a la nueva Donna Summer. Fue rápidamente hacia ella, pero así lo hicieron todo el mundo.

—Oye, vámonos ya de aquí —exigió Jacqueline, agarrándole el brazo. Miró hacia Violeta, que había bajado del escenario y estaba saludando y repartiendo besos y abrazos entre sus amigos. Violeta estaba radiante y emotiva. Había recibido la aprobación que tanto necesitaba; la habían aceptado como cantante. Ahora tenía que seguir hacia delante. Manny Becker no quería robarla su momento de gloria. *Que disfrute,* pensó, observándola sonriendo y riéndose con sus amigos. Se volvió hacia Jacqueline.

—Vámonos.

—¡Por fin! —dijo exasperada.

Manny llevó a Jacqueline a su casa. Dijo muy poco en el coche. Escuchaba su conversación sobre la sesión fotográfica que tendría lugar al día siguiente en South Beach y como el trailer había sido un desastre la última vez y cómo más les valía que esta vez fuera adecuado. Cuando llegaron al bloque de apartamentos, el portero les abrió la puerta.

—Jack —dijo, utilizando el apodo por el que la llamaba—. Hoy no me puedo quedar, tengo que preparar algunas cosas para la reunión que tengo temprano mañana. Te llamaré.

—¿Una reunión temprano por la mañana? Eso no te privó de quedarte en ese antro mas tiempo del necesario —manifestó, ajustándose el jersey que llevaba alrededor del cuello.

—Jack, eran cosas del negocio. Estoy pensando contratarla.

—¿Cómo? Becker, estás perdiendo el sentido.

—¿Ah sí? —dijo, sujetándola por la cintura y dándole un tierno beso en la mejilla. Ella le sonrió coquetona. Los porteros se miraron uno al otro y después miraron a Manny con la reverencia que se reserva para un rey. Estudiaban cada movimiento que hacía como si fueran monjes en un viaje espiritual.

—Te llamo mañana —dijo Manny, entrando en su Porsche plateado.

—Vale, pues —dijo Jacqueline, despidiéndose de él.

Manny empezó a jugar con los controles de la radio, buscando una emisora que le gustara. Rock, música country... El control de la radio saltaba de una estación a otra... Jazz, clásica, noticias... Aquí está: disco. La música cambia pero siempre vuelve a lo mismo, aunque sea diferente. Downtown Records se dedicaría a captar los sonidos urbanos de antros como El Rooster. Claro que la refinaría. Pero la música callejera se estaba poniendo otra vez de moda. La reacción del público le había convencido de esto, esta chica lo tenía. El sonido lo tenía. Se le aparecía de nuevo en la mente. Sus movimientos tan rítmicos, tan fluidos, tan convincentes. Parecía como si no tuvieras más remedio que seguir el ritmo. Sintió calor y opresión alrededor del cuello de la camisa con sólo pensar en el cuerpo de Violeta, esa cintura que conducía a esas caderas, esa piel suave y dorada y, de nuevo, esos movimientos. Sacudió la cabeza al recordar como ella le había rechazado. *Debe tener algún problema,* pensó, *Yo lo tengo todo.* Las mujeres no rechazaban a Manny Becker.

Manejó hasta su elegante condominio en la isla Williams a Norte Miami Beach. Como siempre tomó el ascensor hasta su apartamento en el piso dieciocho, se quitó la camisa y la corbata y se sirvió una copa de brandy. Salió a la terraza y contempló el agua y la vista de Miami. Y por un largo rato saboréo el brandy mientras recordaba a esa chica. Mágica.

Capítulo 3

Manny Becker llegó tarde a los estudios de música IMG. Era la primera sesión de grabación de Los Primos, una banda salsera que cantaba en inglés y que Manny había descubierto en uno de los bares cerca del puerto. Manny creía que el sonido transcultural de este grupo daría comienzo a una nueva tendencia en la industria musical. Tampoco venía mal que Los Primos estuviera integrado por chicos jóvenes y guapos que atraerían a aficionados jóvenes y adultos.

—Sr. Becker, acaba de llegar Arturo Madera —dijo Vilma, su secretaría—. Quiere verle inmediatamente.

—Gracias, Vilma —contestó Manny, colgando su chaqueta—. Escucha, ¿pediste que trajeran el desayuno para la sesión de grabación? Se me olvidó decírtelo ayer.

—Me lo imaginaba, Sr. Becker. Ya lo hice.

—¡Eres la mejor, V! ¡La mejor!

Manny se bebió rápidamente un café en la cafetería y se dirigió a la oficina de Arturo Madera, guiñándole un ojo a la secretaria de Arturo, que estaba al teléfono. Manny era el único ejecutivo de IMG Music que tenía acceso total a Arturo Madera.

Arturo hablaba por teléfono e indicó a Manny que se sentara. —¡Te digo, Randall, que el nuevo sello discográfico está caliente, caliente, caliente! No puedo decir nada más hasta la conferencia de prensa. Sí, ya sé. Ya sé que eres un amigo y te prometo una exclusiva con los artistas después de la conferencia de prensa. Si, te lo prometo.

Manny estaba sentado en el sillón de cuero enfrente del escritorio de Arturo y miró a su alrededor, admirando la amplia oficina. Arturo era un hombre muy rico y exitoso a quien gustaba mostrar su riqueza. Poseía lo mejor. El cuero era suave de piel corintia de la mejor calidad. Todos los muebles eran de caoba, diseñados y construidos a medida en Italia, en la zona del bar tenía los mejores qüisquis escoceses y vasos de Baccarat; los cuadros eran todos originales.

Arturo hablaba por teléfono con Randall Jordan, un periodista de la revista *Billboard*. Randall estaba tratando de conseguir información sobre el nuevo sello discográfico de IMG Music. Tan sólo la noticia había conseguido atención positiva para la empresa, pero había que seguir un plan de comercialización específico. Todo tenía que estar perfectamente programado.

—¿Entonces? —preguntó Arturo, terminando su conversación telefónica al tiempo que sacaba un habano del humidificador y se lo ofrecía a Manny.

—¿Entonces? —repitió, haciendo un ademán de no querer el habano.

Arturo sonrió. Era un cincuentón guapo de aspecto distinguido y en buena forma física.

—La prensa está hambrienta de información sobre nuestro nuevo sello discográfico. Estamos de suerte. Manny, ¿qué piensas de este grupo? ¿Son futuras estrellas?

—Art, son muy buenos, pero tengo que decirte que ayer vi a una chica que te quitaría el hipo.

—Ah, sí, ¿dónde? —preguntó Arturo.

—En El Rooster—durante la hora de karaoke.

—Creí que habíamos acordado que nada de aficionados. Necesitamos gente con peso, sobre todo al principio. Eso ya lo sabes.

—Art, esta chica es excelente.

Art inhaló su habano y miró curioso a Mannny Becker. Manny era como un hijo. Había trabajado para él desde que tenía dieciséis años, cuando entró de ordenanza. Arturo advirtió, aun en aquel entonces, que tenía buena intuición, siempre diciéndole al ejecutivo de discos dónde podía encontrar el talento que después resultaba importante. Incluso cuando era un jovencito, soñando con irrumpir en el mundo discográfico, Manny tenía una cierta mirada en los ojos cuando descubría alguien talentoso. Ahora mismo la tenía al hablar de Violeta.

Lo que preocupaba a Arturo era que cuando hablaba de Los Primos no aparecía esa mirada.

—Díle que venga y grabamos unas pruebas. Si es tan buena como dices, veremos lo que hacemos. Ahora tenemos una gran inversión en esos chicos del cuarto de enfrente; vamos para allá a asegurarnos que nos van a entregar lo que invertimos —dijo Arturo, saliendo de su escritorio y colocando el brazo en el hombro de Manny.

Los Primos estaban engullendo unos bagels con queso crema. —Bueno, ya veo que no son nada exquisitos para la comida —bromeó Manny.

Los Primos se rieron con la boca llena. Manny esperó a que los ingenieros acabaran de montar el equipo y a que el grupo de músicos se situaran en la cabina de grabación. "Uno, dos, uno, dos, tres", el batería comenzó y el grupo empezó a tocar. La canción se titulaba "Me vuelves loco". Mientras Manny miraba al grupo, sintió que le invadía una terrible sensación. *Este grupo es con suerte, mediocre,* pensó. El cantante, un vocalista guapo, exageraba y era tan obvio que resultaba cómico.

—Vale, paren, paren —Manny interrumpió la sesión—. ¡Uds. están cargando la canción! Bajar el tono. Trabajarlo. Desde el principio.

El cantante parecía molesto. Manny lo trataba duro y los músicos tienen un yo muy frágil. El grupo comenzó de nuevo y de nuevo Manny interrumpió:

—Vale, chicos, éste es el sencillo que se supone es el éxito del álbum. Si no lo consiguen con éste, podemos olvidarnos de todo.

—No te entendemos, tío, estamos tocando como siempre. ¿Qué estamos haciendo mal, cuéntanos? —se atrevió a preguntar uno de los trompetistas.

Manny no sabía cómo contestarle, aunque sí sabía qué contestarle. Había visto que esto le pasaba a otros ejecutivos discográficos, pero a él no le había pasado nunca. En ese preciso momento se dio cuenta por qué no estaba escuchando lo que quería. Había elegido el estilo por encima de la sustancia. Los Primos eran comerciales y tenían talento, pero no eran primeras figuras. Manny Becker sólo contrataba primeras figuras.

Las preocupaciones ocultas de Arturo sobre Manny empezaron a florecer. Si querían sacar la empresa a bolsa, tenían que irrumpir con un gran impacto.

Manny salió del estudio seguido de Arturo. —¿Qué demonios pasa aquí, Manny?

—Art, me he equivocado.

—¿Qué quieres decir?

—Quiero decir que este grupo no tiene lo que nosotros necesitamos. De veras que no. Podemos grabar el álbum y tener alguna ganancia. Pero estos no son las primeras figuras que necesitamos nosotros.

—Manny, escúchame, te he responsabilizado de buscar talento. No podemos hacer la compañía pública sin primeras figuras. Todo depende de eso.

—Lo sé, lo sé —asintió Manny. Este acuerdo con IMG Music creando Downtown Records y salir a la venta pública en el mercado de valores al mismo tiempo era demasiado bueno para creer. Manny Becker tuvo éxito como ejecutivo de una firma discográfica, pero las acciones que tendría si este negocio resultaba le harían más rico de lo que él podría imaginarse. Además de que su foto adornaría la portada de *Billboard* mencionando que era el genio ejecutivo discográfico que había logrado que el sello IMG jugara en las ligas mayores.

—¿Qué vas a hacer? —preguntó Arturo.

—Necesito a esa chica —respondió Manny, mirando a Arturo a los ojos con *esa* mirada.

—Entonces, consigue a esa chica —declaró Arturo con un tono de voz que insinuaba, *"Más vale que sea todo lo que dices y aun más".*

Manny entró en su oficina y llamó a Vilma:

—V, no me pase ninguna llamada. —Se sentó y se preguntó dónde podría localizar a esa chica. Se subió en el Stairmaster desde donde se veía una vista de la ciudad de Miami. Empezó a subir lentamente, tratando de recordar todo lo que podía sobre ella. Todo lo que recordaba era que trabajaba de cajera en algún lugar, pero ¿dónde? Revivió esa noche en su mente y recordó que Kiki, el propietario de El Rooster, había sacado su nombre de una pecera. Allí estaría su número de teléfono.

Saltó del Stairmaster, agarró las llaves del coche y salió corriendo de la oficina.

—V, no regreso en todo el día —comunicó a Vilma. Parecía como enloquecido.

Entró a toda velocidad al aparcamiento vacío de El Rooster. Aunque decía cerrado, las puertas estaban abiertas. Se encontró a Kiki en el mostrador, contando dinero.

—Necesito hablarle —dijo Manny, casi sin respiración.

—¿De qué? —preguntó Kiki sin ni siquiera levantar la vista.

—Aquí tiene mi tarjeta —dijo Manny, colocando su tarjeta de visita que le identificaba claramente como un ejecutivo discográfico en la barra del bar.

Kiki rió.

—¿Con qué ejecutivo discográfico, eh?

—Sí, escuche, la otra noche vino una chica. Morena, bellísima—ganó el premio de karaoke. Necesito hablar con ella.

Kiki dio una calada al cigarrillo que tenía colocado en el cenicero.

—¿Y porqué me lo cuentas a mí?

—¿Sabes dónde la puedo localizar? Ella rellenó una de esas tarjetas.

Kiki se percató que el interés era verdadero.

—¿De veras eres un ejecutivo discográfico?

—Sí.

—Pues en ese caso, yo soy su representante —dijo Kiki, meneando el cigarrillo.

Manny conocía a este tipo de personas. Son de los que siempre quieren una comisión. Qué demonios, en sus tiempos difíciles él había sido uno de esos.

—De acuerdo —dijo Manny, comprendiendo que este tipo no se lo iba a poner fácil—, necesito localizarla esta misma noche.

—Ven para acá a las nueve, casi seguro que estará aquí —dijo Kiki, esperando conseguir a Violeta.

—Vale, a las nueve de la noche —dijo Manny, mirando a los ojos indignos de confianza de Kiki. Confiaba que una vez localizara a Violeta la pudiera apartar de este tipo y que él se quedaría contento con una pequeña gratificación. Manny empezó a inquietarse. Era importante que la consiguiera, pero conocía a este tipo de indeseables, y siempre le preocupaban.

Decidió llamar a un amigo para tomar una copa después del trabajo y cenar antes de regresar a El Rooster. No quería ir demasiado lejos. Le costaba admitírselo a sí mismo, pero se estaba muriendo de ganas de ver de nuevo a Violeta. No podía quitársela de la cabeza. Nunca había visto una mujer tan bella, tan llamativa. La imagen de ella en el escenario moviéndose le hacía sonreír. Una parte de él no la quería compartir con esta industria. Esa parte la quería solamente para él. ¿Qué tenía esta chica? Odiaba no tener el control. Manny entró en el bar Hungry Sailor y pidió un vaso grande de cerveza belga. Allí, esperando a su amigo, hizo lo que hacen la mayoría de los hombres—mirar un partido de fútbol americano en la televisión y tratar de convencerse a sí mismo que ella no le importaba demasiado.

Capítulo 4

Violeta estaba sentada en las escaleras de la entrada de su modesta casa, rasgueando las cuerdas de la guitarra y parando para escribir la letra. A veces rasgueaba estas bellas baladas mejicanas y corridos que su padre la enseñó cuando era una niñita pequeña. Su voz era intensa y fuerte, y los niños del barrio paraban sus bicicletas enfrente de la casa de Violeta para oírla tocar. Los mayores se asomaban a las ventanas para escucharla.

Esta noche estaba componiendo una balada. Cantó el tercer verso: *"Tus ojos encuentran los míos y mi alma se eleva más alta que nunca. Soy tuya—irremediablemente tuya"*. Se detuvo, preguntándose cómo sería querer tan profundo, tan puro como su padre amó a su madre. Debía ser algo extraordinario, amar a alguien tanto que te mueres del corazón partido al perder a tu amor.

—Señorita —le gritó uno de los niños en la calle.

—¿No conoce ninguna buena canción?

Violeta se secó las lagrimas y rió.

—¿Como cual? —preguntó.

—No sé —dijo el pequeño, encojiendose de hombros.

—¿Qué te parece ésta? —Violeta rasgó la guitarra con un acorde familiar. *"Con ese lunar que tienes cielito lindo junto a la boca, no se lo des a nadie cielito lindo que a mí me toca"*. Y casi como si querer, hubo un gran coro todo el vecindario cantaba. *"Ay, ay, ay, ay, canta y no llores... Porque cantando se alegran cielito lindo los corazones"*.

—Violeta —interrumpió su tío Napoleón—. Hay alguien en el teléfono que quiere hablar contigo.

—¿Quién es?

—Del club El Rooster.

Violeta pensó que tenía algo que ver con el premio de la cena gratis para dos personas. Se levantó de la escalinata y se dirigió hacia el teléfono que había en la cocina.

—Dígame —dijo, retirando su larga melena hacia un lado.

—Sí, Violeta, es Kiki de El Rooster.

—Sí, ¿cómo estás?

—Bien, bien. Escucha, Violeta. Tengo una propuesta que hacerte. Estuviste estupenda ayer y, bueno, conozco a algunos tipos que están en el negocio del disco y pienso que te los podría presentar. Me encantaría ser tu representante. ¿Por qué no vienes para aquí sobre las ocho de la noche? Podemos revisar nuestro acuerdo. Les he dicho que pasen más tarde por aquí para conocerte. ¿Crees que puedes venir?

—¡Ir! Claro que sí. Allí estaré.

—Estupendo —Kiki sonreía de oreja con la satisfacción de un glotón. Esto era demasiado fácil—. Entonces, hasta luego.

Violeta dio un brinco de alegría mientras gritaba.

—¿Qué pasa, hija? —preguntó Napoleón.

—No te lo vas a creer, tío. Hoy voy a conocer a varios ejecutivos discográficos.

Napoleón hizo una mueca. Estas locas fantasías.

—Violeta, calma, sé realista. Los ejecutivos discográficos no se entusiasman por los cantantes de karaoke.

—Tío, no puedo pretender que entiendas —dijo Violeta, dirigiéndose al dormitorio para escoger algo que ponerse.

—Supongo que no —murmuró Napoleón para sí mismo. Su sobrina era obstinada y no había nada que él pudiera hacer al respecto. Temía por ella. A veces era tan ingenua, aún ahora a la edad de 31 más un día. ¿Por qué no se casaba con Ramón de una vez—un chico tan agradable? Además, farmacéutico. En Méjico los farmacéuticos eran casi como los médicos. Les decías que te dolía el estómago y te recetaban algo. Les contabas que te dolía la cabeza y te daban algo. Las farmacias eran un buen negocio. Le preocupaba que no iba a vivir por siempre y cuando él muriera, ¿quién iba a cuidar a Violeta? Irónicamente, Violeta pensaba que ella era normalmente la que cuidaba de su tío.

Violeta abrió las puertas de su armario de par en par. "¿Qué me pongo, qué me pongo?" se preguntaba en voz alta. Tenía tantos conjuntos. Le encantaba ir de compras a tiendas de época, tiendas de segunda mano y el Ejercito de Salvación. Tenía buen ojo para las gangas y tenía exactamente la talla seis. Encontraba ropa fácilmente en estas tiendas, y si no le quedaba bien fácilmente se la podía arreglar. Era una experta modista. Había aprendido a coser en las clases de hogar. Miró la ropa de su armario, tenía un ajustado esmoquin de tiros largos, pantalones de pana de pierna de elefante, modernos vaqueros, minifaldas plisadas, camisas de flores, camisetitas de punto, camisas de poeta, faldas sarong, un traje de una pieza en terciopelo negro... tenía tanto entre lo que elegir. Se decidió por la blusa de poeta y una falda larga tipo sarong que acompañaba con un par de zapatos rojos que ató en sus pantorrillas como si fueran unas bailarinas.

Como de costumbre se cepilló la melena veintisiete veces con el cepillo Mirta de Perales. Olga, la peluquera de la esquina, juraba que era lo que le daba al pelo brillo. Por los quince dólares que pagaba por el cepillo mas le valía. Se dio el maquillaje con cuidado. *No demasiado,* pensó. Forcejeó para abrir su cajón de cosméticos. Estaba repleto. No podía resistirse ante el maquillaje—tenía todos los tonos de colorete, sombra de ojo y lápiz labial. La gaveta era como una caja de tesoros llena de un arco iris de posibilidades. Para esta noche Violeta eligió una sombra de ojos blanca nacarada para sus párpados superiores y un azul cielo para los inferiores, delineó sus ojos con un delineador negro para resaltar sus largas pestañas. Se aplicó un colorete ciruela y lo extendió bien por sus pómulos. Se delineó los labios con un lápiz neutral y después los rellenó con un lindo tono rosado. Sabía que sus ojos tenían que ser el centro de atención. Su cómoda contenía un innumerable número de fragancias. Esto era casi más difícil que elegir un traje. *Necesito una fragancia que me traiga suerte,* penso. Eligió Bal de Versalles. Había sido el perfume favorito de su madre.

Violeta llegó a El Rooster a las ocho en punto. Kiki la vio enseguida y la acompañó hasta una cabina privada.

—Estás bella —dijo, aspirando su olor.

—Gracias —dijo Violeta modestamente, sin impresionarse

lo más mínimo por el requiebro. Se sentó y sin rodeos se puso a hablar de negocios—. Entonces, dime algo de estos ejecutivos discográficos.

—No pierdes el tiempo, ¿eh?

—¿Por qué vamos a perderlo? —respondió ella. Kiki se rió con una risa medio malévola. Se dirigió al camarero—. Trae un buen guacamole con nachos. —Se volvió hacia Violeta—: ¿Verdad que te gusta el guacamole? —Violeta no contestó. Era una pregunta estúpida.

La chaqueta de Kiki le quedaba demasiado ajustada y las mangas un poco cortas. Parecía como si se sintiera incómodo en su propia piel. Gotas de sudor se le acumulaban en la frente, listas para avalanzarse por sus carrillos. Luchaba por extraer el pañuelo de su bolsillo para secarse un poco.

—Mira, la razón por la que te he pedido que vinieras aquí es que conozco gente y estoy listo para hacer negocios. ¿Estás lista para hacerlos también?

—Claro —asintió Violeta.

Kiki sacó un sobre de su americana. Lo abrió y puso ante Violeta una deteriorada fotocopia de un contrato con los espacios en blanco rellenos. Estaban rellenados con una pluma que desteñía.

—Firma este contrato para que te pueda conseguir los contratos —dijo sin titubeos. Era a propósito. Él quería que ella creyera que así es como se hacían los negocios.

Violeta miró a Kiki y revisó el contrato. Inmediatamente notó el lugar donde pedía el 30%.

¡Treinta por ciento! —exclamó.

—¿Hay algún problema? —preguntó él, encendiendo un cigarrillo.

—Pues, claro que sí. Escucha, ¿crees que nací ayer? —Kiki pareció auténticamente sorprendido por esta salida—. Olvídate de esto —declaró Violeta, levantándose. Kiki le colocó una peluda mano firmemente alrededor de la de ella.

—No te vayas. ¿Has oído alguna vez la palabra "negociaciones?" —dijo, acercándosele a la cara—. Tú das un poquito y yo doy otro poquito. ¿Comprendes? —La acarició detrás del cuello. Violeta agarró el plato de guacamole que acababan de traer a la mesa y se lo vació en la cabeza. Salió corriendo del lugar hacia su carro. Su tío Napoleón tenía razón. ¿En qué estaba pensando?

Manejaba el 1982 Chevy station wagon que su tío no usaba más. La única cualidad para Violeta era que la radio funcionaba bien. Puso la emisora 97.1—la estación hispana de canciones de amor. Esta música siempre la deprimía, pero de una forma buena. Pensaba que las canciones de amor en español eran diferentes a las en inglés. Quizá un poquito más poéticas, quizá un poco más desesperadas. Como un deseo del todo por el todo. Empezó a llorar mientras manejaba, y no quería ir a casa justo ahora y tener que decirle a su tío que tenía razón. Manejó hasta el final del malecón, se quitó los zapatos y se sentó, tirando piedritas en el agua. Así sola se preguntaba qué debía hacer.

Manny Becker llegó una hora tarde a El Rooster con enormes expectativas. Encontró a Kiki detrás de la barra con una expresión de disgusto.

—¿Dónde está? —preguntó Manny, buscándola a su alrededor.

—Olvídate de ella. Está loca.

—Sabes dónde está, ¿sí o no?

—No. No lo sé. Se largó con un tipo en un lujoso coche. Ya sabes cómo son estas chicas. Vienen de la nada y se pegan a cualquier tipo que piensan les va a hacer algún regalo, desde llenarles el tanque de gasolina hasta una comida con servilletas que no sean de papel.

Manny miró a Kiki directo a los ojos. Sabía que le estaba mintiendo. Sabía desde el primer momento que la conoció que ella no era así. Por algún motivo Kiki la debía haber asustado. Le quería dar una trompada. Estaba de nuevo al principio. ¿Dónde podría encontrarla?

Llegó al apartamento de Jacqueline, y ella estaba sentada aguardándole enfundada en una bata de seda natural blanca sobre su sofá de piel color gris azulado. Pasó por delante de ella casi sin acusar su presencia o reconocerla. Se dirigió directo a la cocina buscando una cerveza. Regresó al salón. ¡Vaya día! No la he podido encontrar. No sé qué hacer.

Cuando Jacqueline se percató de que su desatención provenía de esa chica del tugurio ese del centro de la ciudad, su talante cambió. —No me digas que estás obsesionado por esa indiecita que viste en el club.

—¿Qué? —Manny levantó la vista.

—Manny, estás perdiendo los estribos. ¿Crees de veras que la gente va a comprar discos de alguien que se llama Violeta y que tiene ese aspecto?

—¿Qué demonios quieres decir?

—Por favor, Manny. Ella es demasiado oscura. Demasiado oscura. Demasiado latina. No va a hacer la transición fácilmente. Sólo puedes vender latino si no tiene aspecto de latino. Sabes bien que esa es la forma de que se vuelva popular. Tienes que diluirlo, querido. Mírame, ¿crees que conseguiría el trabajo que consigo si no tuviera la piel y los ojos claros? No dan contratos discográficos a chicas como ella —le tomó la cara con ambas manos—. Despierta, cariño, las chicas como ella son las que nos limpian la casa.

Modelo o no, los ojos de Manny contemplaban a la mujer más espantosa que había visto en su vida. Parecía como si le hubieran salido cuernos en la cabeza y tuviera serpientes en el cabello.

—Me tengo que ir.

—¡Cómo!

—Jacqueline, me asqueas. Eres la peor mujer que conozco. Eres despreciable, elitista, malvada. ¿Te sientes mejor ahora? Querida, te quiero dar un consejo. Invierte bien tu dinero. Las calles están llenas de cuerpos de modelos pasados de moda. Te doy otros diez años antes de que salgas corriendo en busca de un cirujano plástico. Y en lo de demasiado oscura, demasiado latina—escucha lo que estás diciendo. Existe una cosa que se llama talento y es muy sencillo. Ella lo tiene. Tú no. Éste supera el color y el apellido. ¿Qué demonios crees—que porque tú hayas salido clarita los racistas se van a olvidar de ti? Sigues siendo latina de cualquier forma que los quieras poner. Y además, te quiero decir algo más. Asegúrate que juegas con tu belleza todo lo que puedas porque querida, eres verdaderamente patética.

—Vete de aquí —le gritó cuando él se dirigía a recoger su abrigo. Agarró un florero de cristal y se lo tiró. Se agachó a tiempo y dio en la pared.

Mientras caminaba hacia el ascensor, ella le gritaba:

—¡No se te ocurra volver más! ¡Eres un fracasado, Becker! Ya verás, ¡has perdido tu toque mágico!

La seguridad fue avisada en la entrada del edificio cuando Manny salía.

—¡Qué barbaridad! Estaba disparada por el ruido que ha hecho —dijo Bobby, el guarda negro de Pinkerton que era amistoso con Manny—. ¡Carajo! Ves, ése es el problema con las guapas de verdad. Yo prefiero las feas. Es más fácil ponerlas en su sitio.

Manny sonrió y esperó su coche. De repente se le había producido un dolor de cabeza enloquecedor.

Capítulo 5

Violeta decidió trabajar el turno de once de la noche a siete de la mañana en Piggly Wiggly. No quería regresar a casa y estaba llena de energía por la frustración de tratar con Kiki. En su opinión era un turno fácil. Era suave, no había demasiados clientes. En su mayoría los clientes eran los que no les gustaba comprar cuando había mucha gente o los que tenían horarios de trabajo extraños.

Se cambió de ropa en el cuarto de recreo y se encargó de la caja donde se vendían billetes de lotería, cigarrillos, reintegros, canjeo de cheques y devoluciones. Sería una noche tranquila.

Manny Becker manejó sin rumbo con un dolor de cabeza descomunal. Se lo tenía merecido, pensó. Siempre había elegido mal a las mujeres. Más que la pelea, el estrés de no haber podido localizar a Violeta y de tenérselo que comunicar Arturo le desanimaba. Se fijó en la cara iluminada y sonriente de un cerdito y se dio cuenta de que Piggly Wiggly estaba abierto veinticuatro horas. Se compraría un fuerte analgésico. Todas las cajeras se fijaron en él cuando entró en Piggly Wiggly. Lucy creyó reconocerlo.

Las sienes de Manny le latían y se acercó cuidadosamente al pasillo de los productos farmacéuticos, mirando las marcas que prometían ser potentes. Quería algo que le abriera la cabeza y le sacara ese demonio que tenía dentro torturándolo. Por fin seleccionó dos marcas y caminó hacia la cajera para pagarla, también quería pedirle el periódico. Entornando los ojos del dolor preguntó a la cajera:

—¿Cuál de las dos marcas es mejor?

La cajera miró los envases.

—Cómo no, ve éste de la derecha. Éste contiene solo aspirina. Pero vale la pena que compre la marca genérica y se ahorre unos pesos. Esta de aquí es la que mata el dolor. La dosis más alta que se consigue sin receta. Yo apostaría por esta última. —El tiempo que había pasado comprometida con Ramón, el farmacéutico, le había servido de algo—. De verdad que le duele, ¿eh?

—Dios mío que sí, lo tengo —contestó Manny, asintiendo con la cabeza y levantando la vista para ver a quien correspondía esa profunda voz.

—¡Ay, Dios mío! —exclamaron los dos.

—¡Déjeme que registre esto rápidamente! —profirió Violeta aturdida.

—Espere, espere, espere...escuche —dijo Manny, tratando de agarrarle las manos, tratando de que se fijara en él su atención—. Llevo todo el día tratando de localizarle. Ud. es la responsable de este dolor de cabeza.

—Sí, cómo no.

—Escúche, soy un ejecutivo discográfico. Espere, déjeme darle mi tarjeta. —Manny revolvía sus bolsillos sin encontrar nada. Violeta puso los ojos en blanco.

—Señor, no se imagina el día que he tenido, vale. He cubierto mi cupo de anormales.

—No. De veras, que soy un ejecutivo de la casa discográfica IMG —continuó Manny, tocándose desesperadamente en busca de una tarjeta.

Estaban llamando la atención y en poco tiempo se les acercó Norma, quien había elegido esa noche para hacer turno—. ¿Qué pasa aquí?

—Nada Señora. Sólo que quiero darle a esta jovencita mi tarjeta de visita. Soy ejecutivo discográfico. La he escuchado cantar y tan sólo quiero... —explicó Manny.

—¡Vamos, tío—fuera! —Norma pensó que ese tipo era un falso que se quería conquistar a la cajera. ¿Qué ejecutivo iba a estar en el Piggly Wiggly a esas horas de la noche?

—De verdad. Hablo en serio. —Se viró hacia Violeta con una mirada implorante.

—Violeta, ¿este tipo es un amigo tuyo? —Norma empezó a

mosquearse, siempre indagando para echar la reprimenda a Violeta.

—No, Norma, no.

—Violeta, te voy a dar exactamente un minuto para que lo largues —dijo Norma, caminando hacia la puerta de entrada automática.

—Ve lo que ha logrado. ¡Va a conseguir que me despidan!

—Pues, por el aspecto de todo esto creo que es lo mejor que puede pasar.

—¿Qué quiere decir con eso? Ud. me ofende. Sabe que, sea Ud. quien sea, creo que debe largarse.

—Manny Becker. Ése es quien soy. Manny Becker.

—Entonces, lárguese Manny Becker —dijo Violeta, entregándole la bolsa con las aspirinas y el periódico y retirándose a la oficina del fondo.

Manny sacudió la cabeza, diciendo no y empezó a caminar hacia la salida, y Lucy lo agarró por la manga de la camisa.

—Yo me acuerdo de Ud. —dijo—. Ella va a cantar el viernes en el restaurante de mi familia. Aquí tiene la dirección. Allá la podrá ver. —Lucy le escribió la información en un recibo de chicle.

—Gracias. ¿Cómo te llamas?

—Lucy —contestó con una amplia sonrisa.

—Gracias, Lucy —dijo él, agarrando fuertemente el papel, caminando delante de Norma y saliendo por las puertas automáticas. Después de verla y sabiendo que la volvería a encontrar de repente, el dolor de cabeza se le había pasado.

Llegó el viernes. Violeta iba a cantar por primera vez en un pequeño restaurante llamado Nino's, que pertenecía a la familia de Lucy y servía buena pizza y platos caseros. Ella había decidido olvidarse de Mangos y probar a cantar delante de una audiencia verdadera. La noche anterior no podía dormir. No le tomó mucho tiempo a Lucy convencer a Nino una vez le asegurara que Violeta cantaría gratis. Era un restaurante pequeño, pero era el mejor del barrio y siempre estaba lleno. Violeta podía ejercitar sus dotes aquí.

Lucy preparó un gracioso cartel anunciando la actuación de Violeta. Sobre un fondo blanco de cartón colocó una foto en blanco y negro de Violeta tocando su guitarra, rodeada de estrellas doradas en forma de marco. Con un rotulador negro, escribió: "El Viernes: Actuación de la Cantante Local Violeta". Durante esa semana todo el mundo que iba al restaurante empezó a preguntar acerca de la cantante, y hasta Nino se empezó a entusiasmar, pensando hacer un buen negocio.

Violeta de nuevo revisó la oferta de su armario. Decidió que si iba a actuar, iba a lucirse. Para esta ocasión eligió un traje de chaqueta-pantalón de terciopelo negro con pierna de elefante. El conjunto era tan oscuro que parecía azul. Se le ajustaban bien al cuerpo, marcando sus curvas. Las mangas eran largas y el cuello parecía el de una camisa. Metió su mano en el joyero de madera, buscando una pieza. La encontró—una gargantilla de plata con una amatista morada.

Le recortaron las puntas del cabello y decidió dejarse el cabello suelto. Sería una de sus características propias. Que la compararan con Cher era inevitable. Le quedaba el rostro, claro está. Quería algo más sofisticado para esta actuación. Seleccionó una gama de colores profundos que acentuarían sus exóticas rasgos.

—Adiós, tío —le dijo a Napoleón, saliendo con su guitarra.

Napoleón, que estaba viendo el Super Variety Show de la cadena hispana, levantó la mirada y miró de nuevo.

—Niña, ¿pero adónde vas tú?

—Ya te dije, tío, que a cantar.

—¿Vestida de esa manera?

—¿Por qué? ¿Hay algún problema?

—Bueno, hija, es un poco exagerado, ¿no?

—Tío, quiero impresionar. —Caminó hacia su tío y lo besó dulcemente en la frente.

Napoleón sonrió y sacudió suavemente la cabeza. No había quien parara a Violeta—. Buena suerte, hija —dijo, sonriéndose.

Violeta cargó la camioneta y se marchó a Nino's. Una vez allí, Lucy la ayudó a montar el equipo. Se resistía a decirle lo de Manny.

Le habían dejado libre un rincón del restaurante, pero le preocupaba que estaba cerca de la puerta oscilante de la co-

cina. Pero no tenía alternativa. El lugar no tenía espacio ni
para los comensales. Violeta contó veinte mesas redondas con
manteles de plástico rojos y blancos y un portavelas de centro
con red de pescador. Los camareros maniobraban estratégicamente el abarrotado espacio, haciendo malabarismos con platos calientes de ropa vieja, un típico plato cubano que era la
especialidad del día.

El vecindario, que estaba en una zona industrial de la ciudad, estaba compuesto de inmigrantes que acababan de llegar
a este país y que querían vivir cerca de su trabajo y donde las
rentas fueran asequibles. Era una comunidad unida donde todo
el mundo se conocía y se ayudaba. Nino siempre cambiaba el
menú y ofrecía comida tan diversa como su clientela—nicara-
güense, hondureña, ecuatoriana, dominicana, cubana y puertorriqueña. La comida era nutritiva y abundante.

Violeta montó su micrófono prestado y sitúo el taburete.
Eran las nueve de la noche cuando empezó a tocar, y los comensales estaban en pleno apogeo. A Violeta le preocupaba
que no podría conseguir que la atendieran. Se sentó en el taburete y empezó a rasguear su guitarra. Comenzó con una alegre
pieza que había compuesto ella misma. Uno a uno los comensales levantaron la cabeza de sus sopas y arroz con frijoles
para escucharla. Pararon la conversación y dieron vuelta a sus
sillas para escucharla mejor. La recibieron con aplausos.
Cuando se percató de las sonrisas en la cara de los patronos, le
aumentó la confianza en sí misma. Si había algo que había
aprendido, era que si querías interesar al público de verdad tenías que captar su atención. Comenzó cantando tres canciones
antes de empezar a sentirse cómoda con el público. Sobre las
diez de la noche, Violeta ya se sentía como una profesional, y
el público disfrutaba con ella. Hizo una pausa para beber un
poco de agua y miró las caras que continuaban allí, aún terminada la cena. Se sentía como una cantante en un salón de Las
Vegas.

Nino estaba impresionado con la reacción del público sobre
todo, porque no paraban de ordenar un vaso de vino tras otro.
No se querían marchar. En ese momento Nino decidió crear un
poco de ambiente y bajo las luces del local. Violeta ya había

empezado su interpretación de discos favoritos de Los cuarenta principales y dos de sus propias canciones.

Manny Becker llegó silenciosamente y tomó asiento al fondo del restaurante. Debido a la oscuridad, Violeta no lo podía ver. Nadie lo vio. Se sentó unas cinco mesas atrás de ella y pidió una cerveza. Violeta empezó a hablar. Le había desaparecido la ansiedad y estaba disfrutando, haciendo lo que siempre había soñado. Rasgueó la guitarra y tocó suavemente mientras hablaba. "Saben, antes de venir a Miami, viví en Macon, Georgia, un pueblecito en las afueras de Atlanta. Bueno, aunque adoro Miami, a menudo me acuerdo de Georgia", decía mientras tocaba la guitarra. "Para mí era un lugar solitario. Estaba lejos de mi familia y de mis amigos de México, pero de alguna manera no era algo malo. Era un tipo de soledad agradable. ¿Alguien sabe a qué me refiero?" Violeta observó como el público asentaba. "Hay una canción que me gustaría cantar que describe cómo es ese sentimiento. Se llama 'Noche de lluvia en Georgia' ". Violeta empezó a cantar con el corazón para el agradecido público, y todos en el restaurante supieron que estaban presenciando a alguien especial.

Violeta terminó su actuación y salió de la cabina. Nino la trajo una Coca-Cola de dieta y tuvo el detalle de traérsela en un vaso escarchado, con una raja de lima y hielo picado. Generalmente sólo traía la lata fría con una paja. Pero Violeta le tenía impresionado—muy impresionado.

—Cantaste muy bien, muy bien —dijo, notando los aplausos del público—. Podrías venir más a menudo. Podría pagarte algo —Nino se frotó las manos nerviosamente en el delantal.

—Gracias Nino. Eso sería estupendo —respondió ella, secándose la frente con una servilleta, un poco abrumada.

—Sí, Violeta, estuviste regia —dijo Lucy.

—Ah, gracias, Lucy —dijo con una sonrisa emocionada, bajándose para abrazar a su pequeña amiga.

Cuando levantó la vista se encontró con Manny Becker, que la sonreía alegremente. Esta vez el público no se le iba a adelantar.

—¡Hola! —dijo. Ella se sorprendió.

—Pero quién es Ud. ¿Un tipo raro?

—No, no soy un tipo raro. Ya se lo dije. Soy un ejecutivo

discográfico. Tome —dijo, entregándola una tarjeta de visita que esta vez se había asegurado llevar consigo.

Violeta miró la tarjeta. Decía "Manny Becker, Productor Discográfico". No queriendo parecer de nuevo una ingenua, Violeta ignoró la tarjeta y se la devolvió—. Podría acabar de imprimirla.

—¿Podría haber encargado esto también? —preguntó, sacando un contrato de IMG Music con un cheque de 20,000 dólares.

Violeta miró el documento con una entretenida incredulidad, pero la realidad de lo que estaba viendo empezó a empaparla.

—¡Ay, Dios mío! ¿Es esto lo que creo que es?

—Sí.

—No estará Ud. jugando conmigo, espero, porque no sé lo que haría.

—No estoy jugando con Ud.

Violeta miró el cheque y respiró profundo. Miró a Lucy y después a Manny. Sus ojos se llenaron de lágrimas de emoción.

—Gracias —dijo, sonriéndole—. Gracias. Gracias. Gracias.

—Bueno, quizá podría tratarme un poco —comenzó a decir Manny cuando Violeta le sorprendió con un abrazo y un innumerable número de besos en la mejilla.

—¡Violeta, componte! —dijo Lucy, agarrándola por el brazo.

Violeta miró a su alrededor y se percató de que Nino, el personal y todo el mundo en el restaurante la estaban observando.

Manny se ruborizó. Violeta le miró muerta de vergüenza.

—Es que no sé qué decirle.

Manny le entregó una pluma Mont Blanc.

—No digas nada—¡firma solamente!

Capítulo 6

La noche que cambió su vida en Nino's, Violeta se quedó dormida con una sonrisa. Todavía tenía la sonrisa pegada en el rostro cuando se despertó. Seguía allí mientras se duchaba y se preparaba para ir al trabajo. Continuaba allí mientras comía huevos rancheros con su tío Napoleón y seguía allí cuando se metió en la cafetera de camioneta y manejó los diez minutos que tardaba en llegar al trabajo. Nada podía haberle quitado esa sonrisa del rostro—bueno, quizás...

—¡Llegas tarde! —ladró Norma, mirando el reloj.

—Norma, caramba, perdona. Llegué a tiempo. Pero se me fue el santo al cielo. Estaba tan entusiasmada. Sabes...

—Cálla. No aguanto los cuentos.

Violeta llevaba trabajando en Piggly Wiggly tres años. Iba a ser algo temporal mientras pensaba qué hacer con su vida. Violeta había tenido muchos trabajos entre los trabajos temporales. Desde que se mudó a Miami había preparado pizzas, hecho de camarera, ayudanta de peluquería, recepcionista, guía en el Seaquarium, y había trabajado en el criadero de su tío. Siempre estaba esperando a que algo terminara o empezara antes de dedicarse a su carrera musical. Piggly Wiggly era el lugar donde había trabajado más tiempo. Se sorprendió un día que había encontrado el diario que escribió en la escuela secundaria. Vio un mundo más allá de las paredes y circunstancias que la rodeaban. No había limitaciones ni obligaciones. Se veía feliz viviendo su sueño de ser cantante. También leyó sus esperanzas de encontrar un amor verdadero. Sabía que él estaba en ahí fuera en alguna parte.

A medida que fueron pasando los años, Violeta empezó a

descartar sus sueños de cantar por el miedo que tenía a fracasar. Su noción del amor también cambió.

Cuando la gente le preguntaba qué estaba haciendo para lanzarse como cantante, decía la excusa de que su tío la necesitaba. Contaba que se estaba poniendo viejo y que no se sentía tan bien como antes. Él era la única familia que tenía, y sentía que era su obligación estar a su lado. Para Violeta era más seguro seguir soñando. Napoleón quería mucho a su sobrina, pero le preocupaba. Tenía miedo que se pasara la vida soñando—soñando con cosas que estaban fuera de su alcance. Cuando Ramón empezó a visitarles y mostró interés por Violeta, sacándola y tratándola con cariño, Napoleón la animó a seguir saliendo con él. Violeta disfrutaba de la compañía de Ramón, pero aunque él confesaba amarla, ella sabía que no estaba enamorada de él. Pensó que quizá así era la vida, encontrar a alguien agradable y sentar cabeza. Por esto había aceptado comprometerse con Ramón. Encontrar su diario la había salvado—era como si se estuviera dando a sí misma una última oportunidad—una última oportunidad para lograr su sueño. Si lo que estaba siempre esperando era una señal de que la canción era donde debía dirigirse, entonces no había mejor indicación que un contrato con IMG Music. Necesitaba empezar a pensar en grande y dejar de una vez este trabajo.

Violeta miró a Norma a la cara y la retuvo la mirada. Algo que antes no habría hecho porque era bien desagradable.

—Norma, eres la persona más desgraciada y más infeliz que he conocido en mi vida. No me explico cómo puedes disfrutar siendo tan mala. ¿Acaso te hace sentirte poderosa que la gente te tema y no te quiera? ¿No puedes demostrar nunca un poco de compasión o amabilidad, o al menos tacto?

—¿Quién demonios te crees que eres? —gritó Norma.

—¿Quién demonios *te* crees que eres? —repitió Violeta, su corazón saliéndosele del pecho. No le gustaban las peleas.

—Estás a punto de ser despedida.

—Perdona, Norma, de hecho estoy muy cerca de renunciar. De hecho, piensa que ahora mismo estoy traspasando la línea de llegada. Renuncio. —Con estas palabras Violeta se quitó la bata con la placa con su nombre en el distintivo de Piggly

Wiggly y se la entregó a Norma, que los recibió con emociones dispares. Le disgustaba que Violeta le hubiera privado del placer de despedirla, aunque en realidad no quería ni despedirla ni que se marchara. Era más divertido tenerla para meterse con ella. Más que esto las palabras de Violeta la habían llegado my dentro. Sabía que eran verdad, pero nadie había tenido nunca el valor de manifestárselas.

—Pues, no me queda más remedio que decirle a Leo que te has insubordinado.

—Yo misma voy a hablar con él.

—Perfecto. Acabarás regresando aquí o a otro lugar parecido a éste. Tienes la cabeza llena de pajaritos. Ya verás lo que duele aterrizar.

—Norma, lo que antes intenté decirte es que ayer firmé un contrato discográfico con IMG Music. Me han dado un adelanto de 20,000 dólares para empezar a trabajar de inmediato. Ves, Norma—vale la pena soñar. Vale la pena tener metas. Aunque no las comprendan los demás mientras sean verdaderas para uno.

Norma calló. No esperaba escuchar algo así. Ella era el resultado de sueños truncados—culpable de nunca alcanzar sus aspiraciones porque no tenía el coraje de perseguirlas. Había querido ser pianista. Su abuela le pagaba las lecciones y así lo hizo hasta el día de su muerte. Pensando que las clases de piano eran una tontería, su madre gastó todo el dinero de su herencia en comprar un antro que acabó cerrando. La cara de Norma estaba llena de arrepentimiento y tristeza recordando las esperanzas de su juventud. Respiró profundo y se sentó.

—Norma, ¿qué té pasa? —Violeta se percató del cambio en ella.

—Felicidades —pudo pronunciar Norma.

Violeta observó a Norma.

—Lo dices como si alguien se acabara de morir.

—No, lo digo en serio. Siempre pensé que eras una soñadora, es verdad, y pienso que sigues siéndolo. Pero nunca te importó un pimiento lo que yo pensaba. Nunca te importó lo que pensaban los demás. Creo, Violeta, que vas a triunfar.

—¿Qué dices?

—Lo creo, de verdad. Mucha suerte —Norma la contempló

y sonrió—. Tienes una oportunidad. Es importante que la aproveches.

—Gracias, Norma —contestó Violeta, tomándole la mano. Como algo predestinado, fue al mirar los ojos de Norma cuando Violeta entendió lo que era permitir que alguien te arrebatara tus sueños. Los ojos se endurecían con la pesadumbre de los años. Se le ocurrió a Violeta, que esta mujer que había sido su némesis, había estado en su vida por un motivo.

Salió de la oficina posterior y no dijo nada a las chicas que se agolpaban alrededor de Lucy para escuchar las noticias de la noche anterior. La gente se acercaba a Violeta y le daban una palmada de ánimo con abrazo de celebración, deseándole lo mejor. Alguien le preguntó si se iba. —Me largo —dijo finalmente. Las chicas la vitorearon.

—Bueno, ya era hora. ¡Atención todas, Violeta renuncia! —la embromaban, y Violeta se esforzó por despedirse de todas sin causar demasiado revuelo.

Violeta salió de Piggly Wiggly y respiró hondo. Su vida de cajera había llegado a su final. Caminó por el centro comercial hasta llegar a un teléfono público. Sacó la tarjeta de Manny Becker de su cartera y marcó el número directo que le había dado.

—Manny Becker —respondió al teléfono. Llevaba uno de esos auriculares alrededor de su cuello por la cantidad de llamadas que recibía todo el día.

—Acabo de renunciar —dijo ella. Manny Becker se sentó en su estilo y enorme sillón de ejecutivo y agarró una pelota anti-estrés de su mesa. Tenía una sonrisa de satisfacción.

—De verdad —dijo—. Qué pena. Quería vestirme de oficial de marina en blanco, ir para allá y sacarte en brazos como hizo Richard Gere con Debra Winger en la película *Un oficial y un caballero*.

Violeta rió.

—Eso hubiera sido divertido, pero totalmente innecesario.

—Necesitamos hablar inmediatamente, sabes.

—Sí, lo sé. Manny —contestó ella, respirando hondo—, estoy muy nerviosa.

Manny cerró los ojos. Sabía que él, alguien a quien ella no conocía, tenía en sus manos todas su aspiraciones. Sabía que para ella era más que simplemente un negocio. Era su vida y sus sueños. Por algún motivo se sintió privilegiado.

—Lo sé —murmuró—. Todo saldrá bien. ¿Qué te parece si cenamos, nos conocemos un poco y te explico cómo serán las cosas?

—Vale —contestó ella.

—¿Qué te parece a las siete y media de la tarde?

—Estupendo.

—Vale, pues.

—Vale —profirió suavemente.

Sentía algo raro en el estómago. Era una sensación que no la agradaba. Era un sentimiento de adolescente. Del tipo que se siente cuando estás entusiasmada con un chico y no quieres que te vea mirándolo. Cuando pensaba que era tan sólo un conquistador lo tenía controlado. Pero ahora lo empezaba a ver como un chico agradable y sabía que esto podría traerle problemas.

Manny Becker giró tres veces en el sillón. Saltó de éste y salió de su oficina observando que Vilma estaba al teléfono.

—¡V, hoy estás bellísima! —Caminó dando saltitos por el pasillo—. Hola, señoritas, qué bellas están —dijo a las auxiliares administrativas, dirigiéndose a los lavabos de los ejecutivos.

Se lavó las manos a conciencia y se miró al espejo. "¡Tú eres el hombre!" se dijo a sí mismo, cuando se dio cuenta de lo que estaba haciendo. *Esto no es una cita,* pensó para sí. Estaba reaccionando como si lo fuese. Esto no le gustaba. Trató de poner las cosas en perspectiva. *Esto es porque esta chica es justo lo que el nuevo sello discográfico necesita. Siempre me emociona un nuevo y prometedor artista,* rumió. Manny se echó un poco de agua en la carta y se miró una vez más al espejo. De repente sintió asimismo algo raro en el estómago.

Capítulo 7

Manny Becker manejó a la pequeña casa de Violeta cerca del centro de la ciudad. Aunque el vecindario estaba un poco descuidado, la casa era acogedora con plantas y flores en la entrada. Napoleón había sido encargado de un vivero en el sur de Florida, pero se había retirado después de haberse lesionado la espalda en el campo. Pasaba un número interminable de horas afanándose en el jardín.

Manny estaba nervioso al golpear la puerta. Durante todo el viaje había estado pensando lo especial que ella era. Era diferente a las otras mujeres con las que había salido en los últimos años. Era auténtica y natural. Él estaba tan metido en el mundo de la música que lo que buscaba era salir con modelos conocidas que impresionaran a los otros ejecutivos durante fiestas de trabajo. Manny era siempre la envidia de sus amigos, en especial de aquellos con los que habían crecido. Sin embargo, después de un tiempo este tipo de vida se volvió muy superficial. Hasta para él.

No podía haber anticipado la visión que tenía delante una vez se abrió la puerta. Violeta le recibió vestida con un precioso traje de seda azul intenso. Los tirantes mostraban sus sensuales hombros, y complementaba el conjunto con una bufanda a juego de seda. Llevaba un bolsillo de mano y ladeó la cabeza hacia un lado al saludarle:

—Hola.

—Hola...estás, umm, estás preciosa —manifestó Manny sin poder casi controlar su reacción.

—Gracias. Por favor pasa. —Manny entró en el vestíbulo y observó a Napoleón sentado en el sofá, viendo sus novelitas—. Tío, éste es Manny Becker, el caballero del que te hablé —

dijo mientras los presentaba—. Manny, éste es mi tío Napoleón.

—Mucho gusto —dijo Manny, extendiéndole la mano.

A Manny le gustó Napoleón. Era un hombre de corazonadas. En este negocio era la forma en que Manny se percataba de cosas sobre las personas lo que le daba ventaja. Podía darse cuenta con sólo mirar los ojos de Napoleón que era un hombre decente y honesto que quería a su sobrina y que se preocupaba por ella.

Napoleón fumó su pipa. Vestía un jersey gris y miró a Manny de arriba abajo. Era un hombre de pocas palabras, prefiriendo observar.

—Perdone un momento, tengo algo en el horno —Violeta se fue a la cocina un segundo, dejando a Manny parado torpemente con Napoleón. Manny miró a su alrededor, buscando algo que pudiera facilitar la conversación para llenar el silencio. Observó un óleo con escenas de una hacienda mejicana y un par de reproducciones de Frida Kahlo enmarcadas. Los muebles eran de estilo rústico español. Finalmente, en la televisión, había un trailer de la película *Tizoc,* interpretada por los legendarios ídolos de la cinematografía mejicana Pedro Infante y María Félix.

—Me encanta esa película. ¿La pasan de veras esta noche? —inquirió Manny con auténtico entusiasmo. Napoleón se retiró la pipa de la boca y reaccionó como sorprendido.

—¿Conoce Ud. la película?

—Sí, claro. Mi abuela era una gran admiradora de Pedro Infante. Veía todas sus películas, y sus canciones siempre sonaban en la casa.

—Ah, su música, sí —dijo Napoleón con una sonrisa melancólica.

—Escuchaba sus boleros, cha-cha-chas, valses y canciones rancheras.

—Su abuela era bien romántica.

—Sí que lo era —afirmó Manny. Su abuela fue la primera que compartió su amor por la música con él y que le enseñó como apreciarla. Estaba convencido que había sido su oído y apreciación por la música lo que había bendecido su carrera.

Napoleón había tenido sus dudas al inicio sobre Manny. Por lo que le había contado Violeta, parecía demasiado interesado, y eso le despertaba sospechas. No había bajado la guardia, pero sabía esto: un hombre de la edad de Manny a quien le gustaba Pedro Infante no podía ser malo del todo.

Manny abrió la puerta del Porsche plateado y observó como entraba dentro con cuidado.

—Así que —dijo ella—, ¿dónde vamos?

—Tengo un lugar en la mente. ¿Te gustan los mariscos?

—Adoro los mariscos. —El rostro de Violeta se iluminó.

—Queda un poco lejos, pero vale la pena. —Manny manejó por la A1A a través de la costa de Miami Beach. La iba a llevar a Martha's en Ft. Lauderdale. Había pensado llevarla a un lugar más informal, pero cuando vio lo bella que estaba reconsideró rápidamente. Martha's estaba en un lugar desde donde se divisaba el Intracostal Waterway. Era un lugar tranquilo y elegante, y por lo que sabía Manny, bastante romántico. No tenía reserva, pero no le preocupaba demasiado. Conocía a los propietarios. Como Ft. Lauderdale quedaba algo lejos, alcanzó un disco compacto para escuchar. Seleccionó uno de José Feliciano titulado *Señor Bolero*.

—Ay, adoro a José Feliciano. —Violeta estaba encantada con su elección.

—¿Te gusta? A mí también. —Violeta había reaccionado mejor de lo que él esperaba.

—¿Te has fijado alguna vez cómo sus manos trabajan las cuerdas de la guitarra? —preguntó ella.

—No —respondió Manny—. Lo doy por hecho.

—Oh, no. Tienes que fijarte como actúa, y tienes que reparar en el trabajo que hace con las manos. Es como si estuviera tejiendo magia con las cuerdas.

La canción que sonaba era una nueva versión del bolero "Como fue".

—¿Te has fijado alguna vez que las canciones de amor de hoy en día no son como las de antaño? —preguntó Manny mientras contemplaba en la distancia las luces que brillaban en el océano.

—Sé exactamente a lo que te refieres. Hoy en día, a las canciones de amor les falta algo. Parece que todo gira alrededor de alguien que está tratando de superar una mala relación. Nadie profesa ya amar.

—Tienes razón. ¿Sabes por qué es eso?

—¿Por qué? —preguntó Violeta, reparando que ambos estaban muy bien sincronizados con la opinión del otro.

—La muerte del romance —declaró Manny—. Sí, se tratan de que el muchacho no paga las cuentas de la muchacha, o el muchacho la está engañando y la muchacha se va o el chaval está loco por la chica y ésta no se acaba decidir. O es una melodía, pero la persona que la interpreta no te convence de lo que dice, ya sabes. Es como si las palabras no significaran nada. No sé. Supongo que recuerdo aquellos tiempos cuando las canciones de amor significaban algo y la melodía adecuada te podía hacer que realizaras cualquier tontería como ir a la ventana de tu amada en la mitad de la noche y profesarle amor incondicional.

—A mí me gustan las canciones de amor desgarradas —dijo Violeta con una sonrisa.

—Pero no demasiado desgarradas —respondió Manny.

—Como si ir a la ventana de tu amada en la mitad de la noche no fuera de desesperado. ¿Hiciste eso alguna vez?

—Una o dos veces —rió Manny—. En mi juventud era un chico muy tonto y romántico. —Manny le sonrió, haciéndola sentir a gusto—. Y ¿tú qué? —preguntó Manny, interesado de verdad.

—¿Qué sobre mí?

—Seguro que has hecho alguna tontería arrebatada por el amor.

Violeta lo pensó.

—Bueno, es que nunca he estado enamorada.

—Pero de la forma que cantas parece como si lo estuvieras y supieras más que nadie. Se escucha en tu música.

—Que sé algo de amor no te lo niego, pero lo que escuchas en mi voz es mi deseo de encontrarlo.

—Buscando el... —trató de aclarar cuando ella le interrumpió.

—Amor verdadero —contestó ella.

—Ya veo —dijo él—. Bueno, sea lo que sea mientras a ti te funcione.

Llegaron al restaurante y Manny entregó las llaves al encargado. La recepcionista, reconociendo a Manny les hizo pasar inmediatamente a una recóndita mesa en la esquina del restaurante. El lugar era oscuro con tan sólo el resplandor de las velas para guiarles. Manny retiró la silla de Violeta y se sentó enfrente de ella. Estaba bellísima a la luz de las velas.

El sumiller se acercó y Manny ordenó una botella de reserva Roederer Champagne Crystal de 1990, un año excelente a $175 la botella. Violeta parecía impresionada por sus conocimientos y aturdida por el precio del vino. El camarero les sirvió una copa y esperó la aprobación de Manny. Cuando dio el visto bueno, el camarero les llenó la copa a los dos.

—Esta noche estamos de fiesta —dijo él, levantando la copa.

—¿Estamos?

—Sí. En honor de una bellísima cantante que está a punto de arrancar —dijo, brindando con su copa de champán. Sus palabras sonaban familiares, como las historias de su padre.

—Gracias —dijo ella, sorbiendo el champán. Era la primera vez en su vida que probaba uno tan bueno. Se sorprendió de poder apreciar la diferencia.

—Manny, ¿siempre celebras con champán cada vez que haces un fichaje?

—No. No siempre, pero tú eres especial.

Manny respiró profundamente, colocó las manos debajo de su barbilla y la miró a los ojos. Eran tan grandes y luminosos. Seguía pensado lo bella que era. En cierta forma odiaba que esta noche tuvieran que tratar de negocios. Desearía poderla decir cómo le hacía sentirse. Alrededor de ella se sentía bien consigo mismo. Quería decirle que con sólo verla era feliz— que mirarla era todo lo que iba a necesitar en su vida.

—El cocinero tiene un especial que le gustaría prepararles, Sr. Becker. ¿Le parece bien? —interrumpió el camarero.

—¿Pierre va a prepararnos algo especial? Qué honor. Violeta, ¿te sientes aventurera? —Manny se volvió hacia ella.

—Adelante —dijo ella, encogiéndose de hombros.

—Bien, pues, estamos en las manos de Pierre.

El camarero inclinó ligeramente la cabeza. Violeta dio un sorbo a su champán y sonrió a medias.

—¿Qué te ocurre? —preguntó Manny, percatándose de su curiosa expresión.

—Oh, no sé. Supongo que me intriga saber cómo has llegado tan lejos. Eres de mi edad, sabes, y ya eres un famoso productor.

—Bueno, para empezar amo la música. Además, siempre me encantó hacer negocios, aun cuando era niño. Mi madre te puede contar que llevaba mis juguetes al colegio y se los alquilaba a mis compañeros durante el recreo. Siempre buscaba la forma de ganar dinero. La música era una de mis pasiones, y como tenía más discos que nadie, invertí en un buen tocadiscos e hice de pinchadiscos en las fiestas. Al convertirme en un pinchadiscos conocido, averiguaba las tendencias de la música y me enteraba de quienes eran los nuevos artistas. Un día, conocí a Arturo Madera, el Consejero de IMG Music, cuando estaba pinchando discos por las tardes en el restaurante La Habana. Los ejecutivos y los políticos siempre estaban por allí haciendo negocios. Hice lo que pude para impresionarle. Después de algún tiempo no tuve reparos en pedirle un trabajo. Le daba la lata todos los días. Un día que estaba comiendo con José Luis, el cantante latino melódico, se volvió hacia José, diciendo "este tipo no se rinde. Vale, hijo, sabes que: ven a mi oficina mañana a primera hora y te buscaremos algo". Estaba tan entusiasmado. Aquí estaba Arturo Madera, el magnate, brindándome una oportunidad.

Imagínate mi sorpresa cuando llegué a las oficinas de IMG Music y me hacen una cita con un tipo de personal que me lleva abajo, al sótano, para que distribuya el correo. Fue difícil, pero no dejaba que me afectara. Cuando estaba haciendo de pinchadiscos y veía a alguien con talento, avisaba a los productores. Pronto, ellos me buscaban pidiéndome ideas sobre las canciones de un disco y sobre cómo comercializarlo. Arturo empezó a invitarme a las reuniones y me hacía algunas preguntas. Escuchaba mis opiniones y eso me ganó el respeto de los demás. Un día, cuando muchos de los artistas que estaba trayendo estaban empezando a darlos beneficios, Arturo me llevó a su sastre y encargó los mejores cinco trajes de chaqueta que te puedas imaginar. Me dio una oficina, un gran aumento de sueldo, un coche y una cuenta de gastos. Me dijo, "hijo, éste es tu futuro. Tu futuro está aquí con nosotros". Y el resto es historia. He sido el productor con más éxitos de IMG Music.

Violeta pensó que había pensado mal. Él había empezado desde abajo y tenía una sensibilidad que la agradaba.

—Eres increíble. Me encantaría poderte impresionar —dijo, pensando que ella no había logrado gran cosa en la vida.

—Violeta, me sorprendes —contestó, agarrándola la mano. Violeta se emocionó.

—Es que, bueno, nunca he hecho nada. Me gradué entre las primeras de mi clase. Pero entonces mi tío y yo nos mudamos aquí y nunca pude concretar qué era lo que quería hacer. Pensé que tenía todo el tiempo del mundo, y después me di cuenta que nadie tiene todo el tiempo del mundo. Todo tiene un límite, hay un momento en que los períodos de gracia, las extensiones, las últimas oportunidades se terminan. Cumplí los 31 y decidí que era hora de hacer algo o morir en el intento.

—Tienes razón, Violeta. Entendiste algo que la gente no se toma en serio. Que triunfar en esta industria no es fácil. Es difícil. Verdaderamente difícil. Destruye a mucha gente. Tienes mucha suerte. Los dos la tenemos. Éste es el momento adecuado tanto para ti como para mí.

—Somos un equipo —dijo Violeta, levantando su copa.

Manny sonrió.

—Somos un equipo —brindó con el vaso de ella. El mozo apareció con sus platos. Una pasta preparada con mariscos, mezcla de langosta y vieiras en una espesa salsa blanca. Lo probaron y tanto Manny como Violeta cerraron los ojos de puro placer. Abrieron los ojos y descubrieron la mirada del otro. La atracción que se sentían resultaba cada vez más difícil de ocultar. En este momento los dos sentían algo poderoso e innegable.

De postre se deleitaron con una tartaleta de fresas acompañada de un vaso de oporto. Era la comida más exquisita que Violeta había disfrutado en su vida. De regreso a la casa no hablaron demasiado. Gozaron del resto de la cinta de José Feliciano y del maravilloso paseo.

Cuando llegaron a la casa, Manny la acompañó hasta la puerta y vió que Napoleón miraba por la ventana, esperándola despierto.

—Gracias por una cena maravillosa, Manny —dijo ella, mirando tímida hacia el suelo.

—Gracias por la excelente compañía —contestó él, observando como la brisa nocturna despeinaba sus cabellos. Estaba emocionado con tanta belleza.

—¿Entonces mañana nos vemos en tu oficina?

—Claro que sí. Arturo te tiene que conocer y tenemos mucho que hacer.

—Estoy tan entusiasmada —rió nerviosa, miró al suelo y levantó los ojos, mirando a Manny con ternura.

—No te preocupes. Todo saldrá bien.

Violeta se sintió un poco incomoda y comenzó a abrir la puerta principal con sus llaves. Entró y miró a Manny por última vez.

—Adiós —le dijo, acercándose para darle un beso en la mejilla.

—Adiós —contestó, esperando que ella cerrara la puerta. Manny nunca se había sentido de esta manera. Era una sensación maravillosa, pero que le perturbaba. De nuevo estaba vulnerable y quería ir a la botica a comprar algo para combatirlo—quería que se le quitara. Este delicioso dolor. Esta dulce ansiedad. Este imprevisto deseo que crecería a medida que la fuera conociendo mejor.

Capítulo 8

Manny llegó mas temprano que de costumbre a las oficinas de IMG. Apenas pudo conciliar el sueño pensando en el gran día que esperaba a Violeta. Se iban a reunir para discutir el programa de grabación y revisar la música. Manny ya había seleccionado cuatro canciones que el compositor Dennis Orlando le había garantizado serían números uno con la interprete adecuada.

Violeta llegó nerviosa y en el ascensor apretó el botón del piso superior. Le sudaban las manos. Se las restregaba por encima de los pantalones. Iba vestida con un par de pantalones de terciopelo marrón y una blusa mejicana bordada que había comprado en su última visita a ese país. No llevaba maquillaje, pero lucía radiante. Tenía el pelo recogido hacia atrás. Inquieta oscilaba su bolso de macramé para delante y para atrás.

Manny salía de su oficina para coger un café en el comedor cuando la divisó saliendo del ascensor, dirigiéndose hacia la recepcionista sentada en la lujosa recepción.

—He venido a ver al Sr. Becker —balbuceó tímidamente. Sus ojos se movían rápidamente por el amplio recinto con sus suelos de mármol brasileño, muebles de piel finísma y vista de la ciudad.

Antes de que la recepcionista pudiera responder, Manny había abierto la enorme puerta de cristal grabado con el inmenso logo de IMG y la había dado la bienvenida.

—Hola, Violeta, entra, entra. —Ella le sonrió alegre y le siguió por las enormes puertas—. Estoy encantado de verte —le dijo—. Deja que te acompañe a la sala de juntas. —Entraron en la sala desde donde se divisaba una vista panorámica del mar que quitó el hipo a Violeta. Había una enorme mesa de madera de cerezo con unas veinte sillas de cuero negro a su alrededor.

—Espera aquí —le dijo él. Manny fue al teléfono en la sala de juntas y llamó a su secretaria—. Escucha, V, ya llegó. ¿Puedes encargar el café y avisar a los demás?

Violeta se acercó a la ventana y contempló en la distancia los botes de vela.

—¿Cómo puedes trabajar con esta vista?

—Parece una pintura virtual. De hecho te acostumbras. Ése es el problema. Te acostumbras y un día entras en otras habitaciones y te quejas de que no tienen vistas del mar. —Se acercó a ella y le puso los brazos en los hombros—. ¿Todavía estás nerviosa?

—Sí —respondió ella, tratando de no mirarle.

—Pues no lo estés. Estoy aquí contigo. —Sus palabras la hicieron sentirse protegida y la calmaron. Empezaba a confiar en él.

Dos asistentes administrativos entraron con un carrito con un juego de café de plata. Colocaron en la mesa una variedad de pasteles y galletas y una jarra de jugo de naranja fresca. En menos de un minuto empezaron a entrar a la sala de reuniones una fila de personas. Charlaban y bromeaban mientras cogían los pasteles y el café y se sentaban alrededor de la mesa en la sala de conferencias. Portaban carpetas, agendas y blocs de notas recubiertos de piel. Violeta se fijó que cuanto más importante la persona menos cosas traían. Arturo Madera fue el último en llegar, y la habitación se quedaba en silencio mientras se sentaba a la cabeza de la mesa.

—Buenos días a todos —dijo, desabrochando su chaqueta y mirando en la dirección de Violeta—. Bueno, jovencita, todos hemos oído hablar mucho de Ud. Soy Arturo Madera y te doy la bienvenida a la familia IMG. Manny, ¿por qué no la presentas?

—Es un placer —contestó Manny, poniéndose de pie—. Es para mí un placer poderles presentar finalmente a Violeta Sandoval. Sé que les he hablado muchísimo de ella. Hace tiempo que no me entusiasmo por un artista. Violeta, éstas son las personas que hacen que todo parezca sencillo. —Presentó a la todo el mundo—. Éste es Jimmy Dean Bermúdez, el mejor ingeniero en este negocio, Robby "Lemonade" García, productor—le llamamos limonada porque es realmente fresco. Ésta es Belén Ortíz, la vicepresidenta de Comercialización y Distribución, y Dennis Orlando, el compositor de éxitos. —Todos le dieron la mano. Violeta estaba impresionada por todas las caras y la abundancia de títulos.

—Violeta, en principio, estas personas están aquí para trabajar contigo desde el proceso creativo hasta conseguir que tus discos se vendan en las tiendas de disco y que la gente les escuche en sus aparatos de CD. Dennis ha seleccionado cuatro canciones con las que vas a empezar a trabajar de inmediato.

—Pero, Manny —interrumpió Violeta—, yo he compuesto mis propias canciones. —Todos se miraron, sabiendo que esto no era el plan, y menos para un nuevo artista. Los otros ejecutivos miraron a Manny como diciéndole que tenía que aclararle las cosas a Violeta.

—Um, Violeta, eso es estupendo. Podemos escuchar lo que tienes y ver. Pero al principio queremos asegurarnos algunos superventas que sabemos podemos lanzar.

Violeta no comprendía realmente cuál era la base de un disco superventas. Sencillamente componía canciones y pensaba que eran buenas. No componía con la meta de que se convirtieran en superventas. Simplemente quería cantar esas canciones y asumía que iba a ser su propia música la que iba a grabar.

Violeta contempló como la reunión continuaba con discusiones sobre planes de comercialización, posicionamiento, presentación y cosas de esa índole. Esto la confundía. La comparaban su aspecto con el de Cher—y de promocionarla con vestidos estrambólicos que recordaran a la Cher de los primeros tiempos vestidas estrambólicamente con atuendos de Bob Mackie, hasta que alguien dijo en alto que eso sería bastante difícil ahora que Cher estaba tratando volver al panorama discográfico. A veces hablaban entre ellos como si ella no estuviera presente. "Tiene un aspecto de india americana. Quizá podríamos vestirla como a Pocahontas", dijeron otras voces.

—Yo no soy nativa americana —protestaba sin que nadie la hiciera ningún caso.

—Pues, te tenemos que crear una imagen, sabes —dijo

Belén, la vicepresidenta de Comercialización, que estaba pensando en cómo prepararían el paquete creativo—. Finalmente, Manny se levantó.

—Escucharme todos. Lo que ven aquí es lo que es. Ésta es la imagen. Violeta tiene su propia personalidad. Verán que cuando la escuchen les vendrán las ideas. Les va a quitar la respiración. Bien, pues, vámonos que todos tenemos que trabajar —dijo Manny, dando por terminada la reunión. Todo el mundo salió de la habitación para cumplir con sus apretadas agendas.

—Querida, no te preocupes —dijo Arturo, acercándose a Violeta—. Manny es el mejor de todos. Te cuidará. Tu vida está a punto de cambiar. —Le dio una palmada en el hombro y salió de la habitación. Para Arturo ella era ahora la responsabilidad de Manny. Manny sabía exactamente lo que se jugaba y que todos los ojos estaban encima de él.

Esa misma tarde Manny llevó a Violeta al estudio de grabación para presentarle al grupo musical que la acompañarían. Había reunido al mejor grupo de músicos posible. Empezaron a ensayar las dos primeras canciones, "No te vayas" y "Una noche única". Era la primera vez que Violeta trabajaba con músicos profesionales. Estudió la música y mientras la interpretaba empezó a vivirla. Todo era tan nuevo para ella. Sin embargo, poco a poco, empezó a cantar mejor hasta que conseguir el sonido que quería. Dennis estaba sorprendido de escuchar su música y sus letras interpretadas por Violeta de esa forma. Jimmy Dean y Manny llevaban trabajando en este negocio el tiempo suficiente como para reconocer el hechizo. Su voz tenía algo especial—no era simplemente una buena cantante. Los buenos cantantes abundaban como la mala hierba. Tenía calidad. Como Tina Turner, Carol King o Patty LaBelle. Su sonido era propio, jamás escuchado e imposible de reproducir. En unas semanas de ensayo podrían empezar a grabar, y después estarían listos para el lanzamiento.

Capítulo 9

Por varias semanas Manny y Violeta trabajaron hasta tarde grabando las canciones. El disco estaría listo en poco tiempo. Arturo les visitaba a menudo. Estaba muy impresionado con el talento de Violeta. No tenía duda alguna de que Manny había elegido a una estrella. Era sólo cuestión de terminar el álbum y de lanzarlo al mercado. Se dio cuenta que Manny daba a Violeta una atención casi exclusiva. Trabajaba muy poco con los otros artistas. Quería estar ahí apoyando a Violeta en cada paso que daba. No sólo se sentía responsable de ella como artista, sino como persona. A Arturo le preocupaba las miradas que se intercambiaban, y pensaba que quizá había entre ellos algo más de lo que parecía. Una noche tuvo una charla con Manny.

—Manny, ¿qué está pasando entre Violeta y tú?

—Nada, únicamente lo que ves —respondió Manny, algo perturbado por la pregunta.

—Escucha, hijo, nos conocemos desde hace mucho tiempo. Violeta es una muchacha estupenda y bella. Pero, ¿qué es lo que te enseñé? ¿Cuál es mi regla de oro?

—No se debe mezclar el placer con los negocios —contestó Manny, conociendo el tema de sobra. Arturo vigilaba a todos sus ejecutivos como un halcón. No le agradaba que se olvidaran del protocolo. IMG había tenido sufrido varias demandas por acoso sexual y habían tenido que pagar para evitar que los cargos se hicieran públicos. Era un tema delicado que preocupaba a Arturo.

Manny comprendía la postura de Arturo, aunque en ese momento le molestó que se lo mencionara. Él nunca había tenido un problema de esa índole, ni con artistas ni con nadie de la oficina. Pero era difícil enfadarse con él. Arturo era lo más parecido a un padre que tenía. Arturo comenzó con el negocio de la música en Cuba, promocionando artistas cubanos. En los años sesenta después de la revolución de Castro, salió para Miami así como la mayoría de los artistas que él representaba. A Arturo le encantaba contar a quien quería escucharle que llegó a este país con lo que Castro le dejaba sacar, exactamente una maleta de ropa, una cafetera, una caja de habanos y cinco dólares norteamericanos. Bromeaba y lo llamaba el "rancho de supervivencia". Empezó haciendo los trabajos que suelen hacer los inmigrantes cuando llegan a este país sin dinero y sin hablar el idioma. Recogía botellas de vidrio para el cobrar el reembolso, lavaba platos, y su trabajo mejor pagado fue construyendo piscinas. Fue trabajando en una de estas piscinas cuando conoció a Tony Santini, un hombre de negocios que se decía estaba conectado con la mafia italiana de Nueva York. Los rumores decían que Tony era un gran admirador de los artistas que Arturo había representado, y que ahora vivían exilados en Miami, trabajando en cualquier cosa para poder sobrevivir. Arturo logró reunir a estos artistas, y Tony quería que grabaran música para él, pero a Arturo se le ocurrió la idea de comercializar la música de estos artistas para el público, ya que a éstos también les interesaría. Tony facilitó el dinero y nació una compañía discográfica. La sigla IMG fue idea de la hija de Arturo. Necesitaban un nombre, y ella consultó su juego de Ouija y regresó con las siglas IMG Music. Manny admiraba a Arturo—trataría de respetar sus deseos y de negar, todo lo que pudiera, sus sentimientos por Violeta.

Estas semanas habían representado muchos cambios para Violeta. Todo iba tan rápido. Debido a su apretado programa de grabación, pensó que era hora de buscarse su propio apartamento más cerca del estudio de grabación que estaba en Brickell Avenue. Nunca había vivido lo que era ser realmente independiente, y deseaba probar cómo se sentía. La preocupaba que su tío pensara que le estaba abandonando. Napoleón la echaría de menos, pero se daría cuenta que era lo mejor para ella. Él se preocupaba por ella porque la quería y porque sabía que estaba metida en un negocio que no era fácil. Pero también quería que abriera sus alas y que volara. Napoleón no dependía de ella tanto como ella se creía. La idea de ser independiente le complacía. Pero le atañía que ella no sabría cómo cuidarse.

Violeta no podía creer todo lo que la estaba sucediendo. Todo estaba pasando tan rápido. Y un día todo se completó. Había terminado de grabar el álbum y todos en IMG Music estaban entusiasmados con el disco. Todo el mundo sintió que sería un éxito. Había por lo menos ocho canciones en el álbum que subirían rápido en la lista de principales. La nueva versión de "Si no te puedo tener" fue la que sorprendentemente pensaban lanzar como el primer sencillo. La industria ya estaba empezando a cuchichear.

Violeta y Manny estaban sentados en el estudio escuchando los arreglos de la canción. Todo el mundo estaba satisfecho. Pero Violeta sentía no haber grabado ninguna de sus propias canciones. Manny le explicó que en su primer proyecto esto no era recomendable. Pero que una vez se estableciera como artista, podrían arriesgarse a hacerlo. A Violeta todavía no le gustaba el aspecto comercial de la música. Ella todo lo que quería era cantar canciones. Y aunque en teoría comprendía que el negocio tenía que dar ganancias, veía cómo la persecución de beneficios podía destruir el proceso creativo.

—Señorita, felicidades —dijo Manny—. Lo lograste. ¿Cómo te sientes?

—Estupendamente. Todavía no me lo puedo creer —contestó ella, sintiéndose como si estuviera soñando.

—Déjame que te invite. No más "bocadillos a domicilio". ¿Tienes hambre?

—Me comería este libro —dijo, señalando un grueso libro de arte que había sobre el escritorio.

—Bueno, pues tenemos un premio para ti —dijo Manny, cerrando la oficina y caminando con ella hacia el coche. Manny la llevó a un restaurante administrado por la familia Carlitos. Era un restaurante mejicano pequeño y acogedor con el que confiaba impresionar a Violeta. Los pisos eran de terracota con un dibujo azul, y las paredes pintadas por el método de la esponja lucían antiguas. Los muebles de estilo mejicano eran rústicos.

Violeta se emocionó con este detalle, pero pensó que todavía no habían visitado un restaurante donde sirvieran comida auténticamente mejicana.

—¿Que piensas? —preguntó él, queriendo impresionarle con toda su alma.

Se sentaron en una cabina del restaurante.

—Creo que tú eres muy especial —le dijo, pillando a Manny de sorpresa.

—¿Cómo? —contestó, sus ojos mostrando su sorpresa.

—Manny, quiero decir que te has portado maravillosamente. No sé cómo empezar a darte las gracias. —Violeta trató de contener las lágrimas. Quería decir muchas más cosas. Se había dado cuenta durante los días que habían trabajado juntos lo dedicado que había sido con ella. Se había sentido protegida por él. De la forma que él se había hecho con el control, haciéndola sentir especial, en especial la forma de que él estaba siempre allí para ella. Si nunca había sentido esto anteriormente, ahora sabía lo que era. Se había enamorado de él. No había noche en que su cabeza no tocara la almohada sin que viera su rostro. Cuando él la tocaba para asegurarla, se le hundía el corazón. Se sentía tan niña. Al comienzo le había tratado mal. Pero ahora no podía comunicarle sus sentimientos, temerosa de que no sería muy profesional. Trataba con fuerza de contenerse a sí misma.

—Violeta, no tienes porqué darme las gracias. No me he sentido así en mucho tiempo —confesó.

—¿De verdad?

—Sí. Tú eres el principal motivo por el que empecé a trabajar en este negocio. Siempre quise cantar. Pero no tengo ningún talento. O sea, que Dios me dio lo mejor que pudo, la facultad para reconocerlo. —Manny quería decirla que con sólo estar cerca de ella era el hombre más feliz del mundo. No podía aguantar estar alejado de ella. De hecho le dolía no tenerla junto a él.

Manny ordenó la comida y el mozo regresó con dos copas de vino.

—Manny —dijo Violeta—, ¿cuál es tu película favorita? ¿Te gusta el cine?

—¿A quién no?

—¿Tienes una película favorita?

—Tengo unas cuantas.

—¿Cuáles? Quiero saber cosas de ti. Dejemos los negocios para otro rato.

—*Rocky*. Mi película favorita es *Rocky*. No debería haber rodado la segunda, tercera, cuarta o quinta versión. Debería haber parado en la primera. Fue una obra de arte.

—*Rocky*, ¿eh? ¿Qué es lo que te gustó de esta película?

—Oh, no sé. Me imagino que todo. —Violeta lo contemplaba mientras él pensaba—. Me encantó su sentido del honor. Rocky no tenía nada, venía de la nada. Pero tenía dos cualidades—la pasión y el honor.

El mozo les sirvió hábilmente la cena, tratando de no interrumpir su conversación.

—Es una gran película —dijo ella, cortando cuidadosamente el pollo estofado—. Puedes averiguar mucho de una persona por las películas que prefiere. —Miró a los ojos de él, que estaban llenos de pasión y honor. Continuaron hablando de mil cosas. Se reían tanto que a veces se les saltaban las lágrimas. Se quedaron hablando tanto tiempo que el camarero tuvo que advertirles que estaban a punto de cerrar. Manny pagó la cuenta y la acompañó a su casa.

—¿Quieres entrar? —Violeta le preguntó a la puerta de su nuevo apartamento en Coconut Grove—. Te puedo ofrecer un trago, Kahlua con nata.

—Seguro —contestó él. No tenía que convencerlo. El nuevo apartamento de Violeta era modesto. Siempre prudente con su dinero, no quería amueblarlo. Todavía estaba viviendo del adelanto y no sabía cuánto tendría que esperar hasta que le pagaran más dinero. Por la falta de muebles el apartamento parecía más amplio de lo que realmente era. Tenía buenos pisos de madera y una cocina de estilo antiguo con armarios de los años veinte y una bonita vista de algunos árboles frutales. El follaje en Coconut Grove era abundante. Había elegido Coconut Grove para mudarse porque su idiosincrasia e importante comunidad de artistas siempre la había atraído.

Tenía una cama de día que hacía las veces de un sofá, un par de librerías blancas y una pequeña mesa de comedor. Manny miró a su alrededor, buscando un lugar donde sentarse.

—Por favor, siéntate aquí —dijo Violeta, dando una palmada a la cama—. Todavía no he tenido tiempo de comprar los muebles.

Violeta le dio el trago y se sentó a su lado. Se percató del estuche de la guitarra que estaba en una esquina de la habitación—. ¿Puedes cantarme algo? —le preguntó a ella.

—¿No estás cansado de oírme cantar?

—Cántame una de tus propias canciones —dijo, queriendo que esa voz fuera esa noche solo para él.

Violeta agarró la guitarra.

—¿Estás seguro?

—Por favor —imploró él.

Violeta empezó a tocar la guitarra y le cantó una canción. Era una melodía llamada "Si fueras mío". Observó como las manos de ella trabajaban la guitarra, como su rostro vivía las palabras, y no se podía resistir. Había encontrado la mujer más vivaz del mundo. Cuando ella terminó le preguntó.

—¿Te gusto? —Manny se inclinó y le retiró la guitarra de las manos, colocándola en el suelo. Se sentó a su lado y la acarició el rostro.

—Quiero decirte algo. Pienso que eres la criatura más bella que camina por la faz de la tierra. Violeta, a veces te miro, y me quedo sin respiración. Solo pienso en ti. —El corazón de Violeta dio un vuelco. Manny se acercó y la beso. Fue un largo y tierno beso. Se miraron a los ojos y ya no pudieron negarlo más. Sus almas se rindieron.

Cuidadosamente la desabrochó la blusa y besó suavemente cada centímetro de su cuerpo mientras estaba echada sobre la cama. Sus manos encontraron las redondeces de todo su cuerpo. Violeta gimió suavemente cuando su boca tocó sus senos. Sentía humedad y deseo por él. Ella le desabrochó la camisa, dejándolo en camiseta. Él se tomó tiempo en darle placer. Sus besos la llevaron al éxtasis una vez y otra. Ella sacó un condón de la mesilla de noche y se lo colocó cuidadosamente, cubriéndole el miembro. Pronto lo sintió dentro de ella, sus cuerpos temblando de intensidad. El sentimiento era el de una música perfecta, una unión perfecta, un ser uno, un vuelo perfecto. Violeta gritó por el temblor que desató su cuerpo, y él la agarró más fuerte al mismo tiempo que su cuerpo se contraía con un placer más fuerte que el que podía imaginar.

Manny apretó su cara contra la mejilla de ella.

—Quédate conmigo para siempre —le murmuró. Se quedaron dormidos, abrazados con la luz de la luna mirándoles furtiva por la ventana.

Los próximos meses se abalanzaron sobre Violeta. Nunca podría haber imaginado esto—ni aun cuando era una niña sentada en las piernas de su papá y escuchando la historia de la golondrina que canta su más bella canción cuando emprende el vuelo. Le decía que ella era como un ave que un día emprendería el vuelo. Le dijo que pronto se encumbraría más allá de lo que podría haber soñado, tan pronto como encontrara su corriente de aire.

Los detalles del álbum estaban finalizándose, y Manny tenía reuniones en Nueva York y en Los Angeles. Estaban preparándose para lanzar al mercado el sello discográfico Downtown. Violeta estaba muy nerviosa. A menudo invitaba a Lucy y a Betty para charlar por la noche mientras comían una pizza y bebían vino. Betty alquilaba vídeos de horror, y los veían hasta bien tarde. Echaba de menos a sus amistades. El grupo de IMG Music muchas veces la enervaban. Parecía que siempre tuvieran prisa, y cuando trataba de conversar con ellos sobre algo que no fuera el negocio, parecían aburrirse, como si les estuviera haciendo perder el tiempo.

Con Lucy y Betty podía ser ella misma. Todos hablaban de cómo venderla—su cabello, su maquillaje, su ropa. No paraban de traer a expertos. Una mujer llamada Mary Lou, con un pelo cortito y gafas de montura verde, traía constantemente ropa para las sesiones fotográficas. A Violeta no le gustaba ninguno de los modelitos. Pero su opinión no contaba para nada, sobre todo cuando estaba rodeada de expertos que le dictaban lo que a ella le tenía que gustar.

Una noche ni Lucy ni Betty pudieron visitarla y Violeta estaba sola. Extrañaba a su madre y a su padre. Era tan pequeña cuando ellos fallecieron. En estos momentos hubiera querido tenerlos a su lado. Ahora sí que los necesitaba.

Su madre había fallecido por la noche por problemas cardíacos y su padre había muerto una semana más tarde por el disgusto de haber perdido a su esposa. Nunca hablaba de esto con nadie. Nadie podría entender cómo alguien podía morir de un corazón partido. Pero para ella sí era posible.

Se preparó un baño caliente y echó un par de pastillas de jabón con olor a lavanda. El agua hacía pompas fragantes, y jugó con la espuma antes de entrar en el baño. Encendió algunas velas de aromaterapia para relajarse y dejó que el agua caliente la empapara. Se trajo una copa de vino y leyó un libro de poesías. Sus ojos corrían por las paredes, donde veía sombras y perfilas. Soñaba. Veía el rostro de Manny, su hermoso rostro. Lo veía como un caballero español medieval con armadura. Ella se veía como una bella princesa mejicana. Él vendría a buscarla, capturándola en medio de la noche, llevándosela de allí para siempre. Quería escaparse con él.

Manny Becker estaba pensando en Violeta cuando ordenó una ginebra con tónica en el bar del hotel Beverly Hills. Estaba impaciente por volverla a ver. La extrañaba tanto. Estaba tan contento por sus logros. Todo estaba listo para lanzarla a la fama. Pero empezó a temer por ella. Éste era una industria tan dura, y la fama viene con un precio muy alto. Había visto cómo otros artistas se derrumbaban. Había aquellos, claro está, que dejaban que todo se les subiera a la cabeza, haciendo que perdieran el sentido de la realidad. La personalidad de prima dona surgía prematuramente, y cometían error tras error, haciendo que su caída fuera aun más dura.

Esto no le ocurriría a Violeta. De esto estaba seguro. En todo el proceso había aceptado las decisiones de Manny, entendiendo que éste era su primer álbum, y que se estaban jugando mucho. Él la decía, "Establece algo de credibilidad, y así podrás obtener el control de tu próximo proyecto".

No estaba feliz con muchas de las cosas. Para empezar las mezclas del CD lo hacían un álbum bailable. Eso no le importaba, pero no quería darse a conocer como la próxima reina del club música. Ella componía canciones preciosas, melodías, canciones de amor. Quería realzar ésas. "La próxima vez, la próxima vez, la próxima vez", se repetía a sí misma.

Era media noche en Los Angeles, y Manny Becker estaba parado al lado de la piscina, contemplando el firmamento. La sentía cerca de sí. En Miami eran las tres de la mañana, y Violeta no lograba conciliar el sueño. Ella también miró por la ventana y contempló el firmamento. Pensó en él. Ella también lo podía sentir.

Capítulo 10

Manny llegó al aeropuerto y manejó su coche directo al apartamento de Violeta. Ella miró por la mirilla y le abrió la puerta.

—¡Has regresado! Te he extrañado —le dijo, entrándolo en el apartamento con un gran abrazo.

—Te he extrañado tanto —dijo él, depositando las maletas en el suelo y llevándola hacia la cama—. Ven aquí. —Él se recostó sobre el pequeño lecho y la colocó encima de él.

—¿Cómo te fue el viaje? —le preguntó ella, frotándole la nariz con la suya.

—Era un viaje de negocios. Los negocios son los negocios, sabes. Pero no vamos a hablar de eso. Vamos a hablar de otra cosa. Te quiero hacer una pregunta.

Violeta se preparó para lo que viniera. —¿Cuál? —le preguntó con una media sonrisa.

—Le he estado dando muchas vueltas —contestó, acariciándole el rostro suavemente, y pues...

—¿Sí?

—Creo que deberíamos vivir juntos. —Violeta empujó a Manny Becker.

—¿Cómo? —respondió ella.

—Violeta, este apartamento es muy chico. Ya sé que es algo temporal. Muy pronto vas a tener más dinero del que te puedas imaginar, y podrás elegir dónde quieras vivir. ¿Por qué no te mudas conmigo? Quiero compartir todo contigo. No puedo estar separado de ti.

Violeta se incorporó en la cama. Nunca había pensado vivir con alguien. Tenía muchas amigas que vivían con sus novios.

Casi todas le decían que era la mejor manera de conocerse. Pero por algún motivo a ella esto no la convencía.

—¿Pero qué te pasa? —preguntó Manny, confundido por su reacción.

—Manny, perdona, pero no creo en eso de vivir juntos.

—¿Cómo? Pensé que te haría feliz que estuviéramos juntos.

—Estoy feliz de estar juntos, pero eso no tiene nada que ver con vivir juntos.

—Estoy muy confundido, Violeta. ¿Por qué le das tanta importancia, dime?

Ese comentario ofendió a Violeta.

—¿Importancia, tanta importancia? La importancia es que nunca he vivido con nadie y que creo que si un hombre y una mujer comparten un techo, lo deben hacer como marido y mujer. Ya sé que esto no es nada liberal ni moderno. Pero así es cómo me siento.

Manny se sorprendió. Todavía no había pensado en casarse, por lo menos de momento. Él quería ir mas despacio, dando un paso tras otro, pasitos. El matrimonio era el definitivo. Violeta le miró mientras los ojos de él se desplazaban por toda la habitación. Parecía preocupado.

—¿Acaso es una idea tan horrible? —le preguntó finalmente ante su silencio.

—No, no, Violeta, no es eso —dijo él, tratando de tranquilizarla—. Es que pensé que podríamos probar esto primero. Pero oye, si no estás lista, no te preocupes. Haremos lo que tu desees. Esperaremos. —Se acercó a ella para besarla. La besó apasionadamente una y otra vez. La había echado tanto de menos. Lo único que había podido hacer durante el tiempo que estuvieron alejados era contar los millones de segundos, minutos, hasta poderla tener de nuevo en sus brazos. Hicieron el amor toda la noche, una y otra vez, unidos en cuerpo y alma.

Habían titulado el álbum de Violeta *Isis,* como la diosa. La habían puesto en la portada con una cinta dorada en la cabeza, un vestido estilo toga blanco y un escarabajo en el brazo. Era una portada impresionante.

En el borrador del vídeo de su primer sencillo, "Si no te puedo tener", parecía como una diosa que se enamora de un humano. Tiene que hacerse pasar por humana para lograr la atención de su enamorado. Cuando ella descubre que él tiene otra mujer, se transforma en Isis, la diosa, y hace que el viento sople y que las tormentas lleguen porque no puede soportar estar sin él.

El día de la grabación del vídeo, Manny miraba incómodo cómo los hombres que estaban trabajando en los decorados estaban trabando amistad con Violeta. Uno de los problemas que ella tenía con ser tan campechana y natural era que hablaba con todo el mundo. Se estaba poniendo celoso. Se percató que ésta no era un sentimiento muy práctico, ya que el propósito de su imagen era explotar su atractivo sexual. Habría hombres, millones de ellos, a los que se les caería la baba por Violeta. El sello discográfico contaba con ello.

Subieron a Violeta encima de una falsa montaña enfrente de una pantalla azul, donde al fondo se veían imágenes majestuosas de enormes montañas verdes. Allí interpretaría el papel de Isis y daría órdenes a las nubes. Habían instalado gigantescos ventiladores a su alrededor que reproducían el viento. Éste soplaba entre sus largos cabellos negros y drapeaba su vestido alrededor de su cuerpo de tal forma que se podía adivinar cada curva. Era una visión. Era el momento crítico del vídeo, y el director estaba eufórico.

Trabajaron en el vídeo dos semanas seguidas en la posproducción. Por fin estaban listos para lanzar el álbum y el vídeo. Tuvieron una presentación privada del vídeo para Arturo Madera. Había decidido mantenerse al margen para darle a Manny el control creativo. Ya le habían llegado los rumores acerca de la relación entre Violeta y Manny. No le agradaba. Sabía por experiencia personal que estas cosas traían complicaciones. Estas cosas nunca se resolvían para mejor. Arturo era un respetable hombre de negocios, pero no podía decir lo mismo de su conducta como esposo—por lo menos no siempre. Estaba aquella escandalosa relación que había tenido con la sensual mulata cantante de salsa, La Lola. Cuando ella se dio cuenta de que él no iba a dejar a su esposa por ella, se pasó

meses enviándole todo tipo de maldiciones. Semana tras semana Arturo se tenía que levantar temprano para tirar lo que
apareciera a la entrada de su casa antes de que lo viera su
mujer. Había bolsas llenas de plumas de pájaro con hierbas, ci-
rios negros con notas escritas, ramas de árboles atadas con cintas de colores, alfileres con muñecas de trapo. Además de todo
esto, ella interrumpía sus reuniones y le abochornaba a propósito en público. Él no tenía ni idea de cómo quitársela de encima. Finalmente, Patricia, su esposa, se enteró y se enfrentó a
la mujer en un restaurante. Le dijo a La Lola que si seguía
dándoles la lata, iría personalmente a África a buscar el hechi-
cero de vudú más malvado que existiera para que le hiciera un
maleficio que las próximas rumbas que bailara sería como un
fantasma en el cementerio. De alguna forma le quitaron a La
Lola las ganas de seguir persiguiendo a este hombre. Arturo
tuvo la suerte de que era supersticiosa y que a Patricia se le
había ocurrido un gran engaño.

"Escúchame, hijo", siempre le aconsejaba a Manny, "No te
cases. Nunca. Significaría la muerte de tu vida creativa". Arturo no quería que sentara cabeza antes de haber vivido lo
opuesto a lo que le había pasado a él. Siempre pensaba que habría sido mejor marido si hubiera esperado un poco. Manny no
necesitaba que nadie le metiera miedo al matrimonio. El matrimonio de sus padres había sido un desastre, y rara vez veía a
su padre. Tenía que trabajar y mantener a su madre cuando con
tan sólo catorce años. Siempre pasaban estrecheces. Siempre
le tuvo miedo al matrimonio, y ésta era quizás la razón por la
que nunca se acercaba demasiado a una mujer. Salía con lo
que él denominaba "mujeres sin peligro", mujeres que no le
inspiraban ningún compromiso emocional.

Todos sus amigos estaban ya casados y lo miraban como a
un tipo raro. Al principio no le molestaba, se imaginaba que sus
amigos le tenían envidia y de su estilo de vida como el último
soltero del grupo. Fue más tarde cuando se dio cuenta de que él
era quien les envidiaba. Algunos de sus amigos eran de verdad
felices. Por ejemplo su amigo Ciro, el magnate entre los 500 de
la revista *Fortune,* quien nunca se preocupaba aun en los peores
momentos de su vida, como cuando le echaron de una empresa

que acababa de ser adquirida. Su esposa, Matilde, estaba ahí para apoyarle. Eso le agradaba a Manny. Habría deseado que sus padres hubieran tenido eso, habría deseado que él tuviera eso. Violeta era la única mujer que le había provocado esos sentimientos fuertes pero melosos a la vez.

Manny estaba rodeado de todos los ejecutivos de IMG, cuando por fin reveló la culminación de todos sus esfuerzos. Había un enorme cartel de la cubierta del disco *Isis*. Tenía un fondo morado que coordinaba con su nombre Violeta. La foto de la cubierta era de su espalda desnuda con su largo cabello flotando en el viento y su cara de perfil. Cuando pusieron el vídeo, Arturo no podía creer sus ojos. Por fin estaba listo, estaba hecho. Se dio la vuelta y dijo a sus ejecutivos, "Buen trabajo chicos. Ahora vamos a tocar rock and roll".

Había una conferencia de prensa y Arturo y Manny eran los ponentes. Hablaron del sello discográfico Downtown. Iba a capturar los nuevos sonidos urbanos de la calle. Sus artistas eran únicos y sorprendentemente talentosos. Estaban listos para revolucionar la industria con sonidos nuevos.

En primer lugar estaba el disco de Violeta. Los carteles reproduciendo la cubierta de su disco estaban en todas las vitrinas de las tiendas de discos. Las carpetas de prensa circulaban por todas las principales revistas de música y entretenimiento. La industria estaba excitada por IMG Music. Reproducciones del primer sencillo fueron entregadas a las estaciones de radio de todo el país. Los pinchadiscos, intrigados por la cubierta del álbum, empezaron a tocar la pieza casi inmediatamente. La reacción del público fue mejor de lo que se podía imaginar. Las peticiones no paraban. ¿Quién era esta cantante? ¿De dónde venía? El público iba en manada a las tiendas de discos, buscando la versión bailable de "Si no te puedo tener".

MTV estrenó el vídeo, y antes de que nadie pudiera pestañear, el disco de Violeta, *Isis,* alcanzó el número uno. Era increíble. El champán corría por IMG Music con este éxito. Hasta ahora habían protegido a Violeta del asedio de la prensa para crear curiosidad sobre la artista. Ahora ya era tarde—todo el mundo quería a Violeta.

Ella no estaba preparada para la envergadura de lo que le

iba a pasar. Para aquellos que llevan en la industria mucho tiempo, la transición es gradual, aunque sigue siendo duro. A Violeta la estaban empujando a una piscina llena de tiburones desde un trampolín. Belén, la vicepresidenta de Comercialización, hizo arreglos para que supiera comportarse con la prensa. Los nervios de Violeta estaban empezando a perturbarla. Pero éste era el momento que había aguardado toda su vida.

—Manny —le decía en voz baja en la cama, despertándolo suavemente en la mitad de la noche— tengo miedo. —Manny se daba la vuelta para mirarla a la cara.

—Todo te va a salir bien, y estoy aquí para protegerte. Siempre estaré aquí para protegerte. —Él la agarraba y se la acercaba, y ella se cobijaba en su pecho, escuchando los latidos de su corazón, sintiéndose de nuevo segura.

Al mes siguiente el rostro de Violeta decoraba la portada de las más importantes revistas de espectáculos y de música. Las portadas decían, "Revive la música disco", "Vuelve la música bailable", "Conozca a la nueva diosa del sonido urbano".

Violeta viajaba actuando en los espectáculos mejores de noche y en los programas matinales. Tenía programado firmar su disco en las mayores ciudades. Miles de admiradores aparecieron.

Pronto llegó la hora de empezar a trabajar en el próximo vídeo para el nuevo sencillo del álbum *Me vuelves loca*. La idea de este disco era grabarlo en un club tipo Estudio 54, donde ella era la diva del disco. El rodaje fue estupendamente. Violeta se estaba acostumbrando al negocio y empezaba a valerse por sí misma. La habían contratado en *Saturday Night Live* como el número musical. Viajó a Nueva York con Manny. Se hospedaron en una serie de habitaciones en el Trump Plaza. Esa noche miró por la ventana desde donde se dominaba toda la ciudad con sus millones de luces.

"No me puedo creer mi suerte", se dijo a sí misma. "No me puedo creer que me esté sucediendo esto".

—Dentro de poco esto te parecerá normal —le dijo Manny, sirviéndola un vaso de vino—. Se convertirá en exactamente lo que es—un negocio, y éste es tu trabajo. Algo para lo que apareces —le entregó el vaso.

—Manny, ¿cuando crees que podemos empezar a trabajar en el próximo álbum? —le preguntó.

—Escúchate, ya hablas como una profesional. Querida, disfruta del éxito. Empezaremos el próximo dentro de poco tiempo. Vamos a lanzar un par más de sencillos y vamos a preparar un programa de conciertos.

—¿Conciertos?

—Sí, querida, conciertos. Tu subida en un escenario con miles y miles de enardecidos admiradores a tu alrededor.

—Violeta no tenía mucha experiencia en el escenario y nunca había dado un concierto con miles de personas. Tendría que aprender rápidamente. Sonó el teléfono y Manny se marchó para contestarlo, dejando a Violeta en el balcón, entretenida con sus pensamientos.

Estaba a la altura de las circunstancias, pero esto era algo increíble. Se estaba convirtiendo en una estrella. Ella sólo quería cantar algunas cancioncitas y hacer unos cuantos pesos. Y aunque deseaba que el público reconociera su talento, jamás pensó que pudiera sucederle. Por lo menos no como la estaba sucediendo. No contaba con la fama y la fortuna. El dinero empezó a entrar a raudales y ella dejó su pequeño apartamento en Coconut Grove y compró una casa grande en Key Biscayne, un dúplex a la orilla del mar. Siempre quiso vivir allí. A veces iba allí con su tío cuando él tenía que arreglar algún jardín, y cuando pasaba el puente ella se sentía como si estuvieran entrando al paraíso. A su tío Napoleón le regaló una casa estilo rancho al sur de Miami con diez acres de terreno y una camioneta con unas ruedas prominentes y enormes. También era generosa con las amistades que siempre la habían apoyado. A Betty le compró un coche descapotable azul eléctrico y a Lucy un pequeño Miata rojo que hiciera juego con su diminuto tamaño. Se sentía bien comprando estos regalos a sus amigas. ¿De qué servía ser bendecida con buena suerte si no la compartiera?

Era sábado por la noche y Violeta iba a participar en *Saturday Night Live*. Habían sido unos meses enloquecedores, pero aquí estaba ella, trabajando en este conocido programa cómico que había visto durante su juventud. Cantó ambos sencillos. El público se volvió loco, bailando en sus asientos. Vislumbrado su talento cómico durante los ensayos, la pidieron que participara en una de las piezas, interpretando a una cajera que masca y hace globos con el chicle. Después de su experiencia en Piggly Wiggly, el papel le salió redondo, ganándose aun más la aprobación del público. Ya se hablaba de que podría hacerse actriz. A veces todo iba demasiado rápido. Manny le prometió que se darían un descanso antes y después de la gira de conciertos.

Se vio en medio del tornado qué podía ser la atención de la prensa. La agarraban en un lugar y la soltaban en otro, una y otra vez. Era una entrevista tras otra. No podía ir a ninguna parte sin escuchar su canción en la radio o ver su foto en las revistas. Las cosas que disfrutaba hacer, como ir al cine con sus amigas, se volvieron imposibles. Se estaba convirtiendo en una gran estrella. Había perdido el anonimato. Dina, la chica que le hacía el pelo y el maquillaje, era su confidenta en esa temporada de locos cuando sentía que no podía hablar con nadie.

—Escucha —le decía Dina con la confianza en si misma de quien ha pasado por todo—, tu problema es muy sencillo. Quieres seguir siendo tú, pero se está volviendo muy difícil porque quieren que seas diferente de lo que realmente eres. Te sientes como si estuvieras en un escaparate. Te pagan mucho dinero por lo que haces. Supéralo, querida. ¿Preferirías estar escaneando víveres?

Violeta sabía cuál era la respuesta a esa pregunta. Obviamente no quería volver a eso. Parte de ella quería darse una patada por quejarse de esta forma. Dina tenía razón. ¿Cuántas personas no harían cualquier cosa por estar en sus zapatos? "Aprende a disfrutar. Te sientes demasiado culpable. Disfrútalo".

Las palabras de Dina la perseguían. *Disfrútalo. Disfrútalo. Disfrútalo.* Pero es que a ella le parecía como si la mayoría del tiempo estuviera fingiendo. ¿Cuándo podría grabar su música?

El sello discográfico Downtown se había convertido en un éxito. A través de los conciertos y las giras, el idilio de Manny y Violeta continuaba tan apasionado como siempre. Habían viajado por todo el mundo—París, Milán, Madrid, Londres, Tokio. También viajaron por toda Iberoamérica—Buenos Aires, Santiago, San Paulo—dejando Ciudad de México como su última parada. Sus carreras se dispararon. IMG salió a la bolsa como habían planeado, y Manny Becker era más rico de lo que se pudo soñar jamás.

Como Manny la había advertido una vez, el ritmo de las cosas y el tratamiento de estrella la iba a hacer que diera las cosas un poco por hechas. De repente, una vista de la puesta de sol sobre Tokio no era nada especial. Los hoteles, uno más lujoso que el otro, eran todos iguales. Le preocupaba descubrir que en las fiestas los famosos y las celebridades que había admirado siempre tampoco eran nada especiales. En verdad. Echaba de menos a sus amigos.

La única vez que Violeta era feliz era cuando estaba en el escenario. Nada la había hecho sentirse tan bien como la noche que cantó en Ciudad de México. El recinto estaba todo vendido. El público se sentó afuera del estadio en las aceras de la calle sólo para escucharla. Los mejicanos que encontraba por la calle y hasta los empleados siempre estaban tratando de regalarla cosas—flores, regalos hechos a mano, artículos religiosos. Hacía mucho tiempo que no visitaba Méjico. Le trajo memorias tristes de su familia. Pero la noche de su actuación el teatro se vino abajo. Interpretó las canciones de su álbum. Y también cantó como un tributo a sus padres muchas de las canciones que ellos habían preferido. Se vistió con el típico traje de ranchera e invitó a una orquesta de mariachis a que tocaran con ella sus trompetas, violines y guitarras. El público mejicano se conmovió. La actuación alcanzó su punto más álgido cuando el famoso cantante mejicano Alejandro Fernández, hijo del famoso Vicente Fernández, subió al escenario en una improvisada y sorprendente actuación y cantó varias melodías a coro con ella.

Ernesto Contreras, el magnate de la firma discográfica LA Music en Sudamérica, estaba entre el público y observó la reacción de la gente. *¿Qué hacía esta muchacha cantando canciones de disco?* Pensó para sí. Debería estar cantando canciones de amor en castellano. Haría algunas llamadas telefónicas.

Cuando terminó el espectáculo, Violeta recibió una estruendosa ovación que casi duró un cuarto de hora. Nunca se había sentido así de orgullosa. Para celebrar el final de la gira, Manny alquiló el restaurante Candelabra en la famosa calle Insurgentes de Ciudad de México. Era un bello restaurante construido como la hacienda de un ranchero. Tenía una terraza con frondosos árboles y abierta al firmamento, y había una rústica escalera de madera que conducía a un comedor más formal. Las paredes estaban pintadas de color teja, y el arte que decoraba las paredes era de artesanos locales. Violeta estaba fascinada con el trabajo de madera de las caras querubines, las famosas "angelitas".

Todo el grupo bailó, bebieron tequila y comieron la comida más sabrosa mejicana representada por todas las regiones de Méjico. Cada estado en este enorme país de Méjico tenía sus platos típicos de la misma forma que la tradicional cocina del sur de los Estados Unidos es diferente de la de Nueva Inglaterra. Había platos de Campeche, Chihuahua, Oaxaca, Jalisco y Veracruz. Violeta disfrutó con Manny de los calamares rellenos en su tinta, un delicioso plato de mariscos de Veracruz. Manny Becker por fin comprendió lo que significaba comida auténticamente mejicana. Era un deleite culinario, absolutamente exquisitamente preparado.

—Ahora —dijo Violeta con todo su personal y equipo—. Permítanme que les enseñe lo que es la tequila, el más famoso embajador de Méjico. —Pidió una botella de Porfidio, una de las mejores tequilas. Aunque Cuervo era la marca conocida más antigua, hay muchas casas especializadas que producen una excelente tequila de gran calidad agave azul. Porfidio y Don Julio son dos de las más conocidas.

—El monte de la tequila es un volcán extinguido y en sus laderases donde crece la agave azul. Sólo crece en Jalisco y Nayarit. —Violeta hablaba como si estuviera contando un secreto—. Ahora, por favor acompañen en un brindis a Méjico. ¡Todos, levanten el vaso! ¡Uno, dos, tres, que Viva Méjico! —Todos se dieron el trago de tequila.

Ernesto Contreras se encontró invitado a la fiesta y se preocupó de presentarse a Violeta. Era un hombre atractivo en sus cuarenta y era el cazatalentos de la división de Iberoamérica para LA Music. Se aseguró de acercarse mientras Manny estaba lejos.

—Violeta, déjeme felicitarla. Es una de las mejores actuaciones que he presenciado en mucho tiempo.

—Gracias —contestó, mirándole a los ojos.

—Me llamo Ernesto...

—Ernesto Contreras, sé quién es Ud.

—Oh, pues me da una alegría —dijo, acercándose un poco más.

—Claro que sé quién es. Ud. es el responsable de algunos de mis artistas favoritos.

—Bien, es gracioso que diga esto. Le he escuchado cantar hoy con Alejandro y pienso que tendría sentido que grabara un disco de canciones románticas en castellano. Sabe que le representamos. ¿Qué opina?

—Que es una gran idea. —Violeta ya había comenzado a traducir algunas de sus canciones al castellano. Se le iluminó el rostro ante la posibilidad de cantar en castellano—. Deberíamos hablar con Manny.

—Por descontado —dijo Ernesto, sonriéndole mientras admiraba su seductor aspecto.

Manny observó a Ernesto hablando a Violeta desde el otro lado de la habitación. La vio reírse y divertirse, pero se mosqueó. Se dirigió hacia ellos y con su encanto habitual se metió en medio de la conversación.

—Ay, Manny, estoy contentísima. Ernesto opina que sería una gran idea hacer un álbum de baladas en castellano.

—Oh, no sé, Violeta. Hay tantos artistas que han hecho eso; además, tu situación es estupenda para grabar un segundo disco como éste.

—Pero Manny, me dijiste que el segundo álbum podría contener más de mi música, y yo compongo baladas de amor. Hasta las he traducido al castellano. Me encanta la idea.

—Ya veremos, Violeta —le contestó, apartándola de Ernesto—. Erni, viejo amigo, si no te importa, hay varias personas a las que se la debo presentar.

—Cómo no —contestó Ernesto, levantando el vaso, sabiendo que no era la última vez que la vería.

Manny llevó a Violeta a un apartado por lo que parecía ser una regañina.

—No vuelvas a hacer eso.

—¿A hacer qué?

—A hablar así de negocios.

—¿Sabes qué? no me agrada tu tono.

—Pues más vale que te empiece a agradar. Violeta, podrías habernos comprometido de algún modo. Las relaciones en esta industria son muy especiales. Tienes que tener mucho cuidado con lo que dices o no dices. El momento no es el adecuado para grabar un disco en castellano.

—¿Qué sabes tú de para qué es el momento adecuado?

—¿Pero vamos a seguir hablando de lo mismo?

—Sí. Me dijiste que una vez que terminara con la promoción de este disco podríamos volver al estudio y trabajar en un proyecto más serio. Quiero grabar un disco de canciones de amor y te puedo decir que eso no es lo que tu estás pensando. ¿Verdad?

Manny no quería contestar la pregunta. Después de convertirse en uno de los mayores accionistas en IMG, sabía que tenía intereses creados en mantener altos los beneficios. Pensó que Violeta estaría satisfecha con la fama y el éxito que estaba logrando, y que abandonaría su idea de grabar un segundo disco de canciones de amor. Manny quería mantener la fórmula de éxito.

Ambos se fueron del restaurante y se encontraron de nuevo en la suite del hotel Four Seasons. Manny ordenó champán Crystal. Metió la mano en el bolsillo y sacó un anillo con un brillante que estaba esperando darla esta noche. Exhaló hondo. Violeta miraba la vista desde le balcón. Había visto tantas cosas increíbles desde los balcones de diversos hoteles por todo el mundo. Esta noche podía ver el castillo Chapultepec— el castillo que Maximiliano había construido para Carlota— una de las mayores historias de amor de la historia.

Manny se le acercó por detrás.

—Perdona —dijo. Violeta no contestó. Levaba un bellísimo vestido rojo que se ataba al cuello, mostrando sus perfectos hombros. La besó suavemente cada hombro mientras que enlazaba sus brazos alrededor de su cintura—. Lo único que quiero es que seas feliz.

—Ella cerró los ojos en su abrazo. La volteó y la miro a los ojos—. Te quiero—. Se besaron y él metió su mano en el bolsillo, buscando la cajita con el anillo de Tiffany—. Violeta, quiero que seas mi mujer. ¿Te quieres casar conmigo?

Violeta se quedó estupefacta. ¿Manny Becker proponiéndola matrimonio? Pensaba que nunca llegaría el día.

—Sí —le respondió, mirándole tiernamente a los ojos mientras él la colocaba la enorme piedra en su dedo. Hacía fresco y Violeta tenía el presentimiento de que había algo que estaba previniendo que este momento fuera totalmente perfecto.

Capítulo 11

Manny y Violeta se quedaron unos días más en el hotel Four Seasons para celebrar su recién estrenado compromiso. Disfrutando de su pasión, Violeta y Manny se pasaron toda la mañana retozando. Él la hacía cosquillas en los pies y ella le daba un masaje en la espalda. Llenaron el jacuzzi y se metieron los dos dentro para relajarse.

—Manny —dijo ella, mientras él la abrazaba por la cintura—. Me gustaría ver mi antigua casa—visitar el pueblo. Hace veinte años que me fui de casa.

—Vale. Seguro, hagamos eso.

—¿Vendrás conmigo?

Aunque a Manny le preocupaba su apretado plan de trabajo en su país, imaginó que podría encontrar la manera de arreglar las cosas.

—Ay, Manny, sería estupendo. Gracias. Gracias.

Era sábado por la tarde y Violeta quería salir con Manny.

—Vístete —le dijo—. Te voy a llevar de compras.

—Estupendo —dijo Manny—. Ya sé lo que me espera cuando una mujer dice eso.

—¿Qué quieres decir?

—Que saque mi tarjeta platino de crédito.

—¿Pero es que alguna vez he sido así contigo? —preguntó ofendida.

—No, no lo has sido —le dijo, alcanzándola para besarla.

Violeta se puso una camiseta blanca con una una camisa de gasa blanca encima y un par de pantalones caqui. Se colocó la gorra de los Atlanta Braves y unas zapatillas de deporte. Manny se vistió con su camisa de golf de Tommy Hilfiger y unos pantalones de hilo. Violeta pidió al chofer que les llevara a la Zona Rosa para hacer las compras. Los sábados tenía lugar allí una exposición de antigüedades, y a Violeta le fascinaban las antigüedades. Había cosas tan interesantes. Violeta compró a su tío varias fotos antiguas de viejas glorias del cine mejicano. Él se emocionó mucho cuando luego las vio. Estaban Dolores Del Río, Marga López, Jorge Negrete, Joaquín Pardave, Rosita Quintana, Sarita Montiel, Sara García, Agustín Lara, Pedro Vargas y Silvia Pinar. Había pasado muchos fines de semana con su tío viendo El Cine Clásico y contemplando a estos famosos actores en películas como *Nosotros los pobres, Así es mi tierra, Tierra de pasiones, El jorobado, Allá en el rancho grande, Si Adelita se fuera con otro*. Estas películas mostraban la magia de Méjico, el romance, los sueños, las bellas mujeres y la música—esa gloriosa música.

También se compró un par de excelentes reproducciones de dos de sus pintores favoritos, Diego Rivera y su esposa Frida Kahlo. Aunque Violeta había ganado mucho dinero, todavía no tenía suficiente para comprar los originales.

—¿Esos dos no eran comunistas? —inquirió Manny.

—Esos eran artistas —contestó Violeta.

—Artistas comunistas.

—No hablemos de política. Eran unos genios. Me encanta el arte.

—Sí, pero —dijo Manny con un sincero mohín.

—Por favor, Manny, Picasso también era comunista. Además ¿tus abuelos maternos no eran de Barcelona? ¿No tienes en tu oficina reproducciones de cuadros de Picasso? —Manny se quedó callado.

—¿Tuviste que desilusionarme con Picasso? —preguntó él, perturbado por la revelación de ella.

—Los artistas tienen sensibilidades excéntricas —dijo ella, examinando las pinturas. Manny aceptó lo que decía.

—Supongo que tienes razón. —Recordó que un ejecutivo de IMG al que habían contratado recién salido del Wharton Business School contrató su primer acto, un popular conjunto de rock de Philadelphia llamado los Soldados Rojos. Nadie en IMG había oído hablar de ellos, pero en la cinta sonaban bien.

Arturo y Manny se encolerizaron cuando el grupo apareció en la sesión de grabación vistiendo camisetas con la imagen de Che Guevara. Che Guevara era el revolucionario comunista que ayudó a Fidel en la revolución. "¡Esto es una afrenta!" gritó Arturo. "Más de la mitad de mi personal son cubanos exilados o los hijos o hijas de exilados políticos cubanos, que dejaron su familia, su hogar, sus vidas para huir del acecho comunista. ¡Cómo se atreven!" Les pagó al contado y les echó del estudio.

Al grupo lo contrató, un año más tarde, el sello discográfico Epic. Epic les cambió el nombre y ahora se les conocía como Mercurio. Sus primeros discos alcanzaron ventas triples de platino.

El padre de Manny era un judíoalemán cuyos padres habían emigrado a Cuba durante la segunda guerra mundial. Se crió en Cuba y su familia vivía a tan solo una cuadra de la casa de la madre de Manny. Ésta era diez años más joven que el padre de Manny. El padre de Manny nunca hablaba mucho con su hijo, pero sí recordaba lo que le decía de su madre. "Tu madre, hijo, tenía una risa que hacía que el mundo se viera compasivo". Su padre estaba tan decaído de haber abandonado su negocio y de haber tenido que empezar de nuevo en este país, que nunca logró el éxito. Finalmente se dio por vencido y dejó los negocios. Manny odiaba a Fidel Castro, no tanto por razones políticas como por razones personales. De alguna incomprensible manera culpaba a Castro de no haber tenido a su padre. No podía remediarlo—como la mayoría de los cubanos que viven en los Estados Unidos, le resultaba difícil aceptar cualquier cosa que oliera remotamente a izquierdista. Violeta, por el contrario, aceptaba libremente todas las formas de expresión—aun aquellas que encontraba ofensivas.

Eligieron unos muebles juntos para el nuevo rancho de su tío e hicieron las gestiones para su envío. También pararon en La Ciudadela para ver el trabajo de los artesanos locales. Hasta Manny se divirtió. Violeta compró cerámica de Talavera, una cerámica tradicional mejicana del norte del país, en bellos azules, blancos y amarillos.

Cuando se cansaron de comprar, regresaron al hotel y el

conserje les consiguió dos boletos para viajar a Guadalajara. Violeta regresaba a casa.

Guadalajara era la misma y pintoresca ciudad que recordaba de su juventud. Su prima Margarita la recibió en el aeropuerto. Margarita y su familia ahora vivían en la casa familiar. Aunque Margarita era mayor que Violeta, se parecían mucho. Tan pronto vio Margarita a Violeta bajar del avión, la dio la bienvenida con un alegre. "¡Violeta! ¡Violeta!"

Violeta dejó las maletas y salió corriendo hacia los brazos de su prima. Hacía casi veinte años que no se veían.

—Qué bella estás —dijo Margarita, abrazando a Violeta fuertemente.

—Te he extrañado tanto —contestó Violeta. Se habían mantenido en contacto a través de cartas y postales, y Margaríta la había visitado en Macon para presentarles a ella y al tío Napoleón a su entonces prometido. Detrás de Violeta había dos criaturas con caras de querubines: Daniel y Daniela, los mellizos de Margarita.

—Ay pero, ¡mira aquí! —Violeta se agachó y levantó a cada uno en alto, abrazándolos—. Son comestibles.

Manny se mantuvo en segundo plano, esperando que Violeta lo presentara.

—Margarita, éste es mi novio, Manny Becker. —Manny miró a Violeta sin entender porqúe no compartía la noticia con Margarita. Violeta quería decírselo primero a Napoleón. Manny extendió su mano y besó a Margarita en la mejilla.

—Margarita, que placer conocerte. —A Margarita le pareció encantador y enseguida se percató de sus bellos ojos. A medida que se iban aproximando a la vieja casa a Violeta, se le iba encogiendo el estómago. Habían transcurrido tantos años. Pero estaba igual. Violeta subió por las escaleras de entrada donde ella y su padre se habían sentado tantas veces. Pasó delante de la puerta principal y recordó haber corrido por allí cuando era pequeña. La cocina donde su madre le preparaba el chocolate caliente estaba igual que como ella rememoraba. Ella se sentaba en la mesa de la cocina mientras su madre diluía pacientemente las duras onzas de chocolate en la leche. Un delicioso aroma impregnaba el ambiente. Entonces, su madre cogía cuadradillos de queso blanco y los echaba en el chocolate.

Violeta entró en su antiguo dormitorio. Todavía olía al jazmín de los árboles del jardín. Había pasado muchas noches cerca de la ventana tocando su guitarra.

—Duerme aquí en tu antigua habitación —dijo Margarita.

—Margarita, no quiero sacar a los niños de su cuarto.

—Violeta, tú eres de la familia; estamos felices de tenerte aquí. Manny y tú se pueden quedar el tiempo que quieran.

—Gracias, Margarita. Muchísimas gracias.

—Ah —dijo Margarita—, he encontrado algo que me gustaría mostrarte. —¿Recuerdas el terremoto del año pasado?

—Sí, sí, gracias a Dios que no nos pasó nada.

—Tuvimos mucha suerte. Las cosas se movieron un poco. Y algo cayó desde arriba del armario con el movimiento. Parecía algo que pertenecía a tu padre. —Sacó una caja de madera con un cerrojo y se la entregó a Violeta.

—Ay, Dios mío. ¿Que podrá ser?

—No me sentía cómoda enviándotela. Sabía que regresarías y entonces sería el momento de entregártela.

—Gracias, Margarita, gracias. ¡Ay, qué nervios me da abrirla! Voy a necesitar algo para abrir el cerrojo. —Margarita la entregó una abrecartas. Pero Violeta no conseguía abrirlo.

—Tengo miedo de romper la caja —dijo—. Veré si Manny puede abrirla más tarde.

—Hablando de Manny, es muy guapo. ¿Dónde lo encontraste?

—Él me encontró a mí.

—Habla bien el castellano. ¿De dónde es?

—Nació en Estados Unidos, pero sus padres son de Cuba.

Cubanos —repitió suavemente, como si fuera algo exótico—. Es un emparejamiento poco común.

—¿Por qué?

—Somos muy diferentes, ¿sabes?

—Margarita, no tan diferentes. Ellos cocinan arroz, nosotros cocinamos maíz, ellos beben ron, nosotros bebemos tequila. No es nada que haga temblar la tierra.

—Supongo que no —dijo Margarita, encogiéndose de hombros—. Pero de veras que es guapo.

—Sí, y además, muy buena persona.

—Me alegro por ti, Violeta —dijo Margarita, acercándose a su prima.

Violeta y Margarita bajaron y encontraron a Manny mirando un cuadro que había en la pared.

—¿Éste no es Bill Haley?

—Sí —contestaron Violeta y Margarita al unísono.

—Y el bebé que tiene en brazos soy yo —añadió Violeta.

—¿Tú? —Manny estaba sorprendido.

—Sí, yo. ¿Recuerdas que te dije que mi padre vivió en los Estados Unidos un tiempo por los años cincuenta, y que había sido músico?

—Sí, lo recuerdo.

—Bien, pues Bill Haley era su primo y tocó con su conjunto una temporada.

—¿Bill Haley era tu primo? —de nuevo Manny sonó sorprendido.

—Sí —Violeta y Margarita contestaron juntas de nuevo.

—El hombre que consiguió situar en primer lugar de las listas el primer disco de rock and roll—¿era tu primo?

—Sí —de nuevo Violeta y Margarita contestaron juntas.

—Vaya cosa —dijo Manny, frotándose la cabeza y mirando a Violeta.

—¿Por qué no me lo dijiste? Podríamos haberlo mencionado en la nota de prensa.

—No se me ocurrió —dijo ella, siguiendo a Margarita a la cocina.

—¿No se te ocurrió? —Mannny estaba confundido al mismo tiempo que sentía la sombra del destino pasarle por encima. Estaba emparentada con Bill Haley. Aquí estaba pasando algo cósmico, y por algún motivo él estaba en medio.

Manny conoció a Diego, el marido de Margarita, esa misma tarde. Era el encargado de una bodega del pueblo. Era un hombre muy trabajador y de buen carácter. Decidió organizar una fiesta para celebrar el regreso de Violeta, invitando a los vecinos y amigos. Quería organizar la fiesta esa misma noche, con sólo dos horas de antelación.

—Dime, Diego —empezó a decir Manny—. ¿Cómo vas a organizar una fiesta en un par de horas?

Todo el mundo se rió de Manny:

—¡Esto es Méjico! No necesitas antelación para organizar una fiesta. La música es la invitación.

La casa de la infancia de Violeta era como una pequeña hacienda tradicional. Tenía un par de patios decorados con numerosas luces blancas. Margarita dispuso varias mesas y sillas. Diego invitó a su amigo Claudio y a su grupo ranchero. En poco tiempo, la gente empezó a entrar por la puerta del patio con bandejas de comida—los tamales de libro y el chucumite eran las favoritas de Violeta. De postre algunas señoras trajeron cocada. Todo el mundo fue generoso con botellas de tequila y mezcal. Cantaron sus canciones rancheras favoritas, y Violeta se puso un gran sombrero mejicano, subió a una de las mesas y cantó una de las canciones favoritas de su padre, "El Rey", que hizo popular Vicente Fernández.

La multitud la animaba: ¡Arriba!

Más tarde todos se pusieron a bailar, y Manny se dio cuenta que la diversión podría durar varios días. Y así fue. Durante tres días la gente iba y venía a bailar, cantaba, contaba historias y chistes. A Manny se le ocurrió que aunque esta gente no era rica, disfrutaban de la vida de tal forma que hasta los millonarios podrían envidiarles.

Un invitado borracho se acercó a Manny, colocándole un brazo.

—¿Sabe cuál es el secreto de la felicidad?

—Pues, tengo idea. Aunque no estoy seguro.

—El secreto de la vida es una buena hamaca —rió el hombre—. Cuando estás tumbado en una hamaca no tienes problemas.

—Una hamaca, ¿eh? —Manny caviló sobre esto, tratando de seguir al borracho, que en parte tenía razón. El secreto de la felicidad siempre residía en las pequeñas cosas, como estar tumbado en una hamaca en una tarde fresca.

Las señoras hicieron turnos para bailar con Manny. No era

común recibir a un invitado americano tan guapo como Manny. Los hombres tomaron turnos para bailar con Violeta. Hacía tanto tiempo. Aunque se había marchado de muy pequeña, se la había echado de menos. Siempre trajo alegría al barrio con su música. También extrañaban a sus padres. Ellos siempre habían abierto las puertas de su casa para el que lo necesitaba. Los muchachos del barrio a menudo comían allí. Muchas veces era la única manera de comer caliente.

Manny miró a Violeta riéndose y cantando con sus amigos y familia. Estaba resplandeciente y en paz, de la forma que estás cuando sabes que estás en casa.

Capítulo 12

Había llegado el momento de regresar a casa y Violeta lloraba calladamente mientras hacía las maletas. No se había apreciado cuánto echaba de menos Méjico, y era difícil confrontar la memoria de sus padres. Se acercó a la caja que Margarita la había entregado y se la mostró a Manny.

—Pertenecía a mi padre —dijo solemnemente—. No puedo abrirla sin romperla.

—Conozco a gente en Estados Unidos que la pueden abrir.

—Ladrones.

—Un cerrajero. ¿Pero qué te pasa? —preguntó, advirtiendo lo nerviosa que estaba.

—Perdona, era un chiste muy malo. Supongo que estoy nerviosa por lo que pueda haber en la caja —dijo ella.

—Estoy seguro que es algo sentimental —algún recuerdo. Cosas que te encantaría tener de tu padre y madre.

—Supongo. Pero ¿por qué tuvo que esconderla tanto? Tuvo que haber un terremoto para que la caja viera la luz del día.

—Sospecho que quería guardarla en un sitio seguro y no tuvo la oportunidad de decirte dónde estaba antes de morir.

—Quizá. Vale, tendré que abrirla en Estados Unidos.

Violeta y Manny se despidieron de desconsolados parientes de Guadalajara. Prometieron regresar pronto. Violeta no dejaría pasar tanto tiempo entre visitas.

—La próxima vez traeré al tío Napoleón.

Intercambiaron fuertes besos y abrazos y les dijeron adiós en el aeropuerto antes de embarcar en el vuelo de regreso a Miami.

* * *

Pero una vez embarcaron y se sentaron en primera clase rumbo a Miami, algo preocupaba a Violeta, algo que tenía que ver con los instintos que tiene una mujer sobre su pareja. Sintió que a Manny le preocupaba algo. Lo veía como distante.

La realidad de regresar a casa y tener que meterse de nuevo en la onda del trabajo estaba empezando a inundarla. A Manny se le presentaría una situación difícil. Sería sólo una cuestión de tiempo antes de que Violeta le preguntara sobre el nuevo álbum. Tenía miedo de que ahora, como su futuro marido, ella esperara que él la iba a apoyar en el tipo de álbum que ella deseaba grabar. Ya había hecho un comentario al respecto durante una reunión el mes anterior, y le habían dicho que esa idea era mala para los beneficios. Después de tanta publicidad y éxito, Manny no quería perder cara en la industria. No quería tomar ningún tipo de riesgo.

—Cariño —se volvió hacia ella —deberíamos hacer arreglos para hacer una escapada a Nueva Inglaterra los dos solos. ¿Qué te parece? A los dos nos vendría bien un descanso después de esta gira. —Confiaba que el lugar fuera romántico, así la podría convencer de que el siguiente disco que grabara fuera de música bailable. Odiaba tener que tratar el tema de esta forma; quería ser directo. Pero temía que la verdad la haría demasiado daño. Se lo haría comprender poco a poco.

—Me encantaría —le contestó, tomándole el brazo. Ella quería que él se le abriera. No podía adivinar lo que le pasaba, pero estaba más entusiasmada que nunca. Pronto se casaría con el hombre de sus sueños y harían la clase de música que siempre había soñado grabar.

Manny abrió su ordenador portátil y terminó de redactar una serie de documentos que su secretaria enviaría más tarde. Preparó el borrador de varios correos electrónicos e hizo algunas llamadas telefónicas. Violeta no lograba entender por qué Manny no paraba nunca de trabajar. Raramente se distendía, y aun cuando se estaba divirtiendo, los negocios de alguna manera siempre estaban por medio.

—¿Por qué no haces eso más tarde? —le preguntó un poco molesta.

—Porque tengo millones de cosas que hacer. —Violeta se dio cuenta que no tenía sentido pelear. Se colocó los auriculares y empezó a ver la película. La alegraba que el viaje a Miami fuera corto.

Violeta estaba deseosa de dedicar algún tiempo a organizarse cuando llegara a Miami. La compañía discográfica había contratado una asistente para ayudarla con el ático y otros detalles mientras ella estaba fuera. Era increíble llegar a casa y tener las cuentas pagadas, el apartamento limpio, y la nevera llena de sus cosas favoritas. No había tenido realmente la oportunidad de disfrutar de su nueva casa. Manny se fue directamente a la oficina y le dijo que pasaría por allí más tarde. Violeta respiró hondo. Quería esperar un poco antes de decirle a nadie que se había comprometido. Su corazón le decía que aguardara. No le gustaba esa sensación.

Al rato sonó el timbre y un empleado le entregó un bellísimo ramo de rosas. Sonrió, pensando que serían de Manny. Pero al leer la tarjeta se sorprendió al descubrir que las flores eran de Ernesto, el productor discográfico que había conocido en Méjico. La tarjeta decía, "Cuando estés lista, llámame". Escondió la tarjeta con cuidado y colocó el arreglo floral sobre encima de la repisa de mármol.

Durante toda la tarde se sentía muy inquieta. Manny la telefoneó para decirla que no podría pasar por allí esa noche. Tenía reuniones hasta tarde y se iría directo a casa. Violeta llamó a Lucy y Betty para invitarlas a que la visitaran. Las había echado de menos.

Violeta se cambió de ropa, poniéndose un par de vaqueros viejos que había comprado de rebaja en el Ejército de Salvación y un cómodo jersey. Era la ropa con la que siempre se había vestido antes de la de lujo que su nueva riqueza le permitía. Se quitó el maquillaje y se recogió el pelo en una coleta. Se miró al espejo, y por primera vez en mucho tiempo, se reconoció a sí misma.

Betty y Lucy llegaron cargadas con una pizza de Nino's. Violeta las abrazó y las invitó a entrar.

—¡Chicas, son el bálsamo de mis ojos—no saben cómo les he extrañado!

—Y, ¿cómo está la dama rica y famosa? —inquirió Betty, mordiendo la pizza.

—Callate —dijo Violeta—, no tienes idea de lo agradable que es estar en casa con Uds. dos.

—Ahora tendrás tiempo para descansar, ¿no? —preguntó Betty.

—No lo sé. Están hablando de grabar el segundo álbum, y eso me alegra. Voy a poder grabar mi propia música —dijo Violeta, saboreando un pedazo de pizza—. De veras que he extrañado la pizza de Nino's. ¿Cómo anda Nino?

—Tiene un cartel tuyo de tamaño natural en el negocio, y anda diciendo que él fue quien te descubrió.

—Ese Nino —dijo Violeta, alcanzando otro pedazo.

—¡Pero qué es esto! —Betty atisbó el resplandor que provenía de su dedo—. ¡Ay, Dios mío! Mira tú eso. —Le agarró la mano a Violeta y mostró el anillo a Lucy.

—Escuchen, chicas. Pero por favor no lo cuenten—Manny me ha pedido que me case con él.

—¡Te ha pedido que te cases con él! Las chicas empezaron a alterarse, imaginándose en la boda ataviadas con trajes de tafetán rosa—. ¿No estás felicísima? ¿Por qué no dices algo?

—No sé, chicas. Primero quería comunicárselo a mi tío y, bueno, es que ahora Manny ha empezado a actuar de una forma muy extraña. No lo puedo describir. Pero no para de trabajar. Estaba muy centrado en mí, pero ahora estoy confundida. No sé si me quiere por el disco o por mí misma. Adora su trabajo, saben, pero es demasiado.

Lucy y Betty querían comprenderla, pero no podían. Violeta vivía como en un cuento de hadas muy distinto a sus propias vidas. No podían concebir que su mayor queja fueraque su novio, el millonario productor de discos, trabajara demasiado.

—Violeta, todo el mundo trabaja demasiado —dijo Betty.

—¡Seguro! —concretó Lucy.

—No sé. Pero de donde yo vengo uno trabaja pero también disfruta de la vida. Buscas tiempo para pasear, comerte un helado, corretear con tu perro en el parque, merendar a la orilla del río, tomar una pizza con los amigos, ¿saben?

—Sabemos —dijo Betty, y las dos se la acercaron para abrazarla.

Las chicas se quedaron con ella los tres días siguientes mientras Manny viajaba a otras ciudades por negocios. Violeta había decidido que se iba a divertir.

La disfrazaron, vistiéndola deportivamente y haciendo cosas tontas. Betty la llevó a una reunión donde un grupo de comercialización estaba tratando de vender su línea de vitaminas. Nadie la reconoció mientras trataban de venderla las vitaminas. Se fue a su perfumería predilecta para comprar sus esmaltes de uñas favoritos, como solía hacer para contentarse los días de pago. Visitó a Napoleón y le preparó su comida favorita, chiles rellenos, de una receta que le había dado unos amigos en Méjico. Manejó por Miami en su nuevo carro, un BMW de lujo, y nadie la reconoció. Eran las cosas que precisaba hacer para recuperarse del estrés del último año.

Todo este tiempo aguardaba el regreso de Manny para irse a Nueva Inglaterra. Quizá entonces se pudiera acercar a él y averiguar que le estaba pasando. Ella sentía como si le estuviera ocultando algo como si la estuviera marginando. Pero por el momento disfrutaba pasear por la ciudad y ser, otra vez, la de siempre.

Capítulo 13

Manny no podía evitar trabajar duro. No sabía trabajar de otra manera. Cuando su padre se retiró, se vio agobiado con una tremenda sensación de responsabilidad. Haber crecido en una familia inmigrante tampoco le ayudaba—siempre existía el temor de que si no acumulaban todo lo que podían mientras podían, perderían la oportunidad y podrían perderlo todo en cualquier momento. El único propósito de la vida de Manny era trabajar. Y aunque ahora tenía más dinero del que podía haber soñado posible, se veía propulsado a ganar todavía más. Durante su visita a la familia de Violeta en Méjico, casi pudo relajarse y disfrutar de un ritmo de vida más pausado, pero de regreso al trabajo, era otra historia. Era como un adicto que volvía al vicio.

Ahora que había logrado el éxito del sello discográfico Downtown, necesitaba, además de continuar con Violeta, buscar nuevos artistas. Y tal como se había imaginado, su peor temor se había confirmado. La propuesta de grabar las composiciones de Violeta en el próximo disco que había presentado no había sido bien recibida por los otros ejecutivos. Como Manny tampoco estaba convencido, su presentación había sido poco convincente. Y ahora no sabía cómo darle la noticia a Violeta. Pensaba que el viaje a Nueva Inglaterra y los planes de matrimonio la distraerían del inevitable desengaño que experimentaría.

Pidió a Vilma, su secretaria, que hiciera las gestiones para alquilar una atractiva casita a la orilla de un lago. Cuando aterrizaron en Maine, disfrutaron del paseo en coche por el campo hasta llegar a su recóndito chalé. Siempre que Mannny miraba a Violeta la veía maravillosa, aun cuando estaba haciendo las cosas más comunes como era mirar por la ventana del coche.

—Estás muy callada. ¿Té pasa algo, cariño? —dijo, tomándole la mano.

A Violeta le alivió la pregunta. Quería decirle de una vez todas las cosas que le estaban preocupando. Primero, que él estaba tan ocupado, segundo que no estaba tomando su música en serio, y lo que era todavía peor, que se desentendía cada vez que hablaba de estos temas. Pero a punto estaba de tener el valor para sacar todo a la luz. Era el lugar perfecto, estaban juntos, paseando en coche en un bello paraje. Era el momento.

—Manny, es que...empezó a decir cuando sonó el móvil de él.

—Diga —respondió Manny, alcanzando instintivamente el teléfono—. ¿Cómo? No, no, eso estaba programado para la semana entrante. Van a tener que esperar. Sí. Pues, no puedo estar allí para firmar los contratos. Sí, no puedo. No, estoy de vacaciones. Vale, entonces envíamelos al chalé. Estaré allí en veinte minutos.

Violeta miró a Manny con asco. Esperó a que colgara.

—¿Pero qué demonios te pasa?

—¿Qué quieres decir? —Colocó el teléfono cerca del él en el centro de la consola.

—Manny, trajiste tu móvil, y has hecho que instalen un fax en el chalé. ¿No me dijiste que éste iba a ser un fin de semana romántico?

—Violeta, lo será. Pero no quiero que me molesten si hay alguna emergencia. He traído estos aparatos para poder solucionar cualquier problema que pueda ocurrir. Te prometo que voy a ser bien cariñoso contigo. Acércate. —La alcanzó y le puso un brazo alrededor.

El chalé estaba situado en un cerro cerca del mar. Tenía un jardín con flores y una amplia pradera. En el porche de atrás de la casa había un columpio de madera, igual al que había en la casa de su tío. La idea de pasar el fin de semana allí puso a Violeta en seguida de buen humor.

Violeta sacó las cosas de su bolsa y se cambió, mientras tanto Manny preparaba la cena especial que la prometió. La nevera del chalé estaba bien surtida con productos de Marty's, una pescadería y restaurante cercano. Antes de duchar y cambiar Violeta, Manny había puesto una bella mesa con velas en la terraza.

Manny había preparado una sopa de almejas, pescado con espárragos y una patata rellena, y hasta había cocinado un flan de Kahlua, siguiendo cuidadosamente la receta de Violeta.

—Manny, todo está precioso. Mil gracias.

Se acercó a ella y la besó dulcemente.

—Sé que algo está pasando entre nosotros, Violeta, y quiero arreglar las cosas. Dime, ¿de qué se trata?

—Manny, para empezar estoy preocupada de que trabajes todo el tiempo. ¿Es así como va a ser nuestra vida?

Era un tema que Manny no quería abordar. Estaba en su mejor momento profesional. Amaba el negocio y no estaba dispuesto ni a abandonarlo ni a reducir el ritmo. Necesitaba sentir que estaba completando su potencial.

—Violeta, te quiero. Nuestro futuro va a ser bello, te lo prometo. —La sirvió un poco de ensalada—. ¿Te gusta?

—Todo está delicioso —contestó, sonriendo. Disfrutaron de la cena a luz de las velas, y después él la cubrió con una manta y fueron a dar un largo paseo por la orilla del mar. Se abrazaron mientras la brisa del mar les acariciaba. Violeta se quitó los zapatos para sentir cómo las olas acariciaban sus pies. De vuelta al chalé, se sentaron en el porche y se columpiaron y se abrazaron.

—A veces siento tanto miedo —confesó a Manny.

—¿Por qué? todo nos está saliendo a pedir de boca.

—Manny, es precisamente eso. Da miedo. A veces quiero escaparme a algún lugar y esconderme. Como aquí, quedarme aquí para siempre y nunca regresar. Este lugar es bellísimo. Podríamos quedarnos aquí sin más —dijo, apretándose contra él.

—Ahora dices esto, pero pronto echarías de menos la falta de actividad. Le ocurre a todo el mundo.

—No creo que eso sea verdad —dijo Violeta—. El dinero y la fama no lo son todo.

—No, no lo son cuando los tienes —declaró Manny con una carcajada—. Cuando era un jovencito, acostumbraba a ver a estos grandes productores manejar hasta las puertas de los clubes con sus ostentosos coches y parejas y todo el mundo se callaba y decía en voz baja, "Mírenlos. Debe ser alguien importante". Me impresionaba tanto. Quería ser alguien como ellos. ¿Qué sabía yo? Era tan solo un niño. A medida que me metí en el negocio me di cuenta de lo corrupto que podía ser. Y decidí que si algún día triunfaba, sería diferente. Sería todo por la música. No puedo estar alejado demasiado tiempo.

—¿No deseaste nunca poder cantar?

¿Quién, yo? Seguro, pero es como querer volar. No puedo cantar aunque quisiera.

—Creo que sí puedes. ¿Por qué no me cantas algo? —le preguntó—. Quiero escucharte cantar.

Manny rió ante su sugerencia.

—En serio —dijo ella. Caminó hacia un pequeño aparato estéreo y buscó hasta que encontró una radio que tocaba música suave. Entonces se dio la vuelta y se acercó a Manny. La canción que estaba sonando era "Cuando un hombre ama a una mujer".

—Es una de mis canciones favoritas —explicó ella.

—Entonces sí que no quieres que la cante.

—Vale —sonrió Violeta—. Entonces baila conmigo. —Allí bajo el cielo nocturno los dos bailaron solos en el pórtico sin nadie a su alrededor en millas. Manny olfateó el aroma de su cabello y la sintió muy cerca de él. Cerró los ojos sintiéndola en sus brazos y le cantó una canción al oído.

Cuando terminó la música, él la seguía abrazando. Violeta le miró a los ojos y vio la profundidad del azul océano y a un hombre por el que se sentía apasionada. Manny la acarició el rostro de gitana de ojos pardos—era un espíritu libre, un llama creativa fuerte pero también frágil. Quería estar siempre ahí para protegerla. Para quererla siempre. Se agachó para besarla. Fue un largo y lánguido beso que prometía una eternidad. Violeta sintió su calor en el aire fresco. Un beso que casi la dejó sin respiración.

—Te quiero tanto —le dijo, retirándole suavemente el pelo de la cara.

—Yo también te quiero mucho —susurró mientras se abrazaban de nuevo. La cogió en sus brazos y la llevó a través del comedor y de las puertas francesas al dormitorio. Su corazón latía rápidamente mientras él se apresuraba por llegar. Se rió cuando él casi se cayó, pero se sentía segura en sus masculinos brazos.

La colocó sobre la cama y con una risa irónica le dijo.

—Voy a hacer contigo lo que quiera. —Le quitó la ropa, inhalando el aroma de su exótico perfume. Adoraba disfrutar del sabor y calor de su cuerpo mientras la besaba, y poco a poco sintió cada centímetro de su cuerpo. Qué delicioso se sentía. Ella gimió ligeramente y él le cubrió la boca con otro beso. Sus manos continuaron explorándola, subiendo sus dedos por encima de sus muslos. Ella arqueó la espalda y su cuerpo se tensó con el deseo. Él la hacía sentir tanto. Estar con él era siempre perfecto. En su mente, podía escuchar las canciones de amor de todos los tiempos, cada poesía, cada carta de amor, como si todo estuviera escrito para ellos, como si este sentimiento sólo hubiera existido ahora y entre ellos dos. Jamás había podido imaginar lo que se había perdido. Estos sentimientos que sentía cuando estaba en brazos de Manny la hacían sentirse ligera de peso, como si existieran en otra dimensión, en otro lugar. Como en un sueño en algún paraíso celestial.

Manny no podía aguardar poseer a Violeta. Admiraba la belleza de su cuerpo desnudo delante de él. Ella rápidamente le sacó la ropa y Violeta como de costumbre sonrió ante la visión de él delante de ella. Era tan fuerte, tan muscular, tan guapo. Parecía una estatua griega que hubiera cobrado vida. Violeta alcanzó por encima de la mesilla de noche y sacó un preservativo del cajón. Lo extrajo del envoltorio y lentamente se lo colocó, tentándole. Él la levantó casi sin esfuerzo y la colocó encima de él. Su espalda de nuevo se irguió al sentir una vez más la rigidez que la penetraba. Sus empujes la llevaron a unas cimas emocionales inconcebibles. Ella gemía con placer y éxtasis mientras sentía como su cuerpo se estrechaba con el de él. Sintió como un fuerte chillido se le albergaba en el pecho al tiempo que sus cuerpos alcanzaban juntos las más altas cimas del placer, gritando al unísono, sintiendo la inesperada intensidad de la liberación final. Ella se desplomó en el pecho de él, sintiendo el latir de su corazón y la ligera humedad de su sudor. Él la besó en la frente y se la arrimó.

—Eres demasiado —le dijo, acercándosela.

Ella sonrió y albergó su cabeza en su hombro. —Vaya par que somos, ¿eh?

Sus dedos le retiraron un mechón del pelo del rostro y ella se durmió mientras él la contemplaba—su ángel de pelo negro.

Violeta se despertó a la mañana siguiente, salió fuera de la casa y cortó algunas flores. Iban a ir al pueblo a comprar antigüedades. Estaba muy ilusionada. Durante el último y alocado año no había tenido ni un minuto para disfrutar el montar una casa para ella. La mayoría de lo que había traído de Méjico eran regalos. Quería mirar cosas y elegir sus propias cosas para su propia casa, en especial ahora que tenía el dinero para comprar las cosas que antes sólo podía soñar.

Manny aún dormía, y Violeta preparó un café par ambos y salió al patio de atrás a escribir música. Había traído su guitarra. Percatándose del estéreo, metió un cassette y decidió grabar sus canciones como hacía cuando era una niña. El sol salió en el horizonte y le quitó la respiración. Por lo menos la salida del sol todavía la importaba. Por fin podía quedarse quieta lo suficiente como para fijarse y apreciarlo.

Manny se despertó al olor del café y escuchó la voz de Violeta que venía de la terraza posterior. Se sirvió una taza y caminó hasta la red de la puerta, sujetando la taza de café y vestido con su pantalón de pijama. Sus canciones sonaban diferentes. Había un toque de folklore y algo de música country. Sonaba muy bien. Pero como ejecutivo que era, Manny sabía que la música del momento era la música de baile con fuerte ritmo latino. Violeta entendería si esperaban un álbum más antes de presentar sus propias composiciones. ¿Por qué estaba preocupado? La mujer de sus sueños estaba ahí con él. Estaban disfrutando. Claro que ella comprendería. Debería sacar el tema a colación.

Caminó hacia ella y le besó la mejilla.

—Buenos días —dijo ella, colocando la guitarra en el suelo para saludarle.

—Buenos días, amorcito. Te levantaste temprano.

—Quería ver la salida del sol.

—Ya veo —le dijo, sentándose a su lado—. Sonabas muy bien.

—Gracias. Sabes que este intervalo me ha venido muy bien.

Se ha desatado mi energía creativa. Estoy impaciente por empezar a trabajar en mi próximo álbum.

—Sí, quería hablarte precisamente de eso. Quizá podríamos grabar un par de tus canciones. He estado hablando con los otros ejecutivos y todos están de acuerdo con que es pronto para grabar un disco con sólo tus canciones. Son demasiado diferentes a las del primer álbum y esto confundiría al público.

—Pero Manny, me dijiste.

—Lo sé. Lo sé, pero ¿qué te puedo decir? No tiene sentido intentarlo tan pronto. Tenemos una formula que funciona. —Violeta no podía creerse lo que estaba escuchando.

—Es que ni lo has intentado.

—Claro que sí.

Violeta se levantó de las escaleras.

—Manny, tú eres el jefe del sello discográfico. ¿Me quieres decir que tu opinión no cuenta?

—¿Me estás pidiendo que utilice mi influencia?

—Sí, si es que de veras crees en mí. Además, espero que pelees por mí. —Él se quedó callado.

—Ya veo. No crees en mí. Sólo quieres que haga otro disco de música de baile.

—Violeta, sólo te estoy pidiendo que esperes.

—Me has engañado.

—No te he engañado. Te dije que lo intentaría y así fue.

—Seguro —ella empezó a caminar hacia el dormitorio.

—Violeta, no seas así. No me puedo creer tu reacción —él la siguió.

—Manny, no crees en mí.

—Escucha lo que estás diciendo. Tienes una carrera de éxito. Tienes millones de admiradores que esperan el tipo de música que has cantado. ¿No te das cuenta lo afortunada que has sido en llegar hasta aquí? ¿Por qué estropear algo bueno? Violeta, estás siendo tonta. Una soñadora tonta.

No podía dar crédito a sus oídos. Él sabía que había cometido un error en el momento que lo dijo.

—¿Que soy una soñadora tonta?

—No.

—Acabas de decirlo.

—Me estabas enojando. No estabas escuchando.

—Lo has dicho. Manny, ¿qué significo para ti?

—Violeta, te quiero. Por favor escúchame. —Violeta sacó su valija del armario, empacó sus cosas rápidamente y salió por la puerta.

—Aquí tienes tu anillo. El compromiso está roto. Sabía que iba a terminar así. Manny, es el dinero. Te olvidaste de las razones por las que entraste en este negocio. Me has defraudado. Me llevo el carro. Estoy segura de que puedes conseguir un taxi.

Colocó su bolsa en el maletero y se subió al coche sin decir una palabra. Salió disparada de la calzada y se dirigió al aeropuerto. Manny no podía creer lo que acababa de ocurrir. Dio un portazo, se desvaneció en el sofá y miró al techo.

Capítulo 14

Violeta Sandoval decidió recuperar su vida. En los próximos meses iba a hacer inventario de su vida. Iba a disfrutar de su hogar. Iba a disfrutar de sus amigos y su familia e iba a terminar de escribir las canciones que iba a grabar—con o sin Manny Becker. A fin de cuentas con IMG Music sólo había firmado un contrato por un álbum. En aquel entonces todo estaba en el aire y no querían comprometerse nada más que al primero. Qué tontos que eran. Violeta ahora estaba libre para negociar su próximo trabajo. El problema con IMG era que eran los propietarios de los derechos de todo lo que contenía el álbum Isis.

Violeta fue a visitar a su tío Napoleón. Estaba muy feliz de volverla a ver y le dio un cálido abrazo.

—¿Qué te pasa, hija?

Le miró la cara y vio que había algo que estaba muy mal.

—Tío, he peleado con Manny. Me pidió en matrimonio pero al poco tiempo nos peleamos y no tuve la oportunidad de decirle lo del compromiso. Sabía que había algo que no estaba bien.

—¿Pero, ¿qué pasó? El chico parecía muy enamorado de ti.

—Tío, estoy tan confundida. Él me mintió. Dijo que estaba interesado en mi música pero no era así. Sólo le interesaba que grabara discos de música bailable, y yo quiero grabar mis propias composiciones. Es como si todo se hubiera torcido. No es como me lo imaginé —suspiró tristemente.

—Hija, quédate aquí como en los viejos tiempos. Tu corazón te dictará lo que debes hacer. —Violeta se dio cuenta de una señora que trabajaba en la cocina.

—Tío, ¿hay alguien aquí?

—Ay va, se me olvidó, Elena, acércate por favor. Quiero

que conozcas a mi sobrina, Violeta. —De la cocina se acercó una bella dama madura con pelo negro azabache, parecido al de Violeta, recogido hacia atrás—. Elena es una estupenda señora que conocí en la iglesia. Esta noche nos preparará la cena.

—Ah —dijo Violeta, un tanto perturbada. En todos estos años, ella había limpiado y cocinado para su tío, y en cuanto se fue, encontró a alguien para que le haga estos menesteres. Violeta se topó con la realidad de que quizá durante todos estos años él no la había necesitado tanto como ella creía. Todo ese tiempo ella podría haber hecho otra cosa con su vida en lugar de velar por su tío. Se había convencido a sí misma que era su deber. Entonces entendió por qué Napoleón pensaba que ella necesitaba un marido como Ramón. Napoleón estaba convencido de que a ella le daba miedo estar sola y tenía miedo de tomar riesgos. De muchas formas tenía razón.

—Hola, Señorita Violeta —dijo, extendiéndole la mano—. Encantada de conocerle. Espero que le guste lo que he preparado.

—Estoy segura que me gustará —dijo Violeta con una sonrisa. Estaba contenta de ver a su tío feliz con otras personas.

Violeta se sentó a cenar con ellos y disfrutó de un delicioso plato de pollo con mole. Resultó que Elena era muy animada. Se pasó toda la cena contando chistes y Violeta notó el brillo en los ojos de su tío cuando ella le miraba. Era agradable de ver. Resultó que Elena había sido bailarina profesional de flamenco. Violeta se sorprendió agradablemente. Era algo que siempre había querido hacer.

—Ay, querida —dijo Elena, —es muy fácil para una persona joven como tú.

Movió a un lado la mesa de centro en la sala y se puso a enseñarle algunos pasos. Violeta la seguía. Al principio era un poco complicado, pero al rato sus pasos se volvieron más afilados y definidos.

—Elena, ¿crees que me puedes enseñar?

—Pues claro que sí. Se ve que tienes potencial. Me encantaría hacerlo. —A Violeta le hacía ilusión aprender el baile tradicional de las sevillanas. Pensó que sería divertido incorporarlo como coreografía a algún vídeo.

Se sentía tan bien de estar de regreso en casa, que decidió quedarse con Napoleón en la casa durante algún tiempo, mientras decidía qué hacer con su vida. Dejó que sus amigas Lucy y Betty se quedaran en su ático en la costa. Quería hacer algo por sus dos amigas que siempre la habían apoyado desde el principio, e invirtió en comprarles a ambas una tienda de cosméticos en la playa. Con su auspicio de la línea las mujeres querían todas comprarla. Fue una empresa con éxito, y Lucy y Betty estaban contentas de estar lejos de Piggly Wiggly y de Norma.

Lucy y Betty eran las dos únicas verdaderas amigas que tenía Violeta. Había gente nueva que le caía bien, pero muy pocos en los que realmente confiara. Ambas Lucy y Betty encontraron dos buenos novios, y a Violeta le parecía que ella era la única que no tenía a quién amar. Estaba convencida que había perdido a Manny para siempre. "No importa", se decía para animarse. Después de lo que había pasado, pasaría algún tiempo antes de empezar a salir con otros hombres. Sin embargo, no podía sacarse a Manny de la mente. Todavía lo veía con el pecho desnudo y fuerte, corriendo tras ella en ese camino de polvo en Maine. Lo extrañaba, pero él la había herido profundamente. Ella había creído que si había alguien que apreciaba sus sueños y creía en ella era él, y la había decepcionado.

En las noches solas lloraba a menudo. El único hombre que había querido se había esfumado de su vida y no sabía cómo olvidarle. Se sentó en la cama como había hecho tantas otras noches y rasgueó su guitarra, escribiendo sus canciones.

Manny Becker no salió de la casa en tres días. Se quedó en la cama la mayor parte del tiempo en ropa interior, viendo los concursos de la televisión y las novelitas, metido entre sus sábanas de satín. No tenía la fuerza ni para salir de la cama y ducharse. Violeta no devolvía sus llamadas telefónicas, y decidió no llamarla más. Se había emborrachado precisamente de tequila la noche anterior hasta casi perder el conocimiento. Era la única mujer a la que había querido y la había perdido, tal como temía que le ocurriría.

El teléfono de su casa no paraba de sonar. Parecía como si todo el mundo quisiera localizarle. *Que esperen,* pensó. Además, ahora mismo no servía para nada. Alguien tocó la puerta. Manny se escurrió de la cama, recogió su bata del suelo y se la colocó mientras se arrastraba hacia la puerta de entrada. Miró por la mirilla y vio a su amigo, Rocky Rosario, otro ejecutivo discográfico que Manny había contratado para el sello Downtown.

—¿Cómo has logrado burlar la seguridad? —preguntó Manny mientras le abría la puerta.

—Por favor —replicó Rocky, descartando la pregunta—. Esto es Miami, ¿recuerdas? Veinte dólares y un poco de encanto te abren las puertas en cualquier lugar. Tío, ¿es que no puedes contestar el teléfono?

—Estoy tomándome unos días de enfermedad.

—Tienes a todo el mundo preocupado por ti. Podrías por lo menos avisar a la gente de lo que está pasando.

—Sí, seguro —contestó Manny, sentándose en el sofá de cuero blanco.

—Bien, ¿qué te está pasando? —Rocky se dirigió hacia el bar y se sirvió una copa.

—Todo ha terminado entre Violeta y yo.

—¿Cómo? ¿Por qué?

—Es una larga historia.

—Estoy seguro que lo es. ¿Tiene algo que ver con el hecho de que no vayamos a grabar su música en el próximo álbum?

—Exactamente.

—Amigo, conozco a las mujeres. Deberías haber tenido una buena réplica para esa pregunta. Deberías haber estado preparado.

—Hombre, le pedí que se casara conmigo. Pensé que eso valdría por lo del disco. Pero ella dice que no creo en ella y que si no fuera así la hubiera apoyado.

—Bueno, en eso tiene razón —dijo Rocky, dándose otro gran trago.

—No me estás ayudando nada —respondió Manny desde el sofá.

—Pues, amigo mío, eso es lo que pasa cuando mezclas el negocio con el amor. Es una vieja historia. ¿Recuerdas a Ricky y Lucy? Ella siempre quería participar en el programa. Un día no le quedó mas remedio que dejarla actuar en el programa. Las mujeres siempre se salen con la suya. No digas que no te lo advertí.

—Es que esto se pone peor.

—¿Qué quieres decir?

—Que puede que no grabe su próximo álbum con nosotros.

—¿Cómo?

—Lo que oyes. Está tan enfadada y, bueno, nunca firmó el contrato para el siguiente álbum. Recuerdas que firmó justo antes de que saliéramos a bolsa, y sólo nos comprometimos con un disco en caso de que las cosas no salieran bien.

—Ay, chico, si ella firma con otros a Arturo se lo va a llevar el demonio. ¿Cómo vas a arreglar esto?

—No sé. Pero por el momento he decidido no salir de casa.

—Bien, eso demuestra madurez. ¿Quieres que la llame en tu nombre?

—Ella va a hablar contigo tanto como conmigo.

—Pues, amigo mio, ahí te quedas. —Rocky dio la vuelta y salió del apartamento. Antes de irse, se volvió hacia Manny—. Buena suerte, viejo amigo. Te va a hacer falta.

—Gracias —le contestó, mientras cerraba la puerta detrás de él—, gracias por nada.

El dolor de cabeza de Manny empeoró a lo largo del día. No había forma de bregar con Violeta. O sea que hizo la única cosa que se le ocurrió—decidió que lo mejor sería regresar al trabajo. Se mantendría ocupado hasta que se le ocurriera cómo bregar con ella. Manny Becker nunca imaginó que llegaría el día cuando una mujer le haría sentirse así de loco y fuera de control.

—¡Contesto yo! —Violeta levantó el auricular en la sala de estar de la casa de su tío—. Dígame.

—Violeta, ¿cómo has estado? Soy Ernesto. —Le sorprendió tener noticias de él.

—He estado bien, ¿y tú? —contestó, preguntándose por qué habría llamado.

—No estoy demasiado mal. Escucha, he pensado que podríamos almorzar juntos.

La verdad era que Violeta no se sentía cómoda hablando de negocios sin Manny al lado; también sabía que la conversación acabaría terminando en eso. Era obvio para Violeta que Ernesto no se había olvidado del álbum en castellano que había sugerido que ella grabara, y que de eso quería hablar. Pensó en decir que no, pero después pensó que a fin de cuentas podía resultarle beneficioso cultivar esta relación. Ella aceptó la invitación.

Se encontró con Ernesto en una parrilla en Coral Gables. La decoración era lujosa y masculina, con ricas maderas, cabinas con asientos de piel roja y buenas pinturas en las paredes. Ernesto se levantó al acercarse Violeta.

—Es un placer volverte a ver —le dijo, acercándose para besarla.

—El placer es mío.

—Por favor siéntate —dijo él, invitándola a que se metiera en la cabina.

—Me he tomado la libertad de pedir un vino para nosotros. Violeta, no tienes idea de lo feliz que estoy de que nos podamos ver. He estado pensando en ti bastante. ¿Sabes qué? Hablé de la idea de hacer un disco bilingüe de tus canciones de amor con la gente de LA Music, y les encanta la idea. Sería una gran oportunidad de mostrar tu talento en ambos mercados. Las encuestas muestran que la música latina se está volviendo de la corriente principal.

Violeta amaba y odiaba lo que estaba escuchando. ¿Por qué estaban saliendo estas palabras de la boca de Ernesto y no de Manny?

—¿De verdad que les gusta la idea? —Necesitaba convencerse a sí misma.

—Pero, ¿me estás tomando el pelo? ¿Tener a Violeta Sandoval cantando sus propias canciones en castellano e ingles? Estaríamos locos si no nos gustara la idea.

—Locos, ¿eh? —La cara de Manny le vino a la mente mientras la llamaba una tonta soñadora.

—El único problema es tu acuerdo con el sello Downtown.

—No tengo ningún compromiso con Downtown. Sólo tenía

firmado un álbum con ellos. Se supone que negociemos, pero hemos tenido algunas diferencias creativas.

—Comprendo. Bueno, quizá podemos empezar a negociar seriamente sin ninguna complicación.

—Bueno, es que, Ernesto, mientras estaba con Downtown, Manny era mi agente y bueno...ahora todo está en el aire.

—Escucha, te puedo prometer que te trataremos bien. Deja que te haga una oferta. Ahora mismo, sólo quiero saber si estás interesada.

—Estoy muy interesada —confesó Violeta.

—Bien pues, en ese caso, hagamos un brindis. ¡Por Violeta Sandoval y su increíble talento!

Violeta dejó el restaurante, sintiéndose un poco inquieta. La posibilidad de grabar su próximo álbum con otra persona no se le había pasado realmente por la mente, o al menos no era algo que ella podría haber organizado de inmediato. Se imaginó que era algo que debería discutir con Manny Becker, quisiera o no. Eso al menos le debía.

Esa noche llamó a Manny a su casa. "Hola, ya sabes lo que tienes que hacer", dijo el contestador.

—Hola, Manny, soy yo. Escucha, hay algo que tengo que hablar contigo... —Antes de que pudiera terminar, Manny Becker levantó el auricular.

—Violeta, me he vuelto loco tratando de localizarte.

—Si, bueno Manny, he estado ocupada.

—Te he extrañando.

—Escucha Manny, tengo algo muy importante que discutir contigo.

—¿Me has extrañando? —le preguntó. El corazón de Violeta se hundió. Quería decirle que había sentido como si su mundo se hubiera desplomado sin él. Que casi no podía vivir sabiendo que ya no estaba en su vida—. ¿Me has extrañando? —le preguntó de nuevo.

—Ese no es el motivo por el que te he llamado.

—Bien, entonces, ¿por qué lo has hecho?

—Hoy almorcé con Ernesto Contreras.

Manny hizo una pausa.

—Ah.

—Sí, y está preparando un contrato para mi segundo disco. Están pensando hacer un disco bilingüe con mis propias composiciones.

—Ya veo. —Manny no podía creer que esto le estaba pasando de verdad—. Bien, te tengo que dar crédito. No has perdido ni un minuto, ¿verdad?

—¿Cómo? Escucha, Ernesto fue quien me llamó.

—Sí, bueno, no importa. Aquí estaba yo pensando que me estabas llamando para tratar de arreglar las cosas. ¿Que estás haciendo, Violeta, usando a Ernesto para tratar de sacar mejor tajada de Downtown? Vaya, hombre, de veras que me merezco esto. Caí en la trampa.

—Manny, no sabes lo que dices. Te he llamado porque eso ha resultado y no tengo un agente. Tú eres mi representante, o lo eras, o lo que sea. Tu sabes perfectamente bien que no tengo ningún compromiso para hacer el segundo álbum contigo y que ésta es una oportunidad para mí para finalmente hacer lo que quiero. Te lo dije bien claro desde el principio que ésa era la dirección en la que quería que mi música se dirigiera. Pensé que necesitaba comunicártelo.

—¿Qué quieres que te diga?

—No sé, Manny. No debería haberte llamado.

—No, espera. Me alegra de que lo hicieras. Escucha, Violeta. Te he extrañando. Necesito verte. No nos hablemos de esta manera. ¿Alguna posibilidad de que vengas a verme? Yo deseo verte. Estoy seguro que podemos arreglar esto si nos vemos.

Violeta tenía miedo de esta reunión. No serían capaz de controlar su pasión. Ella no tendría el valor de rechazarlo y acabaría rebajándose, haciendo cualquier proyecto comercial que la compañía le pidiera. Pero a pesar de sus dudas acordó encontrarle. Lo había extrañado tanto.

Capítulo 15

Violeta llegó al apartamento de Manny esa noche. Los de seguridad le tocaron el timbre para anunciarle que ella subía. Se había aseado un poco preparándose para verla. Ella tocó en la puerta y él corrió hacia allí. Cuando abrió la puerta, rápidamente trató de abrazarla. Violeta trató de no desmayarse. Tenía que ser fuerte.

—Entra, por favor —dijo él, caminando hacia la sala de estar. Violeta le siguió y se sentó enfrente de él.

—Violeta, tratemos de arreglar las cosas.

—Manny, eso depende de ti.

—¿De mí? Violeta, te quiero. Haré lo que me pidas.

—Manny, lo ves, ahí está. No entiendes lo que te quiero decir.

—Pero, ¿qué me quieres decir?

—Que no quiero que hagas lo que yo quiero simplemente porque es lo que quiero. Quiero que lo hagas porque lo sientes. Estás tan obsesionado con tomar las decisiones acertadas para tu compañía y los beneficios, beneficios, beneficios, que ya no te fías de tus propios instintos. Manny, ¿cuánto dinero quieres acumular? ¿Cuánto dinero necesitas antes de poder permitirte arriesgarte? ¿Tienes tanto miedo de perder? Si pierdes, pierdes. Puedes permitirte el lujo de jugar, ¿no? Manny, estoy convencida que un disco con baladas haría dinero. Estaría dispuesta a cobrar menos si eso es lo que precisan para hacerlo.

—Violeta, esperarían que el próximo álbum hiciera mas beneficios que el anterior.

La conversación siempre giraba alrededor de lo mismo, y Violeta se estaba cansando. Ella era inteligente, y aunque pasaba inadvertida mientras la gente hablaba de ella y de su disco como si ella no estuviera presente, escuchaba. No tardó mucho en darse cuenta cómo funcionaba el negocio. También sabía que no importaba cuantas encuestas, exámenes, entrevistas de grupos y estadísticas sacaran para proyectar ventas, podía pasar cualquier cosa en cualquier momento. El público era caprichoso. Hasta el álbum de un artista establecido podía fracasar.

Se dio cuenta de que en lo que concernía a los negocios Manny sólo sabía jugar por las reglas. Él no iba a tomar ningún riesgo, ni con ella, si no se sentía completamente seguro de que era lo que debía hacer. En eso le respetaba. En ese momento se dio cuenta de que iba a tener que tratar el tema como si fuera una negociación. Una cosa de la que estaba segura era que LA Music estaban interesados. Eso era un principio. Y la querían por algún motivo, y sabía que este motivo eran los beneficios.

—Manny, IMG Music todavía no ha ganado un Grammy, con ninguno de sus discos, ¿verdad?

—Fuimos nominados una vez —contestó sin convicción, desagradándole la dirección que estaba tomando la conversación.

—Creo que lo que estoy creando tiene potencial de Grammy, además de mérito artístico.

Manny escuchaba. Tenían éxito financiero, eso era innegable; tenían superventas que subían por las listas, alcanzado a veces hasta el platino; eso seguro, habían ganado algunos premios. No estaban totalmente faltos de mérito. Un Grammy, sin embargo, les daría el prestigio y el tipo de reconocimiento que eventualmente necesitarían para poder reclamar un puesto entre las grandes dinastías musicales. Estaba sorprendido con Violeta, aunque no lo debería estar. Era una buena forma de pensar. Había escuchado su música, pero aunque era buena de una forma dulce y melódica, ¿qué le hacía pensar a ella que era material para un Grammy? Ya que parecía que quería jugar fuerte, poniendo sus cartas sobre la mesa, él jugaría el mismo juego.

—¿Qué pensarías si te dijera que tienes razón? Mucha razón. Pero, ¿qué te hace pensar que tus canciones son como para ganar un Grammy?

—Me alegra que me preguntes —respondió, sentándose al borde del sofá—. He estado trabajando duro y las nuevas can-

ciones están apareciendo. Son diferentes, más modernas. He
añadido algunas nuevas ideas. También he estado trabajando
en algo muy especial.

—Bien, pues vamos a tener que oírlo, claro está. Pero recuerda, Violeta, si no creemos en ello tendrás que hacer el
álbum que decidamos nosotros.

—Yo no tengo que hacer nada porque recuerda que solo fir-
maron un álbum conmigo. Pero sabes que —dijo—, déjame
que lo termine y se lo presentaré tanto a Uds. como a LA
Music. Por consideración hacia Uds., les daré la primera oportunidad de rechazarlo. No firmaré nada hasta entonces.

—¿El derecho a rechazarlo? —repitió? Él había creado un
monstruo. Ella estaba negociando duro y bien. Estaba impresionado con ella a pesar de que le estaba dando acidez de esto-
mago. A él le gustaba tener el control.

—De acuerdo, acepto. —No tenía alternativa.

—Vale —dijo ella, levantándose y dándole la mano. Él la
tomó la mano y se la retuvo.

—Y ahora, ¿sobre nosotros?

Violeta lo amaba. Pero él la había lastimado. Ella sentía que él
no había sido honesto con ella. Él se había reído de sus sueños.
Si otro sello discográfico no hubiera expresado interés por sus
canciones, él mantendría que su idea era tonta y poco práctica.

—Manny, creo que no nos deberíamos ver en algún tiempo.

—¿Qué quieres decir? ¿Por qué no?

—Todavía me siento herida, y ahora mismo necesito concentrarme en lo que debo hacer. Quiero centrarme en mi música y en mí misma. Tu llevas demasiado tiempo ayudándome.
Quiero comprobar que puedo conseguirlo sola y que mi música
tiene mérito propio. Necesito estar sola y concentrarme en eso.

—Pero al menos podríamos vernos de vez en cuando, no
veo la necesidad de....

—No, no podemos.

Manny no dijo más. Él era un hombre orgulloso y pensaba
que lo que estaba haciendo era rebajarse. Si cedía un poco
mas, no se respetaría a sí mismo.

—Tengo que irme —dijo ella, caminando hacia la puerta.
Manny la miró por la espalda. Tenía puestos unos vaqueros

blancos, un jersey blanco de manga larga y botas blancas. Un bello pañuelo de vivos colores que llevaba por los hombros rompía el monocromático blanco. El conjunto acentuaba sus curvas. Manny nunca se cansaba de estudiarlas. Le dolía que ella se marchara. Tampoco podía evitar pensar que vestía mucho mejor que cuando la había conocido. Hacía mucho tiempo que ella no visitaba una tienda de ropa de segunda mano. Era uno de los pocos lujos que se permitía con el dinero que ganaba—le gustaba comprarse ropa. Pero hoy le dolía que ella luciera más bella que nunca. Ella había cambiado. Su fe en sí misma había crecido y era mas fuerte, era una superviviente. Ella quería seguir siendo ella misma—componiendo su música. Como el primer día que se encontraron en las oficinas de IMG Music. Cualquier otra cantante estaría loca por aprovechar lo más posible el éxito una vez que había saboreado el dinero. Violeta no. Violeta nunca.

Ahora él se encontraba en un verdadero apuro y no sabía cómo salir. La estaba perdiendo. Ella quería algo de él que no le podía dar, y había una parte de él que se enfurecía por esto. Había tanto que le podía dar a ella. Ella era la única mujer por la que había tenido estos sentimientos. Quería que fuera su esposa—vivir juntos para siempre. Solo había conocido este nivel de felicidad con ella. Pero a fin de cuentas él era un hombre de negocios. Disfrutaba de su éxito y no podía comprometer lo que sentía como profesional. ¿Por qué esperaría ella que él lo hiciera?

Se sirvió un brandy, salió al balcón y se sentó en una silla de hierro forjado de diseño. Dio sorbos a su brandy y comenzó a analizar su vida. ¿Por qué era tan adicto al trabajo? Se había hecho esta pregunta antes, pero nunca la había tomado demasiado en serio. Tiempo atrás la respuesta era sencilla: quería lograr dinero y reconocimiento. Ahora que los había conseguido, se sentía impulsado a mantenerse en la cúspide. Quería competir con los grandes. Pensó en las relaciones personales que tenían las personas que él conocía en semejante posición. Los matrimonios de casi todos estos triunfadores estaban vacíos. Las relaciones no funcionaban por falta de tiempo. ¿Cómo puede tener uno una relación a solas? Eventualmente, era la rutina que empezaría a afectar el matrimonio. Eran siempre las pequeñas cosas las que llevaban a las grandes. Quizá era por esto por lo que Arturo Madera siempre le había advertido en contra del matrimonio. Pero él de veras que se quería casar con Violeta. Si alguna vez estuvo seguro de esto, era ahora. Sólo pensar que ella podía estar con otros le volvía loco. Tenía un mal presentimiento sobre Ernesto. Su fama de mujeriego era conocida, y la forma que ella había hablado de él le hacía sentirse muy intranquilo. Sabía que Ernesto atacaría.

No tenía idea de qué hacer. En otro momento de su vida habría puesto las cosas sobre la mesa y le habría dicho simplemente. "Mujer, así es cómo debe ser". Le gustaba tomar las riendas. O quizá habría tratado de ganársela: "Cariño, venga, escúchame. Sólo quiero lo mejor para ti". Con ella no podía jugar. Ella era de una honestidad brutal, y el hecho de que fuera sincera consigo misma significaba que no le motivaban las mismas cosas que al resto del mundo. No le impresionaba el dinero, la fama o su poder e influencia. Manny Becker, el jugador empedernido, estaba sin cartas. Sorbió su brandy y miró al firmamento, esperando la llegada de una solución.

Capítulo 16

Violeta se refugió durante los siguientes meses en el rancho de su tío Napoleón. Quería alejarse de la falsa energía que rodeaba el rascacielos donde estaba su apartamento—todos esos ricos latinoamericanos, quejándose de sus sirvientes. No sabía comportarse como una rica. Una vez que eras rica, sin buscarlo, te veías rodeada de otra gente rica. Cuando vivió entre ellos se dio cuenta de lo que fascinaba a los ricos. La defraudó que el único interés de los ricos era el dinero y cualquier cosa que tenía que ver con dinero. Hablaban de dónde uno iba de vacaciones o iba de compras, o de cuánto dinero tenían sus amigos. Como la mayoría de las personas que habían nacido sin dinero, ella creía que los ricos tenían algo especial, ya que tenían experiencias con las que la mayoría sólo podían sonar. Después de conocerlos en fiesta tras fiesta, le aburrían sus quejas. "Esto está muy caliente. Esto está muy frío. Este martini no tiene el suficiente vermú". Exasperada, Violeta deseaba que se compraran algunos auténticos problemas para que tuvieran de qué quejarse.

Ésa era la razón por la que Betty y Lucy vivían en su condominio desde hacía tiempo. Violeta se reía cuando recordaba cómo al consejo de la comunidad de propietarios casi les dio un ataque cuando se dieron cuenta que la estancia de Betty y Lucy era algo más que temporal. Violeta recibió una carta del consejo y arregló las cosas de la misma forma que ellos lo hubieran hecho. Compró al presidente del consejo, haciendo una donación considerable a una de las fundaciones de las que él era consejero. Esa gente se merecía a Betty y Lucy. Sí, Betty que saludaba a las distinguidas damas con sus perritos falderos en el ascensor con un saludo de Nueva Jersey, "Hola tía,

¿cómo te va?" Y ahí estaba Lucy, que tironeaba de sus bolsos Chanel para pedirles que apretaran el botón PH del penthouse porque no lo alcanzaba. Violeta disfrutaba en buena medida que esos esnobs estaban recibiendo una buena dosis de realidad con Betty y Lucy.

En el rancho de su tío podía ser ella misma. Por las mañanas montaba a caballo. Era la única extravagancia que se permitía con el dinero. Siempre había querido tener un caballo y dar largos paseos. Cuando acababa de montar, ayudaba a Elena a preparar el almuerzo.

Por la tarde se enfundaba unas mallas negras y un leotardo, y se iba a la terraza de atrás donde Elena continuaba dándole clases de flamenco. Con un par de castañuelas y un par de zapatos flamencos de tacón Violeta practicaba su taconeo. Era un arte casi perdido, pero a Violeta le encantaban los movimientos. Sentía como si sus pies fueran dos taladradoras trabajando el suelo. Era un baile poderoso y pasional. Estaba feliz de expresarse a través del movimiento y de estar creando de nuevo.

Leía mucho y escuchaba todo tipo de música—música folklórica mejicana, guitarra española, rock, country, blues. Y se dió cuenta de que su amor por todas estas músicas era una forma de compaginar todas su experiencias. Había nacido en Méjico, donde primero había conocido la guitarra y los sonidos grandiosos de la trompeta en la plaza de toros. Después se había mudado a Georgia, donde había escuchado por primera vez los tristes y sinceros tonos de los blues en la guitarra y el punteado del country. En su adolescencia recordaba la música bailable de las fiestas. Ah, qué divertidos tiempos aquellos. Pero a pesar de todo, era la música de rock la que le gustaba escuchar cuando se sentía incomprendida. Era la música de rock la que la hacía sentir verdaderamente americana. Y para terminar recordó las baladas románticas que tocaba su tío, los suaves boleros que prometían amor. Todo esto era parte de ella. No se podía ponerse al lado de uno en particular, excluyendo a los demás. Se le ocurrió al iniciar el proceso creativo que su música debería ser una mezcla de todo si de veras iba a representar sus vivencias.

Continuó componiendo diligentemente. Sacó su viejo cuaderno con canciones y letras y las revisitió mientras rasgueaba su guitarra, buscando otros sonidos. Le vinieron fácilmente como si hubiera localizado la llave de un cofre secreto. No podía creer su progreso, y tampoco lo bien que se sentía. Lejos de todas las presiones de la firma discográfica y de las expectativas del público, podía realmente expresarse creativamente.

No tardaría mucho más, pensó ella. Estaba cerca de revelarse—su verdadero yo—al mundo.

Manny Becker no podía resistir la espera que Violeta le había impuesto. Fue a visitar la oficina de su terapeuta. El Dr. Bernstein había tratado a Manny en otra ocasión y le había diagnosticado miedo a la intimada, debido a un miedo a ser abandonado. Se había entregado a su trabajo como una forma de buscar la aprobación y la aceptación, pero ninguna cantidad de éxito satisfacía verdaderamente a Manny Becker.

Manny nunca admitiría a nadie que estaba buscando ayuda psicológica. De donde venía Manny eso no se hacía, no importaba que estuviera de moda. Así que cada vez que tenía que ir al terapeuta para que le ayudara a salir de su bache mental, tenía que asegurarse que cuando hablaba con los demás, no empezara diciendo "Mi terapeuta opina..."

—Y, Manny, ¿qué es lo que te preocupa ahora? —inquirió el Dr. Bernstein, sentándose.

—Estoy enamorado de una mujer y me está volviendo loco —dijo Manny, levantándose para pasearse por la habitación. Nunca podía sentarse tranquilo durante las sesiones.

—Ya veo. Bien, y ¿de qué forma te está volviendo loco?

—Ella necesita tiempo porque dice que la hago daño, y es que...

—¿Y se lo haces?

—Pues, si, si lo hice. Pero no es como si no le dijera a ella cómo me siento. Ella sabe lo que siento por ella. Yo sé que ella también me quiere. Pero es que.... —Manny paró de pasearse.

—Te escucho.

—Ella no es como cualquier otra mujer que he conocido, y con las que he salido —dijo Manny, sentándose por fin en el sofá.

—¿Y cómo es eso?

—Dr. Bernstein, ella me puede dejar tranquilamente. Siempre me aseguré que eso no me pasaría. Ella me ha dejado y ahora mi peor temor se ha vuelto realidad. Finalmente me acerqué. Por fin me lo permití, y mire lo que pasó. No puedo bregar con esto.

—Manny, me suena como si ella te hubiera pedido un poco de espacio porque la habías ofendido. ¿De qué forma la ofendiste?

—Le dije algo muy cruel. Dije que sus sueños eran una tontería. No lo dije para herirla. Pero ella me estaba frustrando. Ella no quería escuchar las razones, y yo quería que...

—Tú querías que viera las cosas a tu manera.

—Supongo.

—¿Podrías ver las cosas de su manera si tuvieras que hacerlo?

—Manny meditó esta pregunta. La verdad era que no lo había pensado. Él la admiraba, la respetaba, pero al mismo tiempo decía lo que decía, sin de veras pensar lo que ella sentía.

—No. Cuando la llamé tonta pensé que estaba actuando neciamente.

—Manny, me da la impresión que hay algo más. Quiero decir que si eso es todo lo que la dijiste es una chica demasiado sensible. La mayoría de las personas se recuperarían después de una disculpa.

—Bueno, es que nunca realmente me disculpé. Sabe, no dije las palabras, "lo siento".

—Ya veo.

—No pensé que debía. Pensé que podríamos arreglar las cosas. Le pedí que se casara conmigo, sabe. Nunca pensé que me devolvería el anillo. —Manny se quedó callado un momento—. Hay algo más —Manny hizo una pausa—. Cree que soy un adicto al trabajo.

—Eres un adicto al trabajo. Necesitas armonía en tu vida.

—¿Y qué se supone que haga? No puedo resistir estar separado de ella.

—Manny, de veras que es muy sencillo. Primero vas a tener que pedir perdón, y después tienes que dar una muestra de buena fe para probarlo. También sería una buena idea que busques algo fuera del trabajo que te interesara. Necesitas relajarte, y quizá encuentres nueva perspectiva a las cosas.

—Relajarse, si, correcto, relajarse. —Pedirle a Manny Becker que se relajara en el estado que se encontraba era como pedirle a alguien que apagara la mecha de una carga de dinamita. Suerte. Manny pagó a la recepcionista de la oficina y no hizo una cita para la siguiente semana. Se acercó al muelle de la marina y se dió una vuelta. Cada día que pasaba tenía más miedo de perder a Violeta.

En el estudio de LA Music en Nueva York, Ernesto fanfarroneaba a Clyde Barker, el consejero general, de cómo Violeta no había firmado con Downtown su próximo álbum y cómo estaba madura para ser recogida.

—Todo lo que tenemos que hacer es prometerla un álbum con su propia música. Podemos redactar el contrato a nuestro favor, sin comprometernos a promocionar y con una tirada inicial reducida de discos.

Si la industria de la música era implacable, los cuchillos de Clyde y Ernesto eran los mas afilados. Violeta podía haber alcanzado un éxito comercial tremendo, pero desconocía el negocio y por varios detalles era muy ingenua sobre los negocios. Ella era una de esas artistas que todavía tenían principios artísticos—dos palabras que harían reír a cualquier ejecutivo discográfico. El dinero era lo que movía cualquier industria, y la música no era diferente. Los principios artísticos y el dinero raramente se mencionaban en la misma frase, especialmente en LA Music.

—¿Has escuchado alguna de las canciones que ha compuesto? —preguntó Clyde Barker, un astuto hombre de negocios.

—No, pero supongo que es el tipo de música sentimental y depresiva que componen las mujeres de hoy en día —dijo Ernesto, reclinándose en la silla de cuero en la oficina de Ernesto.

—Me gustaría escucharla.

—Seguro, supongo, pero ¿por qué? Se ha establecido en música moderna y bailable. Sonaba bien cantando esas baladas en castellano, pero no puede hacerlo todo.

—Consigue las canciones. Quizá podríamos hacer que las grabara otro artista.

—Ella nunca estaría de acuerdo con eso.

—Solamente consígueme las canciones.

Ernesto se pasó la noche en Nueva York, visitando los clubs de salsa en el Bronx, su antiguo barrio. Era el lugar para buscar talento estos días. Encendió un cigarrillo y ostentó su tarjeta de visita, esperando tragos gratis. Mientras bebía su trago de güisqui con hielo, pensó en la solicitud de Clyde. Era raro, pero él era el jefe. Se le ocurrió que lo único que quería hacer era robar la música. Nunca lo había visto con sus propios ojos, pero había oído rumores al respecto. Había el rumor de Pepe El Gato—que había agarrado al compositor Guillermo Soler y lo había colgado desde el balcón de su piso veinticuatro. Amenazándole de desatarle si no le firmaba los derechos de sus canciones. A lo mejor ésta era la dirección en la que iba este negocio con Violeta. A Ernesto la idea no le molestaba. Si la música era tan buena como él pensaba, estaría feliz de hacerlo para ganarse méritos con Clyde. Su asociación con Clyde, después de todo, le había vuelto rico. Le gustaba la idea de hacerse rico. También le agradaba la idea de tener a Violeta bajo su control. Se deleitaba pensando que ella tendría que complacer todos sus caprichos.

Finalmente se quedó en un lugar llamado the Shake Room. Un grupo colombiano de salsa estaba tocando.

—La música es tan caliente como las damas —dijo, invitando a una mujer que estaba en la barra a bailar. Ella vestía un traje corto rosado, pegado al cuerpo. Tenía el pelo teñido de rubio y unas raíces negras que necesitaban tinte. Llevaba grandes pendientes de plástico redondos y zapatos de altísimos tacones en blanco. Olía a perfume barato del tipo que cuesta tres dólares por tres botellas. No importaba cuánto dinero ganaba Ernesto—todavía le gustaban las mujeres baratas. Había decidido hacía tiempo que se quedaría soltero porque quería divertirse. Cuanto más dinero ganaba, menos quería compartirlo con nadie y le proporcionaba mas diversión.

Pero a menudo pensaba en Violeta, como un gato en un callejón listo para atacar. La deseaba. Ella parecía tan amable y dulce. Podía conseguirla. Siempre había podido. Continuó pensando en su ardiente cuerpo, en sus eróticos ojos negros y en su sensual boca. Manny Becker era un necio por haberla dejado escapar. Sonrió burlonamente mientras hacía girar a la chica con la que bailaba.

—¿Cómo te llamas? —le preguntó.

—Romeo —contestó en broma. Ella era tan tonta que se lo creyó. Las mujeres miraban a Ernesto mientras bailaba de una forma dramática en la pista de baile—era demasiado presuntuoso. Tenía unos ojos negros como el carbón y una peligrosa sonrisa. Podía seducir de cierta manera. De la misma manera quizá que los vampiros hipnotizan. Era de un aspecto exótico, tenía algo de sangre árabe. Llevaba agresivamente a la chica con la que estaba bailando. Ella se reía, encantada con él.

Una a una sacó a bailar a las chicas que haraganeaban en la barra, comprando rondas de tragos. Tenía que volver a Miami, pero no antes de divertirse. Se fue del bar con la chica del traje rosa. A la mañana siguiente, se despertaron en la habitación de su hotel. Él encendió un cigarrillo y no le dijo nada a ella.

—¡Oye, papi! —reclamó debajo de las sabanas.

—Vístate, vístate ya —dijo mientras terminaba de hacer las maletas. No le gustaba el tono de su voz, pero estaba acostumbrada a esto—. Quiero que te largues —dijo, sin siquiera mirarla—. Tengo que irme. —Habló bruscamente y la mujer entendió que era mejor no pedir ni preguntar nada. Si era lista, se vestiría y se marcharía. Había pasado una buena noche en el hotel Plaza, lejos de los asientos traseros de viejos Cadillacs a los que estaba acostumbrada.

Ernesto se atusó el pelo con brillantina de un tubo, y mirándose al espejo procedió a recortarse la barba. Iba camino de Miami y el rostro de Violeta la venía a la mente seguido por las curvas de su cuerpo. Él quería cambiar esa mirada de inocencia perdida que a veces le cruzaba el rostro. Quería sacarle toda esa sensualidad retenida. Sabía que ella la tenía dentro. Manny Becker era un blando. Una mujer como esa tenía que ser manejada correctamente y él era el hombre que lo iba a hacer. Se toqueteó la barba, contemplándose todavía en el espejo. Estaba satisfecho consigo mismo. Le gustaba la forma en que despachaba a las mujeres. Le encantaba presumir con sus amigos que las había tenido de todo tipo y toda raza bajo el firmamento. Se creía un gran conquistador al salir de la habitación del hotel. Podía tener cualquier mujer que quisiera, y tendría a Violeta. Era un nuevo reto para él. Casi no se podía contener. A medida que los días habían transcurrido, se había convertido en casi una obsesión. Trabajaría como un zorro, astuto y furtivo en su persecución. Ella confiaba demasiado. *Chica necia,* pensó para sí. Casi podía saborear la conquista.

Una vez en el avión, en primera clase claro está, miró a las azafatas de arriba abajo mientras daban las instrucciones de seguridad. Estaba causando que una de ellas se sintiera incómoda. De nuevo había algo peligroso y siniestro en su mirada impúdica.

Capítulo 17

Ernesto llamó a Violeta para invitarla a cenar a su yate. Violeta estaba tan entusiasmada con la marcha de su álbum que estaba casi demasiado emocionada para contárselo a Ernesto. Ernesto se había presentado de una forma tan poco agresiva que Violeta lo creía un amigo de profesión. Alguien a quien podía pedir consejo.

Cuanto más conversaba con Violeta su interes iba aumentando. Ella era bella, rica y muy talentosa, y se apuntaría una gran victoria si pudiera separarla de IMG Music. Su obsesión estaba tomando un cariz diferente. Su atracción hacia ella se estaba volviendo demasiado intensa. La deseaba con desesperación. Seguía creyendo que la conseguiría. Ella le llegaba y él no esperaba eso. Esto no sería sólo una conquista, pensó para sí. No, no, no. Quería Violeta para él como quería sus coches de lujo y su yate—para presumir de ella. Un ansiado premio que fuera la envidia de todos. Esto se estaba complicando un poco más de lo que había pensado. La idea de tenerla toda para él esa noche era demasiado atrayente. Era casi demasiado fácil. Pensó de qué forma podría conseguirla como él quería.

Cogió una de las bolsitas de aseo que usaba para los viajes y sacó una pequeña botella de pastillas "especiales" que compraba. Abrió el pomo de plástico color miel y examinó los blancos comprimidos. Los olió rápidamente. No detectaba un aroma. No tenía ni idea de lo que contenían. Sólo sabía que el tipo con el bigote fino y la camisa de brillo que se las había vendido la noche anterior en the Shake Room le había asegurado que eran chéveres.

Ernesto llegó en una limosina a recogerla en la puerta. Violeta no había salido desde su último concierto. Nunca le había gustado sentarse detrás como encerrada. Prefería sentarse delante, siempre lo había preferido. Ernesto le ofreció una copa de champán.

—Cuéntame de tu trabajo —comenzó diciendo.

—Estoy tan animada. Es el mejor trabajo que he hecho en mi vida —contestó, aceptando la copa.

—Estoy entusiasmado sólo de pensarlo. ¿Te acordaste de traer el cuaderno de canciones? Inquirió él, queriendo ver las paginas.

—Sí, lo traje —dijo ella, sonriendo alegremente y dando una palmada a su bolso de cuero—. Ay, Ernesto, no sé cómo agradecerte esta oportunidad. —Estaba tan contenta con la idea de que la tomaran en serio y de poder interpretar su música.

—Por favor, Violeta—yo creo en ti. —Estas palabras le tocaron muy hondo a Violeta. ¿Por qué Manny no se las podía haber dicho—? Toma, otra copa de champán.

—Gracias —contestó. Él le tocó la mano mientras le alcanzaba la copa.

—Escucha, no hablemos de negocios esta noche —dijo él, mirándola cuidadosamente, comprobando que se bebía todo el champán—. Has estado trabajando duro. ¿Por qué no nos divertimos? Daré instrucciones para que mi primer cocinero prepare algo especial para los dos. —Quería que ella se sintiera tranquila.

—De acuerdo —respondió Violeta, sintiendo los efectos del champán. Pensó que el champán tenía algo distinto, porque se sentía muy mareada. Miró a Ernesto en su mareado estado, y le pareció muy atractivo con su traje oscuro. Le sentaba muy bien la barba. De repente se sintió atraída por él, pero lo atribuyó a los efectos del champán y al apoyo que él le brindaba.

Llegaron a la mansión de Ernesto y el chofer les llevó hasta los muelles detrás de la casa, donde estaba anclado el yate marca Bertram de cuarenta pies. El nombre del yate, *Estrellato,* estaba pintado a un costado. Acompañó a Violeta a bordo. Caminaron por la cubierta mientras el capitán sacaba el yate del muelle. El firmamento estaba repleto de estrellas. Era una situación romántica y Violeta hubiera querido estar allí con Manny. Lo extrañaba y empezaba a tener dudas sobre su cabezonería. Quizá había sido demasiado dura con él. Todo lo que ella sabía era que nunca había sido tan feliz como cuando había estado con él. ¿Por qué no se podría arreglar toda esta situación?

Ernesto continuaba sirviéndola champán y alabándola. Mencionando su sonrisa, sus ojos, boca, y aunque al principio sonrió cortésmente, poco a poco se empezó a sentir incomoda, sospechando que Ernesto estaba intentando seducirla. El champán la embriagaba. No podía pensar claro. Se sentaron a cenar en una íntima mesa redonda con un mantel de lino. Ernesto le contó los manjares que había preparado el primer cocinero. Una delicada combinación de pato y verduras con mantequilla a las hierbas, Violeta tomó un bocado; estaba delicioso. En los últimos años habían probado comidas de todas partes. Cómo disfrutaba de cada bocado.

Ernesto continuaba sirviéndole champán; no quería que se le pasaran los efectos. Cuando llegaron a los postres, podía ver en los ojos de Violeta los fuertes efectos que el champán estaba provocando. De postre tomaron un soufflé de chocolate con fresas. Ernesto tomó el frutero de cristal, y antes de que ella pudiera coger una fruta con el tenedor, agarró una.

—Déjame a mí —dijo, cogiendo una fruta roja y madura y colocándosela en el labio inferior—. Muerde. —Ernesto observó cómo los labios de Violeta se apretaban alrededor de la carne de la fruta, y con la facilidad que la devoró casi sin rozar las yemas de sus dedos. Ella rió.

Viéndola reír, impotente en su estado de embriaguez, era demasiado tentadora para él. No podía aguantar mas tiempo.

—Violeta —dijo, acercandose—. Te deseo. Nunca he deseado tanto a una mujer. —Antes de que ella pudiera reaccionar, le agarró el cuello con sus manos y la tironeó hacia él, dándole un profundo, largo y apasionado beso. Su lengua penetraba en lo mas profundo de su boca. Violeta luchó por apartarse.

—Pero, ¿qué estás haciendo? —intentaba lo mejor que

podía controlar la situación. No veía claro. La cabeza le daba vueltas. ¿Que había hecho? Se sentía presa del pánico. ¡Qué gran error! ¿Cómo podía escaparse de este yate?

—No resistas, no resistas, sabes que tú también me deseas. Lo veo en la forma en que me miras —se forzó sobre ella, su barba arañando el rostro de ella.

—Quítate de encima —dijo ella, dando con la rodilla entre las piernas de él, pero sin suficiente fuerza—. Ernesto, no me gusta lo que está pasando.

—Pero ¿qué te pasa? Por qué no te puedes relajar. Te prometo que te voy a hacer disfrutar. —La alcanzó mientras ella se escapaba de él.

—¿Qué pusiste en mi champán? ¡Estoy mareadísima! —gritó, percatándose que esta sensación no era normal.

—Nada, nada. Ven acá... —jadéo mientras la alcanzaba de nuevo. Ella salió corriendo de la cabina hasta llegar a la cubierta. Hacía viento y estaba teniendo problemas por mantener el equilibrio. Se agarró de la barandilla.

—No te entiendo. Los dos somos mayorcitos, vamos a disfrutar. Y ya no estás saliendo con ese tipo. ¿Qué nos puede detener? —hablaba despacio mientras caminaba con determinación hacia ella.

—Fui una idiota de venir aquí y pensar que tú me apreciabas. Puede que no siga con Manny pero todavía lo amo. Y desde luego que no me voy a acostar contigo. Nunca haré eso. Ahora, llévame a casa. —El fresco de la noche pegaba a Violeta en el rostro y la estaba ayudando a luchar contra los efectos del champán y lo que había en la bebida.

Ernesto se carcajeó.

—No te voy a llevar a ningún sitio hasta que me des lo que quiero.

Se aproximó a ella. Le asustaba la mirada de él. Él la agarró por las muñecas y ella estrelló el tacón de su zapato contra el pie de él. Él se agachó, agarrándose el pie. En el suelo vio el cuaderno de canciones. Se le había caído a ella. Era el original, escrito a mano, no había copias.

—Ah, mira. ¿Y qué es esto? —dijo él con voz enfadada y amenazante.

—Dame eso —ella trató de alcanzarlo y él tironeó. Violeta luchaba para mantener la mente clara. Se percató de que él debía haberle puesto algo en el champán, alguna de esas drogas hechas en casa. Había oído hablar de ellas. Tenía pavor a las drogas, y sólo pensar que tenía una de estas drogas en su cuerpo la ponía enferma.

—Lo quieres —dijo él, levantando el cuaderno de canciones—. ¡Pues ven aquí a cogerlo! —la atormentaba, agitando el cuaderno delante de ella y retirándolo.

Todas sus composiciones originales estaban ahí—todo su duro trabajo. ¿Cómo podía haberse fiado de este hombre? ¿Cómo podía haberse subido a este barco con este hombre? Lo alcanzó y él se forzó sobre ella de nuevo, dándola otro beso. La mordió en los labios con pasión. Su abrazo era poderoso y la hacía daño. Su barba la rasguñaba el rostro, dejándole marcas rojas. Ella luchaba contra él y él se reía.

—Dame el cuaderno —gritó ella, queriendo matarle si sólo pudiera. La mirada en los ojos de él era fría y amenazante.

—Dame otro beso —dijo él. La resistencia de ella le excitaba y se pegó contra ella, haciéndola sentir la dureza entre sus piernas. Ella tenía miedo. Miró dentro de sí para buscar la fuerza que necesitaba, y la encontró. De nuevo le dio una patada en la ingle—con fuerza y solidez. El dejó caer el cuaderno de canciones por la borda, perdiendo el control de ella. Ella vió cómo su cuaderno salió volando de sus manos.

—¡Hijo de puta! —Le pegó una bofetada. Él la agarró furioso por las muñecas, pero ella pudo zafarse de su opresión. Temiendo por su vida, salió corriendo en dirección a la otra barandilla. Miró alrededor, buscando dónde ir, qué hacer. Ernesto corrió tras ella, su cara exhalando con cólera y frustración. Temiendo por su integridad física, se encaramó a la barandilla, amenazando que saltaría si él daba un paso más. No creyéndola, se aproximó a ella. Aterrorizada de él y de la mirada de loco en su rostro, ella sintió que no podía arriesgarse. Respiró profundo, cerró los ojos y saltó al agua. Su cuerpo sintió el fuerte viento mientras caía. Ernesto dio un grito entrecortado al mirar hacia abajo y no verla. El agua estaba muy fría. "Qué estúpida, qué estúpida", fue todo lo que podía exclamar.

—Da la vuelta al barco —gritó al capitán, que no sabía lo que estaba pasando. No necesitaba el escándalo de que le pasara algo. Enfocaron los focos hacia el agua, pero no había señal de ella. Había caído muy profundo, muy profundo y no había señal de ella—nada. Estaba perdida, tragada, en algún lugar bajo la turbia y fría agua.

Capítulo 18

Al no aparecer Violeta, Napoleón y Elena pasaron toda la noche paseando de un lado a otro de la casa.

—Pero ¿dónde podrá estar? —Napoleón se preguntaba una y otra vez—. No es su costumbre no llamar y tenernos preocupados. —Él continuaba mirando por la ventana, esperando divisarla en cualquier momento.

—Viejo, quizá deberíamos llamar a la policía —sugirió Elena, poniéndole la mano compasivamente en el hombro.

—Tengo miedo de pensar lo peor. Sus amigas ya están arrebatadas de nervios. No es normal en ella —contestó nervioso, mirando de nuevo por la ventana.

—Llama a Manny Becker. Quizás es algo relacionado con el negocio y no tuvo tiempo de avisarnos —añadió Elena. Parecía una explicación razonable, pero Napoleón presentía que algo estaba mal, terriblemente mal. Lo sentía en sus huesos. Dubitativo, marcó el número de teléfono del apartamento de Manny.

—Díga —contestó Manny, indiferente.

—Hola, Manny. Soy Napoleón, el tío de Violeta —jugueteaba nervioso con un pedazo de papel del libro de direcciones.

—¿Cómo está Ud., Señor? Ha pasado mucho tiempo. —Manny estaba sentado en el mostrador de la cocina, intrigado por la llamada telefónica.

—Manny, ¿sabes dónde está Violeta? —retuvo la respiración mientras esperaba la respuesta.

—¿Cómo? No, no, no he hablado con ella en varias semanas. ¿Sucede algo?

El corazón de Manny latía. ¿Qué significaba esto? Algo estaba mal. Ahora estaba seguro de ello.

—Estoy preocupado porque no ha regresado a casa. Salió con un caballero. Creo que se llama Ernesto.

—Contreras —terminó Manny la frase.

—Sí, ése es, y no ha regresado.

—Voy a llamar a la policía —dijo Manny sin titubeos—. Llámeme inmediatamente cuando sepa de ella.

—Sí, si, claro —Napoleón colgó el teléfono y miró a Elena con solemnidad—. Va a llamar a la policía; hay algo definitivamente mal.

A los pocos minutos la policía rodeó la casa de Ernesto. Ernesto se había pasado la noche en vela, preocupado por la suerte que le había acontecido a ella. Estaba más preocupado por él que por ella. No quería ningún problema. No había llamado a la policía, porque si alertaba a las autoridades y la encontraban, ella le acusaría de haberla atacado.

—¿Dónde está la chica?" —preguntó el policía vigorosamente, olvidándose de amabilidades.

—¿Qué chica? —contestó, moviendo ansiosamente su cigarrillo. Sus ademanes nerviosos, su voz temblona y sus ojos movedizos le hacían parecer de inmediato sospechoso ante la policía.

—No se haga el tonto, señor, la chica con la que estuvo ayer por la noche. Nunca regresó a su casa. Ud. es el último que la vio. ¿Nos puede decir dónde está? El oficial presionó, mirando directamente a los ojos duros y cobardes de Ernesto.

—Nos peleamos y se fue furiosa. La ofrecí llevarla a casa pero no quiso —ofreció como débil defensa. El policía no se creyó una palabra.

—Una pelea, ¿eh?¿ Qué tipo de pelea? —El policía se acercó, observando la cara y el cuerpo de Ernesto, buscando señales de pelea.

—De negocios —contestó Ernesto tímidamente—. Soy productor de discos. Ella estaba molesta de que no la contratara. Se largó enfadada. —Trató de componerse mientras hablaba. No había duda; era obvio para quien le observara que estaba mintiendo. Algo había sucedido la noche anterior y la chica estaba desaparecida en circunstancias muy sospechosas.

Manny Becker llegó el mismo a la casa, quemando neumáticos al entrar en el camino de entrada. Irrumpió a través de las grandes puertas dobles y se plantó a una pulgada de la cara de Ernesto.

—Hijo de puta, ¿Qué has hecho con ella? ¿Dónde está? ¿Dónde está? —Se precisó dos policías para aguantarle.

Los sonidos de un helicóptero se escuchaban en lo alto, buscando cualquier señal de ella. Otro policía entró en la habitación con el primer cocinero, que les contó lo que de veras había sucedido.

—Se tiró por la borda hace unas cinco horas. Ya puede estar muerta —dijo uno de los policías.

Manny Becker pensó que iba a perder la cabeza. Ernesto empezó a derrumbarse. No era un ángel, pero esto le podía acarrear demasiados problemas.

—No la pude encontrar —confesó—. Estuvimos buscándola y buscándola, pero desapareció. —Manny le golpeó la cara y la policía tuvo que intervenir de nuevo para separarlos.

—¡Ernesto, más vale que esté viva! ¡ Mas vale que esté viva!

En la próxima media, había un equipo de salvamento asignado. Trabajaron durante horas junto a los residentes de Gables Estates buscando a Violeta. Trataron de que no saliera en las noticias por el momento, pero ya era demasiado tarde. Al poco tiempo Coral Gables estaba ocupado protegiéndose de la prensa.

Manny trabajó con los botes y se zambulló con los equipos de submarinistas buscando cualquier señal de Violeta. Interrogaron a todos los residentes, pero ninguno tenía información. Llamaron a todos los hospitales, pero no había aparecido. Manny estaba asustado. Continuó buscando y buscando. Tenía que encontrarla. Ella no estaba muerta. Él sabía que ella estaba ahí en algún lugar. Tenía que encontrarla.

Después de tres días la policía iba a suspender la búsqueda. No era posible que hubiera podido sobrevivir. Manny todavía insistía que estaba viva. Gritaba al capitán de policía.

Ella está en algún lugar y necesita ayuda, de eso estoy seguro. ¡Pero ella está viva! —Sus suplicas cayeron sobre oídos sordos. Los policías habían hecho este tipo de trabajo mucho tiempo y sabían que era más probable que estuviera muerta que viva. Después de tres días estaban seguros que alguien la habría encontrado si estuviera con vida.

—Sr. Becker —dijo el capitán de policía, tratando de calmarle—, estamos haciendo todo lo posible.

—Pues hagan más. Hagan que su gente trabaje horas extras —ordenó, desesperado.

—Estamos trabajando horas extras. Mire, Sr. Becker, se va a tener que preparar para lo peor. —El capitán vigorizó sus hombros.

—Eso no lo puedo hacer. Eso no lo voy a hacer. —Manny Becker sollozó, eran unos sollozos profundos que provenían de tan dentro que le dolía hasta respirar, le dolía vivir, le dolía ver. Si ella estaba muerta el no quería seguir viviendo. Ella tenía que estar viva. "Dios mío", rezo, "por favor, tráemela de nuevo".

Manny fue a la casa a recoger algo de ropa. Se registró en un pequeño hotel que había en Gables para estar cerca de cualquier noticia. No hubo ninguna. Las horas eran crueles mientras aguardaba. Las noticias locales especulaban sobre el incidente. La gente empezaba a pensar que quizá Ernesto se había deshecho del cuerpo de alguna forma. Si él la había asesinado y no había un cuerpo, no había cargo de asesinato. Todo éste hablar en la televisión enfermaba a Manny. Ella estaba el algún lugar y le necesitaba. Eso era todo lo que sabía.

Ernesto estaba a punto de salir bajo fianza, pero el jefe de la policía quería charlar con él. Ernesto entró en una pequeña habitación con cuatro detectives de homicidio.

—¿Dónde está la chica? —le preguntaron, con las manos cruzadas en el pecho.

—Ya les he dicho todo lo que sé —contestó.

—Bien, pero sabes qué, no te creemos —dijo el primer detective, acercándose hacia él.

—Escuche, no me importa lo que Ud. piense. He estado aquí los últimos tres días y ahora mismo mi abogado está arreglando las cosas para sacarme. O sea, que no tienen nada. Ya les he dicho que saltó por la barandilla. Fue un accidente. —Ernesto estaba agotado, y su falta de arrepentimiento irritaba a los detectives más veteranos que llevaban años trabajando en homicidios.

—Un accidente, ¿eh? Bien, pero sabes qué, estás aquí bajo

sospecha de asesinato hasta que te digamos lo contrario, —el otro detective le informó, conduciéndole de nuevo a la celda.

Desde la estación de policía, las noticias se filtraron a la prensa local y eventualmente a la prensa nacional. ¿Dónde estaba Violeta Sandoval? ¿Estaba viva o muerta? Manny no podía seguir leyendo los titulares, aunque le sorprendía que ofrecieran cierta esperanza. Quizá había esperanza de que alguien la encontrara andando aturdida y confundida por algún lugar. Tenía que estar viva. Simplemente tenía que estar viva.

A la orilla de un canal en Miami, tres niños estaban pescando cuando sus anzuelos se envolvieron en algo que había en el agua. Al principio pensaron que habían cogido un gran pez, y empezaron a tironear más y más, pero era en la parte poco profunda. Siguieron el hilo de pescar, y al final había una mujer tendida en el canal, temblando de frío.

—¡Oiga, señora! —La mujer no podía pronunciar ni una palabra. No podía hablar, pero les miró con unos ojos grandes, amables luminosos—. ¿Quién es Ud., Señora? ¿Está Ud. bien? —La mujer no les contestaba.

Uno de los niños decidió acercarse para mirarla. Caminó hacia ella y la sacudió un poco.

—Señora, ¿me oye? —La mujer estaba allí, mirando sin moverse—. Creo que deberíamos buscar ayuda. Uno de nosotros debería quedarse con ella.

—Ni hablar, yo no me quedo solo con ella. Me da miedo. No dice nada —dijo uno de los muchachos.

—Debe estar enferma o algo así. Necesitamos ir a por ayuda —dijo uno de los chicos, tratando de controlar la situación.

—JC, te vas a tener que quedar.

—Vale, pero no me hace ninguna gracia —dijo él, sentándose a cinco pies de ella. Los otros dos chicos se fueron pedaleando furiosamente en sus bicicletas para encontrar a los primeros adultos a los que pudieran contar. JC se sentó y miró a la mujer nerviosamente. Empezó a hablarla, más que nada para calmar sus nervios.

—Y señora, ¿cómo es que ha aparecido aquí? No tiene aspecto de ser de por aquí. Es Ud. muy bella y, bueno, conozco a todas las chicas bellas del vecindario. ¿De dónde es? Me recuerda a una de esas mujeres que aparecen en mis libros de historietas. De hecho se parece a Azteca, es igual que Azteca—así Ud. no me da miedo. Me preocupa que quizá Ud. nunca vuelva a hablar, señora. ¿Cómo se llama? El muchacho continuó divagando de la misma forma que lo hacía Violeta cuando estaba nerviosa.

—¿Mi nombre? —dijo la mujer bajito, como si estuviera tratando de comprender todo lo que le había estado diciendo. El chico retrocedió dos pasos, asustado inicialmente por su respuesta.

—¿Puede hablar? —preguntó, sorprendido.

—¿Mi nombre? —dijo ella bajito.

—¡Ay Dios mío, ay Dios mío! —miró a su alrededor, ansioso por que sus amigos regresaran.

—Violeta Sandoval —dijo bajito. Le dolía todo el cuerpo.

—Ah, claro, la conozco de MTV, no de los cuentos. Ud. es Isis. Isis la del vídeo. —La reconoció sobre todo por los ojos. Su habitual cabello largo parecía una capa mojada que la cubría.

La cabeza de Violeta la martillaba fuertemente. Le dolía ver. Tenía el cuerpo frío. Estaba agotada. Había nadado todo lo que había podido, pero se había golpeado la cabeza con una boya y de alguna forma había flotado dentro de este canal. Estaba conmocionada. Podía escuchar sus pensamientos, pero no podía hablar. Había sido un milagro que no se hubiera ahogado.

—Mire, no tenga miedo, mis amigos han ido por ayuda. —De repente Violeta sintió una terrible sensación de vergüenza. No quería que nadie la vieran en este estado. No quería explicar lo que había pasado. ¡Qué tonta había sido!

—Por favor —dijo ella, girándose hacia el chico—. ¿Conoces algún lugar donde pueda ir? Un lugar seguro. No quiero que me vean en este estado. ¿Por favor?

—Pero señora, creo que Ud. necesita ayuda.

—Oh, sí, sí, necesito ayuda. Pero por favor no dejes que me vean así.

El niño pensó un rato. No sabía dónde llevarla. Entonces

pensó en su casa de club, que había construido de un viejo cobertizo de herramientas.

—Señora, no sé cómo llevarla hasta allá.

—Podría caminar —ella empezó a incorporarse, y paso a paso llegó a la guarida.

—Mis amigos van a preocuparse. Se suponía que me quedara con Ud.

—Pues todavía estas conmigo —contestó ella, buscando una toalla o algo con lo que secarse. Alcanzó una toalla sucia que había en la esquina.

—De veras que Ud. necesita ayuda —dijo el chico con preocupación.

—Sí, la necesito, pero ¿sabes qué? Tú me puedes ayudar.

—Ay, Señora es que no sé.

—Sí, sí, tú me puedes ayudar. —Miró alrededor del pequeño cobertizo y vio las reliquias de las diversiones de los pequeños. Había un tablero de dardos, bicicletas, pósteres de películas de acción, baloncesto y otras cosas—. ¿Qué es lo que quieres?

—¿Qué? —preguntó, confundido por la pregunta. No sabía qué contestar.

—Te puedo comprar lo que tú quieras. Por favor, ayúdame.

—Se supone que no acepte regalos de desconocidos —dijo el niño con simpatía.

—Pero yo no soy ninguna extraña. Ya te dije mi nombre es Violeta Sandoval, y me conoces de MTV, ¿recuerdas? O sea, que para mí tú eres el desconocido. ¿Cómo te llamas?

—JC, bueno, Juan Carlos —contestó, sintiéndose más cómodo con ella.

—Juan Carlos, ya veo. Bien, Juan Carlos, ¿puedes guardar un secreto?

—Supongo. Sé que mi hermano mayor todavía se hace pipí en la cama y tiene catorce años y no se lo digo a nadie.

Violeta sonrió. —Está bien. Pues yo no le diré a nadie lo de tu hermano mayor si tú me prometes que no le dirás a nadie sobre mí. ¿De acuerdo?

—De acuerdo —asintió el chico, fiándose de ella. Ella tenía unos ojos amables—. Vale, JC, te prometo que cuando todo esto termine te voy a dar una recompensa.

—Necesito que sigas mis instrucciones —dijo ella—. ¿Qué talla es tu mamá?

—Ella es mayor que Ud. Mucho mayor.

—Comprendo. Pero eso no importa. Podría arreglármelas. Necesito que me traigas ropa del armario de tu mamá. Algo que ella no se ponga normalmente. Algo que no vaya a echar de menos. Algo que ella donaría al Ejercito de Salvación.

—De hecho mi mamá recibe cosas del Ejercito de Salvación —dijo el niño, feliz de haber reconocido el nombre.

—De veras —dijo Violeta con una sonrisa y lágrimas en los ojos, habiendo ella comprado allí la mayor parte de su vida—. Bien, pero estoy segura que tiene algunos conjuntos que se pone poco. Sólo necesito uno. ¿Tiene una caja de costura?

—Sí, la tiene. Tiene uno de esos tomates con muchos alfileres dentro.

—Trae eso con unas cuerdas si puedes, y una pluma y papel. Y, JC, cariño, algo para comer. Cualquier cosa que les sobre, ¿vale? Tengo mucha hambre. —Ella se frotó el estómago y le miro seriamente—. Recuerda, no digas nada a nadie. Soy famosa y no quiero que la gente me vea así—sería espantoso. Violeta sentía tanta vergüenza. Rezaba que la prensa no se hubiera enterado de lo que había tenido lugar en ese bote. ¿Cómo había podido ser tan ingenua? Se sentía tan ridícula. Se sentía todavía peor cuando pensaba en Manny. "Me pregunto si le importa que haya desaparecido", sollozó. Tenía el vestido sucio y hecho añicos. Había perdido sus zapatos nadando. Tenía el pelo enmarañado y enredado y estaba temblando de frío. No quería pedirle demasiado al niño. Si le traía una muda era un empezar.

JC regresó a la media hora con dos bolsas de papel. Tuvo que localizar a sus amigos y decirles que la señora se había levantado y marchado y que no la había podido detener. La policía al menos pudo advertir a Manny y a los otros que alguien la había visto viva, que eran buenas noticias para todos.

En una de las bolsas de papel JC había colocado un lindo traje de cóctel negro que había sacado del armario de su madre.

—JC —declaró Violeta, mientras miraba el vestido—. Este traje es bellísimo. Tu madre se enfadará cuando se de cuenta que le ha desaparecido.

—Ud. me dijo que tomara algo que ella no extrañaría. Ella nunca se lo pone. Es demasiado elegante. Ella nunca va a lugares elegantes.

—Ya veo —dijo Violeta, estudiando el rostro del niño mientras hablaba—. ¿Qué hay en la otra bolsa?

—Ah, le traje una botella de agua, unas galletas de manteca de cacahuete, un sándwich, un jabón, un peine, una pluma y papel.

—Eres un encanto, JC. Gracias.

—De nada —contestó con una tímida sonrisa.

Ella bebió un poco de agua de la jarra y comió unas galletas con él. —JC, ¿cuántos hermanos y hermanas tienes?

—Tengo cinco hermanos y hermanas.

—¡Caray, es una familia enorme! ¿Te gusta tener tantos hermanos y hermanas?

—A veces, pero a veces no. ¿Tú tienes hermanos?

—No, soy hija única —contestó, masticando el sándwich—. JC, escucha, ¿te gustan las películas de espías?

—¿Quiere decir de James Bond? —se animó, pensando que iban a jugar un juego.

—Sí, algo así. Esto es lo que tienes que hacer. Necesito que lleves un mensaje a un hombre que se llama Manny Becker. Éste es el número de teléfono de su oficina. —Ella escribió el número en el cuaderno que él había atraído—. Te voy a escribir lo que tienes que decir. Puedes llamarle desde una cabina telefónica y le dices exactamente lo que voy a escribir. ¿Vale?

—Vale —dijo JC, intrigado por el juego.

Capítulo 19

JC decidió ir en bicicleta hasta la cabina telefónica de la esquina de un 7-Eleven que había en las afueras de su barrio. No quería que le vieran sus amigos. El juego de espías le excitaba y de veras que quería ayudar a la dama. Era tan agradable. Violeta le había dado al niño el número de móvil de Manny.

Sonó el teléfono y Manny, que esperaba una llamada de la estación de policía, desesperado por tener noticias, lo contestó al primer timbre.

—Sí, dijo abruptamente.

—¿Es Manny Becker?

—Sí, ¿quién llama?

—Manny, una amiga me ha pedido que te llame. —A Manny le confundía la voz del niño.

—¿Qué amiga?

—Ella me dijo que la conociste en El Rooster. —Manny se puso en alerta.

—Ella no te hacía ningún caso, ¿recuerdas?

—¿Quién es? ¿Quién es? —seguía insistiendo.

—¿Sabe quién es su amiga? —preguntó el niño.

—Sí, sí, lo sé. Claro que lo sé. ¿Cómo está mi amiga?

—Ah, ella está bien. Dice que le gustaría verle, pero que no quiere que vaya acompañado.

—Bien, de acuerdo ¿Dónde te encuentro?

—Pues, ¿le apetece un Slurpee?

—¿Cómo? Niño, no tengo tiempo para juegos.

—Encuéntreme en el 7-Eleven de la Avenida 17.

—¿Cómo te reconozco?

—Yo te reconoceré. Ven solo.

El corazón de Manny Becker empezó a latirle rápidamente. Ella estaba viva. Y probablemente tenía miedo del fervor periodístico, y necesitaba ayuda. El jefe de policía lo miró y sabía que algo estaba pasando.

—¿Qué está pasando?

—Nada.

—Pues por tu cara parece como si algo estuviera pasando —dijo el jefe de policía con autoridad, habiendo estado rodeado de criminales toda su vida.

—Me tengo que ir —dijo Manny, agarrando las llaves de su carro para irse de la estación de policía.

—Has estado pegado a mi cadera durante los últimos días y ahora, de repente, te tienes que ir. ¿Qué está pasando?

—Te prometo que te lo digo más tarde —Manny le miró con ojos implorantes. El jefe de policía no dijo palabra, pero miró por la ventana cuando Manny se montó en el coche.

—Jefe, ¿le seguimos? —preguntó uno de los oficiales asignados al caso.

—Déjele marchar, creo que sabe lo que está haciendo.

Manny llegó al 7-Eleven manejando como un loco y mirando fijamente a los ojos a todo el que le miraba. Caminó afuera y se colocó delante de unos mendigos a ver si reaccionaban sin resultados. De repente sintió que alguien le tiraba de la manga, miró hacia abajo y vio la cara regordeta del andrajoso niño, sonriéndole, mientras sorbía con una pajita su Slurpee.

—Creo que soy yo a quién Ud. busca.

¿Tú? ¿Sabes dónde está ella?

—Sí.

—Entonces, ¿a qué esperas? Llévame con ella.

—¿Puede llevarnos a los dos en el coche?

—Sí, trae acá esa bici. —Manny colocó la bicicleta en el maletero y aseguró el capo con una cuerda.

—Tío, vaya marcha que tiene este coche. No me sorprende que la caigas bien.

—Niño, ¿está bien ella?

—Pues, estoy seguro que ha estado mejor. Pero no está tan

mal como cuando la vimos por primera vez. —El corazón de Manny le dio un vuelco ante la idea de ella impulsada contra las rocas.

—Aquí mismo —dijo, indicándole que girara a la derecha—. Allí está.

Manny saltó del coche y corrió hacia el cobertizo.

Violeta había estado sentada allí, pacientemente leyendo los artículos de *Playboy* que los niños habían sacado de contrabando de la tienda del vecindario. Escuchó el carro y dió un salto.

Manny irrumpió por la puerta y gritó de alegría al verla. Ella corrió a sus brazos y él la sujetó fuertemente.

—Ay, cariño, mi cariño, ¿estás bien? ¿ Estás bien? —dio un paso atrás y colocó sus brazos firmemente sobre los hombros de ella para poderla mirar—. Necesitamos llevarte al hospital de inmediato.

—Manny, no quiero problemas con la prensa —rogó ella.

—No habrá ningún problema. Te inscribiré con otro nombre, ¿vale?

—Antes de que pudiera contestar, él se la llevó rápidamente.

—Niño, ¿cómo te llamas?

—JC.

—JC, eres un tío divino. Estaremos en contacto, ¿vale?

—Seguro —dijo, diciéndole adiós mientras Manny encendía el coche y se marchaba. JC se quedó al lado de su covacha, protegido en su pequeña barraca, sonriendo—un héroe que se mantenía en los márgenes.

Manny entró precipitadamente con Violeta en el hospital de Coral Gables. Los médicos de urgencias se apresuraron para atenderla de inmediato. Llamó a Napoleón, Betty y Lucy para hacerles saber que habían encontrado a Violeta y que estaba bien. Entonces llamó al jefe de policía.

—Aquí Hopper —contestó el jefe de policía.

—Violeta está bien. Estamos en el hospital.

—Ya veo. ¿Qué paso? ¿Qué tal está?

—Está viva, Hopper. Eso es lo que importa.

—¿Cómo la localizaste?

—Ella mandó a alguien para que me encontrara.

—Qué chica tan lista.

—En eso sí que tienes razón.

—Bien, estaremos en contacto respecto a los cargos contra Ernesto.

—Si pudiera matar a ese hijo de puta, lo haría.

—Manny, la ley se encargará de él, no te preocupes.

—Oye, Hopper —empezó a decir emocionado—. Gracias. Gracias por toda tu ayuda. Gracias por todo. No lo olvidaré.

Manny se dejó caer en una de las sillas en la sala de espera y esperó pacientemente hasta que le permitieran verla. Parecía que tardaba una eternidad. Se bebió dos capuchinos de la máquina de autoservicio Latte Express. Estaba tan nervioso de todos los cafés que había consumido en los últimos días que sentía como si todo sus sistema nervioso se fuera a colapsar dentro de él.

Empezó una conversación con una joven. —Hola —dijo, frustrado mentalmente por la inacabable espera y ansioso por el golpe de adrenalina.

—Hola —dijo amablemente.

—¿Estás esperando a tu marido? preguntó, esperando pasar un rato charlando.

—Sí.

—¿Qué le ha pasado?

—Es que ha engordado tanto que el anillo de casado le ha cortado la circulación. Se lo van a tener que cortar.

—¡¿El dedo?! —dijo Manny, alarmado.

—No —rió ella—. El anillo de casado. Están esperando que llegue un tipo que tiene unos instrumentos especiales.

—Bueno, al menos no es nada demasiado serio.

—No, no lo es. Es una estupidez. Le advertí que se quitara el anillo hace seis meses cuando ya le apretaba, pero no me hizo caso.

—Te debe querer mucho cuando no se lo quiere quitar.

—Eso parece, pero conozco a mi marido. Es demasiado cabezota para reconocer que estaba engordando. Se comía todo lo que se le ponía por delante. Parecía que no le daba de comer en casa por la forma de comer fuera. Con este hombre, todo es comer, comer, comer —dijo con tono exasperado.

—¿Cuánto tiempo llevan casados? —inquirió Manny, preguntándose si esta pareja durarían juntos.

—Dos años —contestó feliz.

De repente interrumpieron la programación para transmitir un boletín especial de noticias en la televisión. "Corren rumores que Violeta Sandoval, la popular cantante residente en esta ciudad, ha aparecido y que está internada en un hospital del área. Más noticias a las once".

—¡Pero mira eso! —dijo la joven—. Espero que esté bien. Me encanta, sabe. La versión de "Si no te puedo tener" es impresionante. —Manny sonrió—. La adoro. Y además de guapísima parece muy agradable. —Manny notó que para una mujer que inicialmente no parecía muy afable, era bastante habladora. Él apreciaba los buenos comentarios sobre Violeta.

Por detrás sacaron en una camilla a un fornido hombre.

—Sra. Delgado —dijo uno de los enfermeros—. ¡Ésa soy yo! —dijo, dando un salto.

—Está listo para irse —dijo el enfermero mientras ella excitada se acercaba a su marido.

—Ay, cariño, ¿cómo tienes el dedo? Pobrecito, déjame ver ese dedo. Voy a hacer que se sienta mejor, ¿a qué sí? —La Sra. Delgado estaba loca por su fornido esposo vestido con una apretada camiseta con el logo de Budweiser.

—Típico —pensó Manny para sí, con esta corta demostración en la entrada por fin había entendido el significado del amor y del matrimonio, era algo maravilloso. "El matrimonio es cuando tu esposo te irrita pero lo sigues queriendo".

Afuera de la sala de urgencias del hospital, la espera estaba empezando a afectarle. Estaba loco de emoción. Trató de calmarse pero no podía. Todo esto no debería haber sucedido. Se sentía totalmente responsable. Si no la hubiera alejado de él, si sólo la hubiera dado lo que ella quería. Ella tenía tanto talento, ¿qué importaba? Ella podía hacer cualquier cosa. Y ahora mira lo que había ocurrido.

—Sr. Becker, ahora puede verla —una enfermera vino por fin a buscarle.

Manny entró en la habitación y se quedó horrorizado al ver

todos los tubos que tenía Violeta conectados y su gran palidez. Los ojos se le llenaron de lágrimas.

—Manny —dijo ella—. No...no hagas eso.

Se sentó en la cama a su lado y la sujetó.

—Perdóname, perdona. He sido un estúpido. He sido tan necio. Te quiero más que la vida misma. No puedo tolerar perderte, Violeta, no lo podría aguantar.

Los ojos de ella se llenaron de lágrimas. Siempre había sido tan bueno con ella. Se sentía estúpida por haberle echado en cara su único defecto, ser demasiado ambicioso. Con un poco de perspectiva ahora parecía un detalle sin importancia.

—No, yo fui la necia, Manny. A tu manera tú tenías razón. Tenías razón.

—No, no digas eso...yo me equivoqué. Tú estabas tratando de hablar conmigo y yo sólo podía ver las cosas de mi manera. Yo era el que estaba equivocado, y te pido perdón. ¿Me perdonas?

—Sí —dijo ella, alcanzándole y agarrándolo fuertemente.

Verla así puso todo instantáneamente en perspectiva. Qué delicada era la vida y cómo uno la podía perder en cualquier minuto. Ella estaba muy débil. El agua estaba muy fría y el bote estaba muy dentro del mar. Había nadado durante cuatro horas tratando de llegar a la orilla. Encontraron que el tipo de droga que Ernesto había colado en su champán para vencer su resistencia le había dado una mala reacción. Podría haberse ahogado fácilmente o haber caído bajo el dominio de Ernesto.

Napoleón y los amigos de Violeta le hicieron una breve visita. Ella estaba muy débil. Quería a Manny a su lado. Durante los tres días que ella estuvo recuperándose, él dormía en una silla a su lado. Él le acariciaba la carta dulcemente mientras ella dormía, y rezaba a Dios en voz baja, agradeciéndole que la hubiera mantenido sana y salva. Él llenó el cuarto con flores—las favoritas de ella, violetas, girasoles y rosas de todos los colores. Le trajo un libro de poesía para leérselo.

Después de tres días de atenciones intensas, le permitieron irse a casa. El médico lo tenía claro. Su cuerpo había sufrido un fuerte trauma y necesitaba descansar más que otra cosa— mucho, mucho descanso. Manny quería que ella se quedara con él para poderla cuidar. Arregló su cuarto de forma que él la pudiera atender en todas sus necesidades. No aceptaba las llamadas del trabajo. Apagó su móvil y el telefax. Se concentró totalmente en la recuperación de ella. Sentía que Dios le había dado una segunda oportunidad y no la iba a desperdiciar. Ahora, que ella estaba en sus brazos, nunca la dejaría irse más.

Capítulo 20

Violeta intentó por todos los medios de olvidarse del horrible acontecimiento. Intentó volver a una vida normal. Tener a Manny de nuevo en su vida la hacía sentirse mejor y más fuerte de lo que se había sentido en mucho tiempo.

Se quedó en la casa de él algún tiempo mientras se recuperaba, pero sus pertenencias seguían repartidas entre la casa de Napoleón y su propio apartamento. Manny se pasó por el rancho para recoger su guitarra, en caso de que ella se sintiera con ánimos para componer de nuevo. Ya se levantaba de la cama, sintiendo que estaba recuperando las fuerzas y empezándose a sentir como antes. Pero, cuando pensaba lo necia que había sido en fiarse de Ernesto Contreras, caía en una profunda depresión.

—¿Cómo podía haber sido tan estúpida?

—Deja de torturarte por eso. Es parte del pasado. Mira nuestras vidas ahora.

—Manny, nunca te he confesado esto.

—¿El qué? —Manny se preparó para lo peor. Quería que asesinaran a Ernesto. Arturo todavía tenía sus viejas conexiones. Le tentaba tanto.

—Manny, cálmate. Esa noche llevé mi cuaderno de canciones y con el forcejeo, él lo tiró por la borda —ella empezó a llorar—. Todo mi trabajo, mi alma estaba en esas composiciones. Mis sueños.

—Todo lo que pasa por algún motivo, ¿verdad? Los dos creemos eso, ¿no?

Violeta asintió:

—Pero todavía me duele.

—Sé que te duele —dijo él, acariciándole el cabello—. Pero al final todo se resolverá.

Antes de la puesta del sol salieron a dar un largo paseo por el entablado a la orilla del mar. Manny quería hablarle de nuevo sobre la boda, pero pensó que sería mejor esperar a que estuviera mejor de ánimo y se sintiera bien al ciento por ciento. Por el momento, se concentró totalmente en ella.

Una noche, vio la caja de madera que había pertenecido a su padre y por fin contrató a un cerrajero para que la abriera. Un caballero con un poblado bigote y pelo negro rizado apareció en la puerta.

—Soy Spiros. ¿Alguien avisó a un cerrajero?

—Sí —dijo Manny, haciéndole pasar. Lo llevó hasta la amplía sala de estar y le mostró la caja—. Es esto. Ésta es la caja.

Spiros examinó el cerrojo.

—Esta caja es única. Tiene el cerrojo original. Debe ser muy antigua. ¿Le importa si me siento? Esto requiere concentración. —Spiros abrió una bolsa de piel y sacó una serie de ganzúas. Después de probar unas cuantas, finalmente metió una. Se volvió hacia Manny y dijo—: Por favor aguante aquí. —Manny trató de mantener la mano firme.

—Bien, una, dos, tres —contó Spiros, dando un golpe a la ganzúa con un pequeño mazo. La caja se abrió de golpe.

—¡Premio! —gritó Spiros.

—Pues, ¡mira tú eso! Muy bien hecho, amigo. ¿Cuánto te debo?

Doscientos dólares.

—¿Doscientos dólares? Es más de lo que vale esta caja.

—Bueno, depende de lo que haya dentro —contestó Spiros—. Además, amigo mío, yo soy un maestro cerrajero diplomado y esos son los precios de los cerrajeros diplomados.

—Llámele lo que quiera, amigo mío, pero sigue siendo un gitano griego que me está tratando de timar doscientos dólares. —Los dos se rieron y Manny le entregó 50 dólares extras para agradecérselo.

Quería esperar a que Violeta por fin se levantara. —Cariño, tengo una sorpresa para ti —le dijo.

—¿El qué?

—¿Recuerdas la caja que encontraste en tu casa en Méjico?

—La caja de mi padre, sí.

—Bueno, pues he hecho que la abrieran.

—Ay, Dios mío, acércamela. —Manny la presentó la caja que escondía detrás de su espalda. Las manos de Violeta le temblaban al abrir la caja. Estaba llena de viejos papeles amarillos, cubiertos con una difuminada escritura en tinta azul que casi no se podía leer sin un esfuerzo tremendo. Cuanto más los miraba no podía creer sus ojos. Era música y letras originales escritas por su padre. Las lágrimas le cayeron por el rostro mientras revisaba lo que representaba su alma, sus sueños. Los sujetó con las manos. Esto era lo que ella debía tocar. Esto.

Manny miró las cuartillas. Había baladas escritas en inglés y castellano. Violeta tocó algunas de las piezas en la guitarra y no podía creer lo que estaba escuchando, eran unos sonidos tan bellos. La música que había inspirado su madre. Los sentía de nuevo tan cerca de ella que casi podía ponerles los brazos alrededor.

—Ay, Manny, esto es lo que debo tocar. ¡Esto es!

Manny la abrazó. No se podía negar que era una bella música. Le entraron escalofríos al pensar su papel en este cuento cósmico, y aquí estaba. Alguien o algo divino les había juntado para este propósito.

Violeta trabajó noche y día transcribiendo la música de su padre. Manny se percató que ella escribía más de lo normal, y sin ninguna presión, le pregunto que cómo le iba—. ¿Te importa si miro las canciones que estás arreglando?

Violeta dudó unos instantes, pero le entregó el cuaderno. Mientras Manny miraba el trabajo, Violeta se sintió impulsada a explicarle.

—Tengo algunas ideas para los arreglos musicales. Quiero experimentar con los sonidos, como en esta pieza —eligió una de las partituras—. Podríamos incluir trompetas mejicanas en esta pieza. Esta otra podría tener un sonido influenciada por los blues y la música country, pero la letra debería ser en castellano, y esta otra tendría un sonido tipo rock tradicional.

Manny miró el trabajo. Era sorprendente—tenía el potencial de demostrar un amplio alcance musical que no sólo demostraba habilidad, pero verdadero valor artístico. Con esta música podía triunfar en otras listas de éxitos, y era innegable que era material de Grammy.

—Violeta, esto es fantástico.

—¿De veras? —Sé irguió en la cama. Su confianza en sí misma se había desplomado cuando había creído que el apoyo de Ernesto era sólo para seducirla. Ahora ella estaba colaborando con su padre que estaba en el cielo.

—De veras —le dijo. La alcanzó y la besó—. Éste será tu álbum para que hagas con él lo que quieras. Perdona si alguna vez dudé de ti.

Los ojos de Violeta se le llenaron de lágrimas ante la idea de que finalmente iba a tener la oportunidad de grabar y producir la música que siempre había querido hacer. Se acercó a él y lo abrazó.

—Te quiero tanto.

—¿Porque estoy produciendo este álbum? —bromeó Manny.

—No. Te quiero por apoyarme, por cuidarme, por amarme. Nunca soñé que tuviera la suerte de estar contigo.

Él la sujetó.

—No quiero nunca separarme de ti otra vez. —Él la besó suavemente. Él era tierno con ella. Había esperado tanto tiempo para poder estar con ella de nuevo. La deseaba tanto. Noche tras noche él dormía abrazándola, queriendo hacerla el amor, deseándola pero sabiendo esperar. Quería que ella estuviera bien. Quería que fuera la de antes.

Mirándola ahora a los ojos y viendo de nuevo su espíritu cobrar vida dentro de ella, se dío cuenta que ella había regresado. La desabrochó los botones de su pijama de seda y la besó el cuello suavemente. Sus manos acariciaron el cuerpo de ella mientras llegaban entre sus piernas y sus muslos temblaban con su roce. La había deseado, de tal manera, todo el tiempo que habían estado separados. La besó los senos y chupó con fuerza sus tensos pezones, haciéndola gemir suavemente. Con un movimiento la colocó encima de él y la poseyó con un fuerte y apasionado ritmo. Ella sentía volar en sus brazos con cada embestida. Su cuerpo había ansiado el de él, su amor, su amor verdadero. El cuerpo de ella había anhelado el de él. Ella subió más y más alto, la intensidad aumentando hasta el punto donde ella ya no pudo contener su voz.

—Sí, sí —gritó mientras sentía cómo su cuerpo soltaba una lluvia de agua de muy dentro de ella.

Él la mantuvo mientras se quedaba muy dentro de ella. Descansó su cara contra los senos de ella. La había extrañado tanto. La necesitaba tanto. Se acostó en la cama y cobijó la cabeza de ella en su pecho, donde ella se durmió al sonido de los latidos de su corazón.

Capítulo 21

Manny estaba orgulloso de llevar a Violeta al estudio de grabación. Ella se sintió bien de estar de vuelta. Durante tres semanas había trabajado día y noche para terminar la grabación. Sonaba mejor que cualesquiera cosas que hubieran hecho antes.

Los rumores habían llegado a los oídos de Arturo Madera que lo que se estaba cocinando en los estudios era lo mejor que habían escuchado en su vida. Estaban haciendo magia, y Arturo fue personalmente al estudio para comprobarlo. Era verdad. Era magia. Ya no le preocupaba la relación personal de Manny con Violeta. Estas relaciones nunca funcionaban, y ésta ya era una industria muy dura de por sí, sin las complicaciones extras cuando un productor discográfico se envuelve románticamente con una artista. Pero Arturo tuvo que admitir que de las cenizas algo maravilloso había renacido.

Los ejecutivos no perdieron tiempo. Inmediatamente lanzaron el disco al mercado. Se llamaba *La luz Violeta—canción de amor*. El álbum estaba dedicado a su padre. Todas las canciones eran muy conmovedoras, y cada una tenía unos sonidos distintivos. Tampoco vino mal que Manny hubiera contratado los mejores ingenieros, arreglistas y productores en la industria para trabajar en ello. La culminación de todo haría que toda la industria tomara nota.

Lanzaron el primer sencillo titulado, "El día que te conocí". Era una balada, que ofrecía mucha guitarra en la mezcla. El sencillo fue un éxito, subiendo rápidamente por las listas de superventas, quitando cualquier duda que hubieran tenido que el álbum decepcionaría a los antiguos admiradores de Violeta.

En cualquier caso, estaba haciéndose más famosa ahora por este sonido único y por la voz.

Trabajaron para crear un vídeo para la canción. Este vídeo se rodó en blanco y negro en la playa. En el vídeo aparecía ella con un romántico traje blanco de gasa con un hombro al descubierto, mezclada con imágenes de Paco, el famoso guitarrista español, tocando la guitarra, y después planos de Violeta bailando un sensual baile flamenco.

Los sueños de todos se estaban convirtiendo en realidad cuando los críticos de renombre empezaron a escribir bien sobre ella y apoyarla en la prensa. Este tipo de reconocimiento universal casi siempre resultaba en nominaciones para el Grammy.

Manny fue a visitar a Violeta la noche que recibió la noticia. Quería pedirle a Napoleón la mano de Violeta en matrimonio. Estaba harto de esperar el momento perfecto. Solo esto le haría totalmente feliz. Se sentaron en el cuarto de estar de Napoleón.

—Señor Sandoval, sé que Violeta es la persona más importante en su vida, y que Ud. tiene las mayores expectativas de la persona que se case con ella. Pero quiero que sepa que amo a Violeta y que la cuidaré y amaré hasta el día que me muera.

—Hijo —dijo Napoleón, fumando su pipa—. Sé que serás un buen marido para Violeta. Tú ya eres parte de nuestra familia. Sería un placer verte a ti y a Violeta compartir su maravilloso futuro juntos.

Manny sonrió y abrazó a Napoleón. Violeta estaba en la cocina con Elena.

—Perdón —dijo, entrando por las puertas dobles—. Buenas noches, señora Elena —dijo con una sonrisa—. Quisiera hablar con Violeta.

Pidió a Violeta que saliera a la terraza trasera y le pidió que se sentara en el columpio.

—¿De qué se trata?

Le tomo la mano a ella.

—Violeta, nunca he sido más feliz que durante este último año que hemos estado juntos. En los malos y buenos tiempos, siempre te he amado profundamente. Tú me haces muy feliz y pienso que podemos ayudarnos a volver nuestros sueños una realidad. —Con estas palabras sacó un anillo de su bolsillo y se lo colocó en el dedo—. ¿Quieres casarte conmigo?

—Pensé que nunca más me lo volverías a pedir —dijo, riéndose y dándole un beso.

—Sí, claro, me casaré contigo.

Después de besarse en el columpio por unos minutos, entraron para anunciar el compromiso formalmente a Napoleón y Elena.

—¡Nos hemos comprometido! —exclamó Violeta.

—Ay, hija, que maravilloso —los besó y abrazó a los dos.

—Me alegro tanto por Uds. —Napoleón abrazó a su sobrina y le dio la mano firmemente a Manny—. Esto hay que celebrarlo. —Napoleón sacó la buena tequila y se pasaron la noche celebrando.

Violeta a menudo pensaba en el niño que la había ayudado. Quería encontrar una manera especial de darle las gracias. Contrató a un detective privado para que averiguar la situación de su madre. Habría tenido sus reservas si hubiera sido por otro motivo aparte de hacer bien a la familia. Una persona que había criado a un niño así no podía ser otra cosa que buena.

Averiguó que su madre, Dolores Aguilar, estaba criando sola a sus cinco hijos. Dos eran de ella; los otros tres eran de su hermana. Se los dejó a Dolores un día para que los cuidara, y nunca volvió para recogerlos. Dolores tenía dos trabajos y su madre le ayudaba a cuidar a los niños. Era una mujer especial y le rompía el corazón a Violeta verla trabajar lo duro que lo hacía.

Dolores recibió un anónimo y generoso cheque firmado sencillamente: "La Señora". Sabía que JC guardaría su secreto. Violeta siempre velaba por la familia, que siempre recibían camiones de regalos en Navidad y regalos especiales en los cumpleaños—siempre de "La Señora".

Manny vio una noche a JC montando su bicicleta cerca del estudio de Brickell Avenue. La familia se había mudado a una bonita y amplia casa allí cerca. Dolores nunca sabía de dónde provenía el dinero, pero pedía a Dios que bendijera a quien se lo estuviera enviando por haber mejorado tanto la vida de sus hijos.

—Hola, ¿te acuerdas de mí? —gritó Manny a JC.

—Hola, es Ud. el esposo de la Señora —dijo el niño, deteniendo su bicicleta. Manny se rió.

—Escucha, chaval, ¿qué haces en verano para mantenerte ocupado?

—Me reúno con mis amigos.

—Bien, pareces lo suficientemente mayor para poder hacer algo más productivo.

¿Cómo qué? —preguntó JC.

—¿Qué quieres decir, "¿Cómo qué?" Como un trabajo, de eso es de lo que estoy hablando.

—Caballero, nadie me va a dar un trabajo. Nadie de por aquí, por lo menos. No tengo coche.

—Excusas, excusas...cuando yo tenía tu edad, tenía tres trabajos.

—¡Caray, hermano! —exclamó el chaval. A Manny le gustaba impactar.

—Bien, pues te tengo un trabajo si te interesa.

—¿Haciendo el qué? —pregunto el chico.

—Distribuyendo el correo; ¿qué te importa? Es un trabajo.

—Vale —dijo el niño. ¿Cuándo empiezo?

—El lunes, a las dos de la tarde, en mi oficina, justo aquí en este edificio. Pregunta por Manny. Y sé puntual. Aquí tienes un poco de dinero, cómprate unos pantalones y un par de camisas. —Manny observó cómo los ojos del gordito se iluminaban la ver los 100 dólares, y se fue montando, gritando.

—Sr. Manny, hasta el lunes a las dos de la tarde. —Manny se rió por dentro. Bien, el chico no tenía el empuje de él, pero le enseñaría.

Para sorpresa de Manny, JC apareció a la hora en punto, vestido con unos pantalones, una camisa y una corbata. Manny tenía una sonrisa de orgullo en la cara.

—Sr. Becker —preguntó el niño con educación, ¿adónde voy? —Manny le acompañó al departamento de personal y les explicó que era un aprendiz.

—Pero Sr. Becker —el confundido empleado de personal empezó a decir, ya no hay más cupo para los apréndices de las mejores universidades. Este chico es demasiado joven.

Manny se acercó al oído del administrador de persona.

—Creo entenderle, pero el chico me cae bien. —Se incorporó y dijo—: Es mi protegido personal. ¿Comprende?

—Entiendo, Señor.

Manny recordó lo que era venir de la calle y que nadie le diera una mano. La madre de JC persiguió formas de mejorarse y eventualmente se convirtió en una trabajadora social. Más tarde, empezó a dar dinero anónimamente a otras familias que lo necesitaban, y una cadena de esperanza y bondad fue creada.

El día de la boda invitaron a un pequeño grupo de colegas y amigos a St. Mary's, la iglesia en la orilla del mar. Violeta llevaba puesto el traje de boda de su madre que lo había hecho su abuela. Violeta pidió a la Virgen de Guadalupe poder compartir el mismo amor que su madre y padre compartieron. Elena la ayudó a terminar de arreglarse el pelo. Lucy y Betty vestían trajes largos y elegantes en terciopelo color vino. Manny pidió a Arturo Madera que fuera su padrino de boda.

Napoleón se coló por la habitación para mirar a la novia, y se quedó sin respiración.

—Hija, estás bellísima. Estás igual que tu madre. —Las lágrimas se le agolpaban en los ojos y le besó en la frente—. No estés nerviosa, ¿vale? —Pero Violeta estaba nerviosa. No era todos los días que una se casaba con el hombre de sus sueños.

Sonó la marcha nupcial y Violeta se preparó. La niña que llevaba las flores desfiló primero, seguida del niño que portaba los anillos. Manny desfiló con su madre y le agarraba fuerte de la mano. Lucy y Betty les seguían con sus acompañantes. Sonreían alegres y Betty trató de contener las lágrimas—era de las que se emocionaba mucho en las bodas. Finalmente llegó el momento que todos habían esperado. Sonó el órgano, "Aquí viene la novia" y por el pasillo desfilaron Violeta y su tío.

Manny se puso muy emocionado. Le sorprendía que cada vez que la veía la encontraba mas y más bella. Ella llegó al final del pasillo y trató de relajarse. Todos sus sueños se estaban convirtiendo en realidad. La ceremonia continuó, y uno de los cantantes de IMG Music, como un regalo para el novio y la novia, cantó su versión del "Ave María". No había un ojo sin lágrimas en la iglesia. Antes de intercambiar sus promesas el cura dijo, "Violeta y Manuel Antonio han decidido leer algo que los dos han escrito".

A Violeta le temblaban las manos al desdoblar la cuartilla de papel que tenía apretada en sus manos. "Mi padre una vez me contó un cuento de una golondrina que cantaba bellísimo, pero que no podía volar. Todas las noches las estrellas en el cielo le preguntaban por qué no podía volar para que pudieran escuchar su bella canción. Pero la golondrina decía a las estrellas, 'No puedo volar. Tengo miedo'. Finalmente se abrieron los cielos: 'Abre tus alas anchas y orgullosas, golondrina', y así hizo el ave, sentada en la rama de un árbol. Los cielos enviaron una suave brisa y el ave voló muy alto y más lejos que nunca; el miedo había abandonado su corazón—por fin se escuchó su voz. Sé que el cielo te mandó para que me ayudaras a volar. Gracias por ser mi aire.

Manny estaba muy afectado y luchaba por aclararse la garganta y leer su nota: "Y, um, yo no soy ningún poeta, pero esto viene del corazón. Siempre te querré tanto como en este momento en el que mi corazón está lleno de la belleza que aportas a mi vida. No me merezco esta felicidad que Dios tan generosamente me está entregando. Soy humilde por su benevolencia. Te adoraré siempre, mi amor, mi alma, mi esposa".

—Violeta, ¿tomas a Manny Becker como tu querido esposo?

—Sí. lo hago.

—Y tú, Manny, ¿tomas a Violeta como tu querida esposa?

—Sí lo hago.

Y allí delante de Dios, de la familia y de las amistades, Manny y Violeta se convirtieron en marido y mujer.

Epílogo

Un año más tarde

Era el evento musical más importante del año. Millones de personas de todo el mundo estaban viendo el evento por la televisión. Para un artista discográfico los Grammys eran el premio máximo, ya que representaba un reconocimiento total.

Era el momento que todo el mundo había esperado: al final de la noche anunciarían el Álbum del año. La categoría donde el álbum de Violeta, *La luz Violeta—canción de amor* era nominado. El actor Andy García y la cantante Mariah Carey anunciaron a lo nominados. Mariah luchó por abrir el sobre. Se abanicó mientras leía el nombre. El recinto se quedó mudo. "¡La ganadora es... *La luz Violeta—canción de amor!* Una voz por los altavoces dijo, "Aceptando por Violeta Sandoval están Betty Ortíz, Lucy Córdova y el consejero general de IMG Music, Arturo Madera".

Betty y Lucy se dirigieron entusiasmadas con Arturo en dirección al podio. Con su acento típico de Nueva Jersey Betty dijo al micrófono, "Violeta Sandoval se excusa de no poder estar aquí esta noche, pero está en el hospital dando a luz a su primer hijo Benjamín. Nosotras somos sus mejores amigas y estamos orgullosas de aceptarlo en su nombre". Lucy se acercó: "Siempre supimos que triunfaría". Arturo se acercó al micrófono. Estaba en contra de la idea de mandar a Lucy y a Betty, pero Violeta insistió cuando se dio cuenta que le llegaban las contracciones, "¡Si Marlon Brando puede mandar a un fingido indio para aceptar un Oscar, yo puedo enviar a Betty y a Lucy!" Él lo achacó a las hormonas, pero Violeta quería que

Betty y Lucy tuvieran sus quince minutos de gloria. Siempre la habían apoyado.

Arturo comenzó a hablar. "Sé que Violeta trabajó muy duro en este álbum, y me gustaría darle las gracias por su visión, dedicación, y por hacernos reconocer el verdadero talento cuando está presente. También nos gustaría dar las gracias a todos lo empleados de IMG Music por trabajar en este álbum y por haberlo convertido en un éxito y, finalmente, a tantos admiradores que continúan apoyándonos. También quiero enviar mis mejores deseos y bendiciones a Violeta y a su marido, Manny, que ahora mismo tienen en sus manos el único premio mejor que este Grammy. Dios les bendiga". El público respondió con una gran ovación.

En la sala de maternidad, Violeta sujetó a su hijo en los brazos con Manny sentado a su lado. La televisión en la esquina transmitía la ceremonia de la entrega de los Grammys. Se rieron al ver a Betty y Lucy en el escenario con Arturo. Pero ese día sería el más feliz de sus vidas, porque era el día del nacimiento de su hijo, y sujetando a ese bebe y deleitándose en el amor que compartían era todo lo que podían querer. Manny sonrió mientras Violeta cantaba a su hijo la primera canción que escuchaba—era una canción de amor.

LOOK FOR THESE NEW BILINGUAL
ENCANTO ROMANCES

In Hot Pursuit/Cortejo cálido
by Victoria Marquez $5.99US/7.99CAN

When Isabel Garcia finds evidence of her late husband's criminal activity, she calls detective Linc Heller—and discovers she's wildly attracted to him! Yet Linc's dangerous profession makes him unsuitable as a potential family man—can he convince this elusive beauty that there are some risks worth taking?

Better Than Ever/Mejor que nunca
by Caridad Scordato $5.99US/$7.99CAN

Successful biotechnician Maya Alfonso is shocked to find herself passionately drawn to her former fiancé, Alex Martinez. Alex wants nothing more than to finally make Maya his wife and mother to his child—but her career just might stand in the way of their future . . .

Help Wanted/Aviso oportuno
by Diana Garcia $5.99US/$7.99CAN

Once-burned, Roda Osario isn't looking for love—especially not from her new domestic help, Brian Torres. But he keeps the household running smoothly and his kisses are amazing . . . will her housekeeper become her house hubby?

Leading Lady/Estrella
by Luz Borges $5.99US/$7.99CAN

When bandleader Quinn Scarborough hires sexy new backup singer Mercedes Romero, he never expects to fall in love. Then Mercedes gets her first big acting break and faces an impossible choice. A shot at stardom only comes along once in a lifetime—but then, so does true love . . .

USE COUPON ON NEXT PAGE TO ORDER THESE BOOKS

Own New Romances
from Encanto!

__**In Hot Pursuit/Cortejo cálido**
  by Victoria Marquez   **$5.99**US/**$7.99**CAN
  0-7860-1136-X

__**Better Than Ever/Mejor que nunca**
  by Caridad Scordato   **$5.99**US/**$7.99**CAN
  0-7860-1137-8

__**Help Wanted/Aviso oportuno**
  by Diana Garcia   **$5.99**US/**$7.99**CAN
  0-7860-1138-6

__**Leading Lady/Estrella**
  by Consuelo Vazquez   **$5.99**US/**$7.99**CAN
  0-7860-1119-X

¡BUSQUE ESTAS NOVELAS DE ENCANTO EN EDICIONES BILINGÜES!

__Cortejo cálido/In Hot Pursuit
por Victoria Marquez   **$5.99**US/7.99CAN

Cuando Isabel García descubre evidencia de la actividad criminal de su fallecido esposo, llama a la policía,— ¡y descubre que está atraída locamente al narcodetective Linc Heller! Aunque su profesión tan peligrosa no lo hace el candidato ideal para ser padrasto, ¿podrá convencer a la bella Isabel que hay riesgos que valen la pena tomar?

__Mejor que nunca/Better Than Ever
por Caridad Scordato   **$5.99**US/**$7.99**CAN

Después de tantos años, la biotécnica Maya Alfonso no puede creer que está apasionadamente atraída a su antiguo novio, Alex Martínez. Lo que el padre soltero más quiere es que por fin Maya sea su esposa y la madre de su hijo—pero la exitosa carrera profesional de Maya podría interponerse en sus planes . . .

__Aviso oportuno/Help Wanted
por Diana Garcia   **$5.99**US/**$7.99**CAN

Después de una amarga experiencia, Roda Osario no está buscando enamorarse—especialmente de su nuevo empleado doméstico, Brian Torres. Sin embargo, él mantiene la casa funcionando a la perfección y sus besos son increíbles . . . ¿Se convertirá el encargado de la casa en el amo de casa?

__Estrella/Leading Lady
por Consuelo Vazquez   **$5.99**US/**$7.99**CAN

Cuando el director de orquesta Quinn Scarborough, contrata a una flamante y sensual cantante de coro, no se le ocurre pensar que se enamorará de Mercedes Romero. Pero ella muy pronto enfrenta un dilema casi imposible de resolver. Porque la oportunidad de convertirse en estrella se presenta una sola vez en la vida—y así también el amor verdadero . . .

***Por favor utilice el cupón en la próxima página
para solicitar estos libros.***

¡Esté pendiente de estas nuevas novelas románticas de Encanto!

__**Cortejo cálido/In Hot Pursuit**
  por Victoria Marquez
  0-7860-1136-X   **$5.99**US/**$7.99**CAN

__**Mejor que nunca/Better Than Ever**
  por Caridad Scordato
  0-7860-1137-8   **$5.99**US/**$7.99**CAN

__**Aviso oportuno/Help Wanted**
  por Diana Garcia
  0-7860-1138-6   **$5.99**US/**$7.99**CAN

__**Estrella/Leading Lady**
  por Consuelo Vazquez
  0-7860-1139-4   **$5.99**US/**$7.99**CAN

Llame sin cargo al **1-888-345-BOOK (2665)** para hacer pedidos por teléfono o utilice este cupón para comprar libros por correo. Estos libros estarán disponibles desde 1 agosto de 2000.

Nombre _____

Dirección_____

Ciudad _____ Estado _____ Código postal _____

Por favor, envíenme los libros que he indicado arriba.

Precio del/de los libro(s) $_____
Más mancjo y envío* $_____
Impuesto sobre la ventas (en NY y TN) $_____
Cantidad total adjunta $_____

*Agregue $2.50 por el primer libro y $.50 por cada libro adicional.
Envie un cheque o *money order* (no aceptamos efectivo ni *COD*) a:
Encanto, Dept. C.O., 850 Third Avenue, 16th Floor, New York, NY 10022
Los precios y los números pueden cambiar sin previo aviso.
El envío de los pedidos está sujeto a la disponibilidad de los libros.
Por favor visítenos en el Internet en **www.encantoromance.com**

THINK *YOU* CAN WRITE?

We are looking for new authors to add to our list.
If you want to try your hand at writing Latino romance novels,
WE'D LIKE TO HEAR FROM YOU!

Encanto Romances are contemporary romances with Hispanic
protagonists and authentically reflecting U.S. Hispanic culture.

WHAT TO SUBMIT

- A cover letter that summarizes previously published work or
  writing experience, if applicable.
- A 3-4 page synopsis covering the plot points, AND
  three consecutive sample chapters.
- A self-addressed stamped envelope with sufficient return
  postage, or indicate if you would like your materials recycled
  if it is not right for us.

Send materials to: Encanto, Kensington Publishing Corp.,
850 Third Avenue, New York, New York, 10022.
Tel: (212) 407-1500

Visit our website at
http://www.kensingtonbooks.com

¿CREE QUE PUEDE ESCRIBIR?

**Estamos buscando nuevos escritores. Si quiere
escribir novelas románticas para lectores hispanos,
¡NOS GUSTARÍA SABER DE USTED!**

Las novelas románticas de Encanto giran en torno a protagonistas
hispanos y reflejan con autenticidad la cultura de Estados Unidos.

QUÉ DEBE ENVIAR

- Una carta en la que describa lo que usted ha publicado
  anteriormente o su experiencia como escritor o escritora, si
  la tiene.
- Una sinopsis de tres o cuatro páginas en la que describa
  la trama y tres capítulos consecutivos.
- Un sobre con su dirección con suficiente franqueo.
  Indíquenos si podemos reciclar el manuscrito si no lo
  consideramos apropiado.

Envíe los materiales a: Encanto, Kensington Publishing Corp.,
850 Third Avenue, New York, New York 10022.
Teléfono: (212) 407-1500.

Visite nuestro sitio en la Web:
http://www.kensingtonbooks.com

ENCANTO QUESTIONNAIRE

We'd like to get to know you!
Please fill out this form and mail it to us.

1. How did you learn about *Encanto*?
   - ☐ Magazine/Newspaper Ad   ☐ TV ☐ Radio
   - ☐ Direct Mail   ☐ Friend/Browsing
2. Where did you buy your *Encanto* romance?
   - ☐ Spanish-language bookstore
   - ☐ English-language bookstore   ☐ Newstand/Bodega
   - ☐ Mail   ☐ Phone order   ☐ Website
   - ☐ Other_____
3. What language do you prefer reading?
   - ☐ English   ☐ Spanish   ☐ Both
4. How many years of school have you completed?
   - ☐ High School/GED or less   ☐ Some College
   - ☐ Graduated College   ☐ PostGraduate
5. Please cheek your household income range:
   - ☐ Under $15,000   ☐ $15,000-$24,999   ☐ $25,000-$34,999
   - ☐ $35,000-$49,999 ☐ $50,000-$74,999   ☐ $75,000+
6. Background:
   - ☐ Mexican   ☐ Caribbean_____
   - ☐ Central American_____ ☐ South American_____
   - ☐ Other_____
7. Name:_____ Age:_____
   Address:_____
   _____

   Comments: _____
   _____
   _____

Mail to:

Encanto, Kensington Publishing Corp., 850 Third Ave., NY, NY 10022

CUESTIONARIO DE ENCANTO

¡Nos gustaría saber de usted!
Llene este cuestionario y envíenoslo por correo.

1. ¿Cómo supo usted de los libros de Encanto?
   - [ ] En un aviso en una revista o en un periódico
   - [ ] En la televisión
   - [ ] En la radio
   - [ ] Recibió información por correo
   - [ ] Por medio de un amigo/Curioseando en una tienda

2. ¿Dónde compró este libro de Encanto?
   - [ ] En una librería de venta de libros en español
   - [ ] En una librería de venta de libros en inglés
   - [ ] En un puesto de revistas/En una tienda de víveres
   - [ ] Lo compró por correo
   - [ ] Lo compró en un sitio en la Web
   - [ ] Otro_____

3. ¿En qué idioma prefiere leer? [ ] Inglés [ ] Español [ ] Ambos

4. ¿Cuál es su nivel de educación?
   - [ ] Escuela secundaria/Presentó el Examen de Equivalencia de la Escuela Secundaria (GED) o menos
   - [ ] Cursó algunos años de universidad
   - [ ] Terminó la universidad
   - [ ] Tiene estudios posgraduados

5. Sus ingresos familiares son (señale uno):
   - [ ] Menos de $15,000 [ ] $15,000-$24,999 [ ] $25,000-$34,999
   - [ ] $35,000-$49,999 [ ] $50,000-$74,999 [ ] $75,000 o más

6. Su procedencia es: [ ] Mexicana [ ] Caribeña_____
   - [ ] Centroamericana_____ [ ] Sudamericana_____
   - [ ] Otra_____

7. Nombre: _____ Edad:_____
   Dirección: _____
   _____
   Comentarios: _____
   _____
   _____
   _____

Envíelo a: Encanto, Kensington Publishing Corp., 850 Third Ave., NY, NY 10022

The Premier website for Latinas

SÓLOELLA.com

tu casa online

a new time... a new world... a new woman